Mario Hade

Chroniques
d'une p'tite ville

1951. Les noces de Monique

LES ÉDITEURS RÉUNIS

Du même auteur

Le secret Nelligan, roman, Les Éditeurs réunis, 2011.

L'énigme Borduas, roman, Les Éditeurs réunis, 2012.

Chroniques d'une p'tite ville, tome 1 : 1946 – L'arrivée en ville, roman, Les Éditeurs réunis, 2013.

À paraître à l'hiver 2014 :

Chroniques d'une p'tite ville, tome 3.

À mon père,

Je veux dédier ce roman à mon père qui a fait ce que je suis en m'inculquant des valeurs qui me paraissent fondamentales. D'aussi loin que je me souvienne, il m'a répété sans relâche, particulièrement quand je n'étais pas à la hauteur de ses attentes, « Mario ! Sois un gentleman et le monde s'ouvrira devant toi… » J'essaie toujours papa et j'avoue que la tâche n'était pas facile ! Mais plus j'avance en âge et plus les fruits me semblent accessibles. Peut-être y arriverai-je si je persiste à suivre ton exemple ?

– Ton fils, Mario

Chapitre 1

En 1946, Émile termina la maison familiale avec l'aide de tous les membres de la famille. Leur objectif était atteint. La construction avait fière allure. Il restait encore un peu de finition à faire, mais dans l'ensemble, tout le monde était content. Le grenier aurait pu être mieux aménagé. C'était la chambre des garçons transformée en un vaste dortoir sans isolation. En hiver, les têtes de clous se couvraient de givre qui fondait parfois quand Émile bourrait la fournaise au charbon. La nuit pendant qu'ils dormaient, il n'était pas rare qu'une goutte d'eau en fasse sursauter un en lui tombant sur le visage. C'était un petit désagrément si on considérait qu'ils étaient enfin chez eux.

Émile avait dû se trouver du travail et il en avait trouvé rapidement à la Miner Rubbers. Il y avait là-bas un tel roulement d'employés qu'il y avait tout le temps des postes à combler. Le bureau du personnel l'avait reçu en se demandant ce qu'il pourrait bien faire de ce vieil homme sans expérience dans une usine. Le commis de bureau qui le reçut lui offrit le pire poste qu'il y avait dans cette usine qui employait plus de mille employés à cette époque. Le commis convoqua le contremaître de la Mill Room par interphone. Normalement, on mettait des jeunes hommes vaillants à ce poste, et quand le contremaître vit Émile, il crut à une farce de mauvais goût.

— Écoute, Régis ! Tu me niaises ou quoi ? Tu veux le tuer ce pauvre vieux ?

— C'est tout ce que j'ai ! Il ne sait même pas lire. Je ne peux l'envoyer nulle part ailleurs. C'est ça ou rien, Roger ! Qu'est-ce que tu choisis ?

— OK ! OK ! Je vais le prendre, mais je peux te gager qu'il ne finira pas la semaine.

— On verra !

Le contremaître Roger, avec Émile à la traîne, se dirigea vers le département de la Mill Room. En 1951, Émile Robichaud occupait encore le même poste. Il tenait toujours le coup à la Mill Room surnommée l'enfer à la Miner Rubbers. Il avait fait mentir ceux qui avaient prédit qu'il ne résisterait pas à cette affectation. Émile avait cinquante-six ans, mais en paraissait soixante-dix tellement les cinq dernières années passées dans cette usine d'une autre époque l'avaient transformé. Du haut de ses cinq pieds quatre pouces, avec son nez d'épervier et ses cheveux gris coupés en brosse, il était physiquement sec et ses pieds, qui tiraient vers l'extérieur comme Charlie Chaplin, lui donnaient une allure loufoque. Ses bras noueux, ses mains calleuses et ses doigts semblables à des griffes refaisaient inlassablement les mêmes gestes. Il était pourvu de courtes jambes blanches qui n'avaient pas vu la lumière depuis des lustres. Émile était devenu une caricature, un personnage coloré, une légende.

Celui-ci travaillait toujours à introduire des feuilles de caoutchouc dans la gueule de la machine et c'était probablement un des équipements les plus dangereux de cette usine. Il fallait être prudent, car quand elle mordait dans la feuille de caoutchouc, il fallait absolument avoir le réflexe de lâcher la feuille. Si par malheur un des rouleaux venait à toucher le bout des doigts de l'opérateur, c'était le bras qui y passait. Malgré son ivrognerie légendaire, Émile avait réussi à éviter la mutilation.

— Baptême de machine! Elle ne marche pas la moitié du temps, c'est toujours bloqué. J'ai pas peur d'le dire, c'est de la marde, pis c'est pas moé qui va aller me mettre les mains là-dedans. C'est pas vrai! Baptême de baptême.

— Appelle le *foreman*, Émile! C'est sa *job* de s'assurer que tout marche bien dans le département. Il va appeler un mécanicien.

— C'est le moteur qui n'est pas assez fort. Il faudrait qu'ils mettent des brosses neuves sur l'armature.

— Tu connais ça les brosses, toi, Émile! Tu leur expliqueras ça!

Il envoya promener son coéquipier pour sa plaisanterie désobligeante concernant sa consommation d'alcool. Puis, Émile partit à la recherche du contremaître afin qu'il puisse régler son problème. Il aurait préféré qu'on le mute à un autre poste en attendant que ces équipements désuets soient remis en état de marche. Pendant ce temps, Émile fulminait. Il n'y avait rien de pire pour lui que d'être obligé de rester à ne rien faire. Pourtant, il aurait pu prendre ce temps-là pour se reposer, mais ce n'était pas dans sa nature de se reposer au travail.

Quand Émile sortait de l'usine, immanquablement, il reprenait son petit parcours d'arrière-boutiques d'épiceries où il écoulait une partie de son tabac et de sa chique. Il n'avait jamais cessé son petit trafic de tabac avec Ti-Loup Péloquin. Il s'arrêtait chez l'épicier Paré au coin des rues Saint-Joseph et Cowie pour sa première grosse bière. Il l'engloutissait en trois gorgées devant les petits vieux déjà présents, impressionnés par sa vitesse d'ingurgitation. Il avait une soif que rien ne semblait pouvoir étancher. À la moindre critique, sa réplique était acerbe.

Il répondait toujours de la même manière :

— J'ai pas peur d'le dire, je vis en enfer, baptême ! Y'a-tu quelqu'un qui a besoin de tabac ou de chique icitte ?

— Ouais, moi ! J'te prendrais bien une *plug* de chique, pis si jamais t'as de la feuille de tabac aromatisée au rhum, j'en voudrais quatre ou cinq feuilles.

— J'ai ta *plug*, mais je t'apporterai tes feuilles demain. Salut !

LES NOCES DE MONIQUE

Dans son dos, car il était craint, on le surnommait « J'ai pas peur de l'dire ». Ce sobriquet lui collerait à la peau jusqu'à la fin de ses jours.

Émile sortit de chez Paré et poursuivit sa route pour s'arrêter de nouveau trois ou quatre coins de rue plus bas. Là, il pénétrait chez l'épicier Déragon au coin des rues Saint-Charles et Cowie où il poursuivait sa beuverie. Jamais plus qu'une grosse Molson tablette et il ressortait son laïus.

— J'ai pas peur d'le dire, je vis en enfer, baptême ! Y'a-tu quelqu'un qui a besoin de tabac ou de chique icitte ?

S'il ne vendait rien, ce qui était rare, ce n'était pas plus grave que ça. Il s'en allait après avoir bu sa bière, puis il bifurquait en empruntant la rue Saint-Charles jusqu'au coin de la rue Horner, où une nouvelle église était en construction. Une nouvelle paroisse prenait naissance, la paroisse L'Assomption, qui deviendrait la sienne. Il descendait la rue Horner et piquait au travers du terrain du père Nantel qui était le barbier des plus jeunes membres de la famille, y compris le sien. Le père Nantel ressemblait à un personnage de Norman Rockwell dans le *Saturday Evening Post*. Grand et sec, des lunettes rondes en acier perchées sur son long nez, une cigarette à la bouche, il regardait son client la tête penchée pour éviter que la fumée lui brouille la vue. De sa voix claire, il parlait sans arrêt de la pluie et du beau temps ou de n'importe quoi. Pour dix cennes, il vous coupait les cheveux en vous mettant un bol sur la tête et en en faisant le tour. On sortait de cette expérience traumatisante avec une tête d'écorché à la Jeanne-d'Arc.

Après avoir traversé le terrain, Émile se retrouvait sur la rue Robinson juste à côté de l'épicier Tessier. C'était son dernier arrêt avant de rentrer chez lui, un peu ivre.

— J'ai pas peur d'le dire, je vis en enfer, baptême! Y'a-tu quelqu'un qui a besoin de tabac ou de chique icitte?

Son vieux *pick-up* l'avait lâché depuis quelques années, et c'était à pied qu'il faisait le parcours matin et soir entre chez lui et l'usine, avec sa boîte à *lunch* en métal dans la main gauche. De six heures jusqu'à trois heures, il trimait dur à suer comme un porc tout en jurant comme un charretier aux moindres contretemps qui survenaient dans son travail. C'était l'endroit le plus chaud de toute l'usine qui, à cette époque, employait près de mille personnes. Il aurait pu, s'il l'avait voulu, s'éviter de faire le chemin à pied puisqu'il avait suffisamment d'argent pour s'acheter une automobile neuve. Mais plus le temps passait et plus il était attaché à cet argent qu'il avait gardé pour lui lors de la vente de ses animaux et de son fonds de terre. Les cinq mille dollars qu'il avait cachés à sa femme s'étaient bonifiés avec les années. L'avarice le rongeait et Lauretta, sa femme, en subissait les conséquences. Il ne lui donnait presque plus d'argent et elle devait se débattre avec la pension des enfants. Émile sortait de temps à autre une grosse liasse de billets de banque. À la simple vue de la liasse et à son odeur, il devenait euphorique et l'avarice l'envahissait.

— Émile! Je n'arrive plus. Il va falloir que tu me donnes un peu d'argent.

— C'est de ta faute, Lauretta! C'est rendu que les enfants ont plus d'argent que nous autres. Penses-tu que c'est normal?

— Ils ont le même traitement que la plupart des familles si on veut qu'ils partent du bon pied dans la vie.

— On n'avait rien nous autres, pis on s'en est tiré pas si mal!

— Parle pour toi, Émile Robichaud! Tu as beaucoup plus d'argent que tu veux le laisser croire. Les jeunes t'ont vu sortir une grosse liasse d'argent. Elle vient d'où cette liasse?

— C'est de l'argent que j'ai gagné à la *shop* à la sueur de mon front, baptême!

— Je ne te crois pas, Émile Robichaud! À partir de maintenant, tu devras payer pension comme tous les membres de la famille, sinon je ne te nourris plus. Il y a des limites à toute!

Émile savait qu'elle avait raison, mais jamais il n'avouerait avoir caché une partie importante de l'argent de la vente de sa terre et de ses animaux. Il avait été imprudent en montrant son magot. Il s'en mordait les doigts désormais puisqu'il faudrait donner soixante-quinze pour cent de son salaire. Mais en échange, c'en était terminé pour lui des taxes et de l'entretien de la maison. Son argent était vraiment devenu une obsession. Parfois, après une crise d'angoisse à l'idée qu'on le lui vole, il le cachait sous une planche amovible en dessous de son lit, dans sa chambre. Il était le seul à connaître cette cachette. S'il mourait subitement, son trésor serait perdu.

Quel était son but de se pavaner ainsi avec autant d'argent dans les poches? Dans un milieu ouvrier, cela ressemblait à de la provocation. Cela tenait du miracle qu'on ne l'ait pas retrouvé la gorge tranchée dans une ruelle et les poches vides. Marcel, son fils, était celui qui s'inquiétait le plus, car il connaissait bien toutes ces vipères qui s'attaquaient toujours aux plus faibles. Il en avait mis plusieurs en garde. S'attaquer à son père, c'était comme s'en prendre à lui. Certains y penseraient à deux fois avant d'importuner le père Robichaud. Marcel était craint dans les milieux malfamés, car c'était là que se trouvait sa clientèle.

— Écoute, papa! Il faut que tu fasses plus attention quand tu sors ton argent. Il y a du monde qui t'ont vu avec une grosse palette. Tu vas te faire assommer et voler un bon soir!

— J'ai pas peur d'le dire! Le premier qui s'approche pour me voler, il va avoir affaire à moi. Je t'en passe un papier.

— Écoute, papa! T'es pas de taille à te défendre quand trois ou quatre gars te prennent dans un guet-apens.

— J'ai jamais eu peur d'un homme jusqu'à aujourd'hui, pis c'est pas aujourd'hui que ça va commencer!

— Je t'aurai averti, 'pa!

Malgré ses airs de fanfaron, Émile prit bonne note de l'avertissement de Marcel. Il ne pouvait se résoudre à faire confiance aux banques pour garder son argent malgré la promesse que son capital fructifierait grâce aux taux d'intérêt qu'on lui verserait. Il se mit plutôt à conserver les vieux journaux et à les tailler de la même dimension que les billets de banque. Quand il en eut suffisamment, il ajouta trois billets d'une piastre de chaque côté de la pile. Si jamais il était attaqué, les gredins n'auraient que quelques billets à se partager. La nouvelle que le père Robichaud n'avait pas d'argent se répandrait comme une traînée de poudre. Émile avait une peur bleue de se faire voler. Il ferait tout pour qu'on croie à son histoire.

La vie n'était pas beaucoup plus rose à la maison, pour lui. Il était devenu morose parce que sa femme Lauretta n'avait jamais plus voulu repartager sa couche avec lui depuis l'incendie de 1946. Il aurait pu se payer une des femmes faciles qui gravitaient autour des tavernes qu'il fréquentait, mais c'était contre ses principes. De toute façon, il n'aurait jamais dépensé une cenne pour une prostituée, il était bien trop avare et avait trop peur des feux de l'enfer. S'il avait une seule consolation en contemplant sa vie, il la trouvait avec ses poules et ses lapins. Il oubliait que son jardin était aussi une source de satisfaction. Et puis, l'argent lui donnait un sentiment incroyable de puissance.

— Votre jardin pousse bien, monsieur Robichaud !

— Ah ben, Ti-Loup! T'arrives au bon moment. J'avais presque plus de tabac et j'ai manqué de chique. Tu pourrais pas augmenter ma quantité un peu? J'ai des clients qui crient.

— J'ai pas ben ben le choix! Ça dépend de ce que mon oncle peut ramasser à l'Imperial Tobacco et les gardiens sont plus efficaces qu'auparavant. J'ai failli me faire pincer hier. Ils ont juste ramassé le tabac, mais j'ai eu ben peur qu'ils réussissent à m'attraper. Une chance qu'il y avait la rivière et qu'ils n'ont pas osé se mouiller. C'est pour ça que je vous dis que ça va être ben difficile d'augmenter vos livraisons même si vous êtes un excellent client, monsieur Robichaud.

— Bah, c'est pas si grave que ça! J'ai encore ma bagosse qui est pas mal plus payante que ta chique pis ton tabac. C'est juste ben de valeur pour mes clients qui s'approvisionnaient en alcool et en tabac à la même place. Ça me donnait un avantage sur les autres.

— Inquiétez-vous pas pour ça! Je vais trouver une solution parce que je vous aime bien.

Émile le remercia. Il aimait bien ce jeune homme, lui aussi. À dix-sept ans, Ti-Loup travaillait dans la construction comme charpentier avec son fils Patrick. Ils braconnaient toujours ensemble et jouaient au chat et à la souris avec les gardes-chasse. Il était certain que Ti-Loup se débattrait pour lui, puisqu'il était un de ses gros clients. Il avait feint l'indifférence concernant le tabac, mais ce petit commerce faisait partie d'un rituel qui l'introduisait un peu partout.

Sa production de vin de blé et de vin de pissenlit fermentait dans des barils de chêne à côté de son carré à charbon, mais ce dont il était le plus fier, c'était son alambic. Il n'y avait qu'un problème : l'odeur qu'il exhalait embaumait tout le quartier et rendait Émile facilement repérable pour les autorités. Pour cette raison, il s'en servait seulement durant la période de l'année où il chauffait la maison. Il avait fait suivre le tuyau d'échappement du distillateur le long de la cheminée et, de cette façon, l'odeur se mêlait à la fumée de charbon. Lauretta ne savait rien de cet alambic, car elle aurait mis fin à l'aventure aussitôt.

Émile descendait souvent dans la cave sous prétexte de mettre quelques pelletées de charbon dans la fournaise. Il en profitait pour tester son vin ou la bagosse qu'il distillait. Pour la bagosse, il en prenait une cuillère à soupe et en faisait brûler le contenu. S'il ne restait pas de résidu dans le fond de la cuillère, cela signifiait qu'elle était bonne à boire. Quand il remontait de la cave, il avait toujours le visage rouge et les yeux vitreux. Il ne lui fallait pas longtemps avant de s'endormir dans sa chaise berceuse ou encore de se rendre dans sa chambre en titubant et d'y tomber dans un sommeil profond dès dix-neuf heures, dix-neuf heures trente.

Aussitôt qu'Émile s'endormait, l'atmosphère se détendait sensiblement.

— Enfin ! Le bonhomme s'en va se coucher, chaud comme d'habitude, déclara Patrick.

17

— Je te défends de parler de ton père de la sorte, Patrick Robichaud! le réprimanda sa mère.

— Mais c'est vrai, maman! Nomme-moi une seule journée où il ne s'est pas couché saoul?

— Ce n'est pas une raison pour l'appeler «le bonhomme». C'est toujours ton père pareil!

— Je n'ai pas de quoi être fier!

Émile était passé de maître absolu à bouc émissaire ou était-ce souffre-douleur? Une chose était sûre: il était la risée de ses compagnons de travail et de tous ceux qui fréquentaient les mêmes débits de boissons que lui. Son visage rabougri laissait entrevoir son esprit obtus. On pouvait y déceler son acharnement à défendre des idées réactionnaires. Il était complètement fermé aux idées nouvelles et, du coup, se retrouvait isolé de presque toute sa famille.

Émile rêvait sa vie plus qu'il ne la vivait dans le monde réel. Le bruit infernal dans son environnement de travail et la tâche ardue qu'il y accomplissait quotidiennement l'abrutissaient, et sa tournée quotidienne des arrière-boutiques d'épicerie l'amenait dans un rêve éthylique duquel il ne sortait pour ainsi dire jamais et qui se poursuivait durant son sommeil. Au réveil, l'enfer recommençait pour lui. Frustré en ouvrant les yeux par l'absence de sa femme et des douceurs qu'elle aurait pu lui procurer, il se passait une débarbouillette sur le visage – c'était toute sa toilette –, déjeunait rapidement et se rendait à l'usine en ronchonnant. Au milieu de toute cette misère qui l'habitait, une seule pensée le faisait frissonner de plaisir, c'était l'achat d'une automobile. Il pourrait enfin montrer sa supériorité à tous ceux qui le méprisaient secrètement ou ouvertement. Émile avait vu la voiture de ses rêves dans un magazine pendant qu'il attendait chez le barbier.

— Qu'est-ce que vous en pensez, vous, père Nantel? C'est-tu un beau char ou pas ce Buick-là?

— C'est pour les *big shots* ça, monsieur Robichaud! C'est pas fait pour du monde ordinaire comme moi pis vous.

— Vous pensez ça? Je pourrais vous surprendre un bon matin!

— Voyons donc, monsieur Robichaud, vous n'êtes pas sérieux? Vous auriez le plus beau char de la paroisse…

— Pourquoi pas? J'ai pas peur d'le dire, y m'tente en baptême.

— C'est donc vrai la rumeur que vous êtes plein aux as?

— Qui c'est qui dit ça?

— La rumeur, monsieur Robichaud, la rumeur…

C'était une Buick Dynaflo quatre portes, bleu poudre et blanc. La crainte qu'il avait de se faire voler son argent poussait Émile à des délires aussitôt qu'il était ivre. Lui qui n'avait jamais peur de le dire avait peur de se faire dépouiller de son argent. Il ne craignait ni les coups ni les blessures, mais son argent était son talon d'Achille. Il en vint à se convaincre que l'automobile qui le taraudait comme un fantasme serait en quelque sorte un investissement. Une partie de son capital serait à l'abri. C'était se leurrer, bien évidemment…

En revanche, il pouvait difficilement s'imaginer arriver chez lui avec sa Buick sans provoquer une crise magistrale. Ne serait-ce pas une façon de narguer Lauretta que d'agir ainsi, elle qui venait justement de se plaindre de manquer d'argent? Il se demandait si ce n'était pas là le but ultime de son fantasme. Provoquer sa femme, se venger pour toutes les misères qu'elle lui faisait subir. Son rapport avec elle s'était transformé en une relation d'amour-haine.

Il aurait suffi de si peu pour le rendre heureux de nouveau, mais Émile était incapable de reconnaître sa culpabilité, et encore moins de faire le premier pas, de peur d'être rabroué. L'orgueil, ce mal insidieux, qui l'habitait jusqu'au tréfonds de son être, ne lui permettait pas cette option. Émile n'avait jamais eu de facilité à reconnaître ses torts et son cœur s'était encore endurci avec les années.

Oui! Il l'achèterait s'ils l'avaient en stock chez Gabriel Lussier. Sur un coup de tête, il quitta le barbier et se dirigea vers le dépositaire situé sur la rue Principale à la sortie de la ville en direction de Saint-Paul-d'Abbotsford. Quand il arriva près du dépositaire, il hésita, mais poursuivit sa route malgré tout. C'était devenu un défi. Ce serait une déclaration de guerre ouverte à son épouse et c'est le cœur rempli de bravade qu'il entra dans la salle d'exposition.

Émile eut un coup de foudre en apercevant l'objet de sa convoitise. Elle était là, devant lui, rutilante, sentant le neuf. Sa splendeur le foudroya et un vendeur vit en lui un rêveur pauvrement vêtu.

— Bonjour, monsieur ?

— Robichaud ! C'est celui-là qui m'intéresse avec ses deux couleurs et ses trois yeux de chaque côté.

— Avez-vous remarqué le pare-chocs avant, les fameuses «dents», mais aussi ce que vous appelez ses yeux, ce sont des «ventiports» ? Ce sont des aérations latérales qui permettent de refroidir le moteur. Par contre, je doute que ce modèle-là vous soit accessible financièrement, monsieur Robichaud.

— Qu'est-ce que tu veux dire par là ? Que j'ai pas les moyens ? Tu veux m'insulter ? C'est ça ? Je veux voir ton patron ! Lui, il va voir que j'ai les moyens.

— Je ne voulais pas vous insulter, monsieur Robichaud. C'est juste que c'est l'un des modèles les plus chers. Je vous aurais proposé autre chose.

— C'est pas autre chose que j'veux, c'est celui-là, baptême !

Émile ne l'écouta même plus et se dirigea vers l'un des bureaux avec le vendeur sur les talons qui s'excusait. À force de se confondre en excuses, le vendeur avait attiré l'attention du propriétaire du garage. Ce dernier vint à la rescousse de son vendeur, car il ne voulait pas passer à côté d'une transaction potentielle.

— Que se passe-t-il, Lucien ? demanda le propriétaire.

— Je ne veux pas faire affaire avec votre vendeur. Il pense que je n'ai pas les moyens de m'acheter le modèle qui me plaît. J'ai pas peur d'le dire, je peux en acheter trois, quatre comme ça. Voulez-vous voir mon argent, baptême ? intervint Émile, offusqué d'être pris de haut.

— OK, Lucien ! Je m'en occupe.

Émile sortit son argent toujours retenu par un gros élastique et le montra au vendeur pour le narguer.

— Tiens, mon Lucien ! D'après toi, j'en ai-tu assez ? Tu viens d'perdre une belle vente, mon gars. J'espère que ton *boss* va être plus *smatte* que toi, sinon j'vais aller ailleurs.

— Calmez-vous, monsieur... Robichaud, si j'ai bien compris ?

— Pis ! Je peux-tu le voir le Dynaflo, oui ou non, baptême ?

— Bien sûr, monsieur Robichaud, bien sûr ! Suivez-moi que je vous l'explique en détail.

Émile trouva enfin satisfaction et écouta la description que le propriétaire en fit. Émile n'avait jamais vu une automobile sans pédale d'embrayage avec une transmission à bouton incorporée dans le tableau de bord. Le garagiste l'invita à s'asseoir du côté conducteur et se donna beaucoup de mal pour ajuster le siège à la satisfaction de son client potentiel. Il ne fallait jamais se fier aux apparences. Il s'évertuait à l'expliquer à ses vendeurs. Il espérait sincèrement conclure cette vente et donner une bonne leçon à son vendeur par la même occasion. Quand le propriétaire proposa à Émile d'aller faire une petite promenade pour l'essayer, ce dernier était conquis.

La transaction se conclua rapidement dès leur retour. Émile sortit l'argent nécessaire pour payer et tenait à repartir avec l'objet de sa convoitise. Il savait qu'il ferait l'envie de sa famille et de tout le quartier. Il craignait la réaction de sa femme, mais après tout, c'était ce qu'il cherchait à faire, la provoquer. Il avait bien le droit de se gâter un peu, se dit-il.

Quand il entra dans la cour chez lui, il était déjà moins fanfaron. Il aurait aimé revenir en arrière et annuler sa transaction, mais il était trop tard. Lauretta n'en croyait pas ses yeux. Elle était sidérée devant l'arrogance de son mari.

— As-tu perdu la tête, Émile, ma foi du bon Dieu? Au moment où je me plains de manquer d'argent pour élever la famille, tu arrives avec une auto neuve à la maison? Tu veux vraiment me blesser? Quelle suffisance! Quelle arrogance, mais surtout quel voleur tu fais, Émile Robichaud!

— Qu'est-ce que tu veux dire par là ? Je n'ai rien volé à personne ! C'est mon argent et j'ai le droit de le dépenser comme ça me tente.

— Tais-toi, Émile, ou je fais un malheur !

Et Lauretta éclata en sanglots en retournant à l'intérieur de la maison. Son pire cauchemar était devenu réalité. Elle avait désormais la confirmation que son mari avait détourné des fonds de la vente de la ferme de Stanbridge-East. Quel être abject avait-elle épousé ? À ses yeux, il faisait preuve du plus grand mépris à son égard. Et elle le détestait d'être aussi insensible aux besoins de sa famille. Son égoïsme étalé au grand jour, il n'y avait plus d'issue possible. Tôt ou tard, il recevrait son jugement.

Émile, ne pouvant tolérer de voir sa femme en pleurs, reprit donc la rue pour échapper à ses remords. Il se dirigea vers la taverne de l'hôtel Lemonde où il se fit servir une grosse Molson Export par Germain, le serveur.

— Tiens, salut, Émile ! Ça fait un p'tit bout de temps que je ne t'ai pas vu. Quoi de neuf ?

— Je viens de m'acheter un beau char neuf, pis ma femme est pas contente comme d'habitude.

— Ah oui ? Quelle sorte ?

— Il est juste en avant, c'est un beau Buick Dynaflo. Viens voir !

Germain se dirigea vers la fenêtre et vit la voiture d'Émile. Il était estomaqué. C'était donc vrai la rumeur qui circulait au sujet d'Émile qu'il était riche. Émile vit le regard admiratif de Germain se poser sur son automobile. Il en retira une immense satisfaction.

— Ouais! Tu t'promènes pas à pied, mon Émile. J'en reviens pas!

— Tu pensais pas que j'pouvais m'payer un char comme ça, avoue?

— J'ai jamais pensé que t'étais un cassé, mais de là à t'acheter un beau char comme ça, y'a une marge, *batinse*!

— J'vais en faire baver une *gang* à la *shop*, crois-moi!

— J'te crois! Même moi, j'suis jaloux.

Émile était ravi de l'effet qu'il avait créé chez le serveur avec qui il avait développé des liens amicaux. À défaut d'être honoré chez lui, il le serait à l'extérieur. La bière descendait bien et il avait une bonne raison de fêter. Trois grosses bières plus tard, il reprit la route du retour chez lui. Il était suffisamment grisé pour affronter l'opprobre de sa famille, mais surtout de sa femme et de Monique, sa fille aînée. Il ne put s'empêcher de s'arrêter chez l'épicier Tessier pour boire une dernière bière et faire étalage de sa nouvelle acquisition.

Quand finalement il arriva chez lui, il était passablement ivre. Il faillit accrocher le poteau de téléphone qui se trouvait tout près de son entrée de cour. Il ne se rendit même pas compte qu'il l'avait frôlé, mais Patrick, lui, s'en aperçut.

— V'là 'pa ! Il a failli accrocher le poteau du Bell avec un char neuf. Ç'aurait été le boutte ! Je me demande bien qui est assez fou pour lui prêter un beau char comme ça.

— Il est assez fou pour l'avoir acheté juste pour me provoquer, tu sais, Patrick ! S'il l'a acheté, je ne veux pas que tu passes de commentaires et encore moins que tu le félicites pour cette maudite auto-là.

— Voyons, maman ! Je vais monter dans ma chambre. Je ne veux pas être témoin quand ça va commencer à barder entre vous deux.

— Ne t'inquiète pas ! Je vais tout simplement l'ignorer. Attends que ta sœur Monique revienne avec son amoureux. Elle va faire toute une tête, elle aussi, mais pour le moment, on n'est même pas sûr qu'il l'a achetée…

Émile éteignit le moteur de sa nouvelle voiture et resta assis à l'intérieur à la contempler. Il l'aimait plus que tout. Elle avait une allure futuriste avec cette transmission révolutionnaire, même si elle était déjà sur le marché depuis 1948. Il ignorait ce détail, mais cela n'avait pas d'importance pour lui. Il avait enfin une automobile neuve et c'était tout ce qui comptait pour lui, au grand désarroi de son épouse.

Tout en baignant dans un nuage de félicité, Émile essayait de rassembler son courage pour affronter sa Némésis. Il pouvait entrevoir son châtiment à travers les brumes éthyliques qui envahissaient son cerveau. Plus il retardait le moment de la braver, plus il s'engourdissait. Il devint incapable de faire le moindre mouvement et sombra dans un profond sommeil toujours assis au volant de sa rutilante Buick.

— Maman! Maman! Papa s'est endormi dans l'auto, s'écria Jacques, son fils de onze ans.

— Laisse-le tranquille, Jacquot! Laisse-le cuver sa boisson. On ne s'en occupe pas, un point c'est tout.

— Elle est vraiment belle, l'auto! C'est-tu à lui?

— Oui, Jacquot, mais c'est nous qui l'avons payée. C'est ton nouveau lit qui devra attendre à cause de cette belle auto. Ton confort n'était pas la priorité de ton père, ça a l'air!

— Ah zut! Ma paillasse est vraiment finie, maman. Je sens les planches au travers.

— Patience, mon garçon! C'est tout ce qui nous reste à faire. Je te promets de régler le problème au plus vite.

Lauretta regarda par la fenêtre de la cuisine et vit son mari affalé sur le volant qui ronflait la bouche ouverte. Sur ces entrefaites, Monique arriva avec Paul, son compagnon. Ils se demandèrent qui venait leur rendre visite. Sûrement un client de sa mère. Quelle ne fut pas leur stupéfaction de voir Émile endormi au volant. Ils entrèrent dans la maison et Monique interrogea sa mère.

— Maman! Veux-tu bien me dire ce qui se passe avec papa endormi dans cette auto?

— Imagine-toi donc que c'est la dernière folie de ton père. Excuse-nous de parler de nos problèmes familiaux devant toi Paul, je ne veux pas te mettre mal à l'aise.

— Ne vous inquiétez pas pour moi, madame Robichaud, je connais un peu votre mari grâce à ce que Monique m'a raconté. Plus rien ne me surprend, mais moi, c'est votre fille que j'aime et c'est tout ce qui compte, sauf votre respect.

— Tu es bien généreux, Paul! Il y a toujours un mouton noir dans une famille, et dans notre cas, c'est le père lui-même.

— Ne vous en faites pas tant, madame Robichaud! Vous allez vous rendre malade.

Lauretta raconta la discussion qu'elle avait eue avec son mari un peu plus tôt cette semaine-là, à propos de l'argent dont elle avait besoin pour la famille. Elle ne comprenait pas que son mari lui fasse un tel affront. C'était une preuve flagrante de son mépris à son égard. Elle savait fort bien que c'était une façon de se venger.

Quelques jours plus tard, Lauretta, en se rendant au comptoir familial de l'église, croisa le curé qui entreprit de lui faire la conversation.

— Bonjour, madame Robichaud, comment allez-vous?

— Très bien, monsieur le curé.

— Qu'est-ce qui vous amène au comptoir de la paroisse ?

— J'ai besoin d'un matelas pour un de mes plus jeunes et je viens voir si madame Vézina n'aurait pas ça par hasard.

— Savez-vous que le but du comptoir, madame Robichaud, est d'aider les plus démunis ? Si je me fie à ce que j'ai vu et entendu, votre mari se promène au volant d'une rutilante automobile. Elle est bien à lui cette auto, n'est-ce pas ?

— Vous avez raison, monsieur le curé, elle est bien à lui, mais ça ne veut pas dire pour autant que les membres de sa famille vivent dans l'abondance.

— Ah bon ! Changement d'à-propos, quel âge a votre plus jeune, madame Robichaud ?

— Jean-Pierre a six ans, monsieur le curé.

— Vous me semblez bien jeune pour ne plus avoir d'enfants. Vous n'empêchez pas la famille tout de même, madame Robichaud ?

— Monsieur le curé, je vous ferais remarquer que j'ai neuf enfants en plus de quelques fausses couches. Je crois que j'ai fait ma part ! De toute façon, je suis ménopausée, monsieur le curé.

Plus la conversation avançait et plus Lauretta sentait la colère monter en elle. La plupart du temps, les curés prenaient le parti des hommes, car théoriquement, l'homme était le chef de famille. Ce n'était plus le cas chez les Robichaud depuis longtemps, mais elle ne pouvait le lui dire. Si elle dénonçait son mari pour le détournement d'argent, elle redoutait la réponse du curé qui aurait sûrement dit que cet argent lui appartenait par droit divin selon les dogmes de l'Église catholique. Il l'accuserait peut-être de médisance. Elle avait peur d'ébranler sa foi si elle poursuivait cette conversation.

Chapitre 2

Peu de temps avant ces événements, Monique avait eu vingt-et-un ans et, par conséquent, atteint sa majorité. Elle était devenue une femme d'une beauté provocante. Dotée d'un physique plantureux et d'un teint mat de gitane, les hommes se retournaient sur son passage tant elle dégageait de charme et de magnétisme. Sa physionomie ne laissait personne indifférent, et plus particulièrement cet homme charmant qui la courtisait avec assiduité, Paul Tremblay. Elle l'avait rencontré par hasard au stade en regardant une partie des Red Sox de Granby, qui faisaient partie de la ligue provinciale du Québec. Joe Monteiro venait de frapper un circuit avec deux hommes sur les buts et Monique, qui était une vraie fan de baseball, s'était levée dans les gradins et avait crié avec beaucoup de ferveur son contentement. La situation, qui était apparue désastreuse jusqu'à la sixième manche, venait de changer radicalement.

Devant son enthousiasme marqué, Paul, qui était lui aussi un mordu, n'avait pu faire autrement que de remarquer cette belle jeune femme aux cheveux auburn. Comme Monique était assise non loin de lui dans une rangée plus près du receveur, il put la contempler tranquillement. Il remarqua qu'elle était accompagnée d'un jeune homme, ce qui le dérangea un peu. Mais en voyant qu'il était très jeune, il en vint à la conclusion que ce ne pouvait être son compagnon. Dans une assistance de plus de trois mille cinq cents personnes, il s'était frayé un chemin jusqu'à se retrouver directement derrière elle. Prenant son courage à deux mains, Paul avait réussi à l'approcher durant la huitième manche.

— Je crois bien que les Red Sox vont gagner aujourd'hui ! Qu'en pensez-vous, mademoiselle ?

— Oui ! Je suis presque certaine que les Braves de Québec vont recevoir toute une dégelée cette fois-ci. Regardez Gérald Cabana qui s'approche du marbre pour frapper. Il est très fort sur les circuits.

— Vous semblez connaître le baseball autant que moi. Je me présente, Paul Tremblay, dit-il en lui tendant la main.

Le pauvre Paul avait mal choisi son moment pour se présenter, car Monique était captivée par le frappeur Cabana. Elle ne répondit pas et Cabana frappa un deux-buts, permettant à son coéquipier John André de marquer un point. Monique sauta de joie en voyant son équipe prendre une avance sérieuse sur les Braves. Elle se retourna finalement et s'excusa de son enthousiasme débordant. Elle s'était alors présentée à son tour. Elle avait déjà remarqué ce beau Brummell, mais avait fait mine de rien, car elle le croyait inaccessible. Il était bien mis et fier de sa personne avec des allures de dandy ou de vedette de cinéma, pensait-elle.

— Excusez-moi, monsieur Paul… Est-ce bien Tremblay ? J'étais trop excitée par la partie, je ne vous ai pas répondu. Moi, c'est Monique Robichaud, enchantée !

— Il n'y a qu'une femme pour saisir un nom au passage à travers le chahut d'une partie de baseball aussi enlevante ! Enchanté, moi aussi, d'enfin pouvoir vous parler, mademoiselle Robichaud ! Puis-je vous appeler Monique ?

— Bien sûr ! Je vous présente mon frère Marcel. C'est lui aussi un grand amateur de sport, comme spectateur et comme joueur.

— Enchanté, Marcel ! Paul Tremblay !

Ils se serrèrent la main.

— On pourrait peut-être se tutoyer ?

— Ouais ! Je garde le vouvoiement pour les vieillards, et encore… Qu'est-ce que tu fais dans la vie, Paul ?

— Voyons, Marcel, on ne pose pas des questions semblables quand on ne connaît pas la personne. C'est impoli !

— C'est correct, Monique ! J'aime mieux les personnes qui vont droit au but. Je suis contremaître dans une usine de textile. Oh, excuse-moi, Monique, tu permets que je te tutoie aussi ?

Monique était toute remuée intérieurement. Elle était contente que son frère Marcel soit présent, sinon, elle aurait rougi et pris la fuite. Elle connaissait Paul pour l'avoir déjà aperçu et s'était même renseignée auprès de ses camarades de travail. Il avait fait l'unanimité pour son côté gentleman, mais il avait en revanche beaucoup trop de succès auprès des femmes au goût de Monique. Elle se mit à le craindre à cause de sa réputation de tombeur. Et voilà qu'ils se tutoyaient. C'était exactement le genre de piège que Monique voulait éviter. Elle cherchait à combattre son attirance envers lui, mais sans grand succès.

Au stade de la rue Laval, elle ne pouvait pas fuir sans avoir l'air ridicule. Elle avait eu sa leçon dans le passé et avait payé cher sa faiblesse. Elle n'était plus la jeune fille naïve qui s'était laissé embobiner et retrouvée enceinte beaucoup trop jeune. Jean-Pierre était né à la fin de l'année 1945, et elle était demeurée chaste depuis ce temps-là. La peur, le mépris de son père et les ragots avaient imposé leurs lois. Monique avait tenté de compenser en devenant une femme dévouée à sa famille, en aidant sa mère dans les tâches ménagères et dans son atelier de couture, en plus de travailler en usine.

Monique n'avait pas eu beaucoup de temps à consacrer aux batifolages, mais là, son cœur s'était mis à palpiter, bien malgré elle, pour ce bel inconnu. Elle tenta de se concentrer sur la neuvième et dernière manche, mais en fut incapable. Les effluves de l'eau de Cologne du jeune homme l'enivraient au point de l'étourdir. Et cette chaude haleine qui se dégageait de la bouche de Paul quand il se penchait par-dessus son épaule et lui parlait à l'oreille en essayant de couvrir le bruit de la foule qui voyait son équipe locale gagner... Elle avait envie qu'il l'embrasse tellement son haleine était fraîche. Elle réussit à se ressaisir quand la foule hurla de joie à la fin de la partie devant le succès des Red Sox de Granby.

— Est-ce que je pourrais vous offrir une consommation pour fêter cette victoire, à Marcel et toi?

— Il est un peu tard et j'ai une grosse journée demain.

— Ce soir, nous sommes samedi, Monique, et demain, c'est dimanche. Tu ne travailles sûrement pas à l'usine? Allez! Fais-moi ce plaisir, s'il te plaît. Tu n'as rien à craindre, on pourrait aller au bar du Ritz, c'est tout près.

— Marcel n'est pas majeur, Paul! Il a seulement dix-neuf ans.

— Toi, la grande sœur! Crois-tu que c'est la première fois que je vais au Ritz? Je suis assez vieux pour prendre mes responsabilités. Il n'y a pas de problème, je connais très bien le patron.

— Bon, d'accord! Mais juste un verre et je rentre à la maison.

— C'est parfait, et je t'accompagnerai si tu veux pour le retour chez toi.

Monique jouait l'indifférente, mais elle était tout émoustillée à l'idée d'être vue en public avec Paul Tremblay. La chimie fonctionnait entre eux. De plus, elle n'avait jamais pénétré dans un débit de boissons auparavant. Elle était curieuse, mais craintive en même temps. Elle pensait à son père et à son alcoolisme. C'était suffisant pour la mettre en garde contre toute forme d'abus. Elle en profiterait pour observer les habitudes de consommation de Paul. S'il l'avait approchée, c'était parce qu'elle l'intéressait et, si c'était le cas, il était préférable de le connaître un peu mieux. Elle n'avait pas l'intention de se retrouver avec un coureur de jupons, et encore moins de faire partie de son tableau de chasse.

— Dis-moi, Paul. Tu y viens souvent à cet endroit ? Moi, je n'y ai jamais mis les pieds, ni dans aucun autre débit de boissons, d'ailleurs.

— Tu es très sage, Monique ! Pour répondre à ta question, j'y viens une fois de temps en temps. J'habite encore chez mes parents pour leur donner un coup de main financièrement.

Paul lui expliqua qu'il ne restait que sa sœur Lise et lui sur huit enfants vivants. Son père était déjà à la retraite pour ainsi dire. Il était employé comme jardinier pour un médecin, mais il était plutôt un homme à tout faire et ne travaillait plus beaucoup. Il faut dire qu'il était assez âgé. Le jeune homme lui confia qu'ils habitaient juste en face du parc Miner sur l'avenue du Parc et que le Ritz se trouvait en face de chez lui, sur la rue Principale.

Après une courte marche, ils arrivèrent au Ritz. En bas, il y avait un restaurant et, au deuxième étage, se trouvait le bar. La salle était presque pleine. Plusieurs des spectateurs de la partie de baseball avaient suivi leur exemple et étaient venus se désaltérer à cet endroit populaire.

— Il y a beaucoup de monde ici! constata Monique.

— Oui! Et le soir, les gens viennent danser, c'est très animé, répondit Paul.

— Tu as raison, Paul! Je suis déjà venu ici avec Lucie, ma copine, et on avait dansé comme des fous.

— Je ne savais pas que tu dansais, frérot! Qu'avez-vous dansé?

— Des danses latinos comme la samba, le cha-cha-cha, la rumba et évidemment, des slows. C'est ça qui est à la mode.

Monique ne savait pas danser et l'avoua à Paul. Il lui proposa de lui apprendre avec le plus grand plaisir, mais elle n'était pas prête à se lancer dans l'aventure avec lui sans s'être assurée d'abord qu'elle aurait un chaperon lors de la prochaine sortie, s'il y en avait une...

— Je ne sais pas, Paul! Je n'ai pas beaucoup de temps pour des frivolités. Je dois vraiment aider ma mère dans ses travaux de couture. Elle est complètement débordée et mes sorties se limitent généralement à regarder une partie de baseball de temps à autre.

— Mais, Monique, il faut qu'une belle jeune femme comme toi s'amuse un peu, quand même.

— Il y a beaucoup de jeunes femmes beaucoup plus coquettes que moi. Tu devrais regarder de ce côté-là.

— C'est différent avec toi, Monique! Tu es belle au naturel, sans aucun artifice.

— Flatteur, va! Je parie que tu dis ça à toutes les femmes que tu accostes?

— Je te jure que non, Monique!

— Bla, bla, bla… Changeons de sujet, veux-tu? Je ne suis pas très à l'aise. Je vais y réfléchir si tu me le permets.

Monique était toute confuse de s'entendre dire qu'elle était jolie. Elle ne savait pas si elle devait le croire, mais elle se laissa quand même bercer par ses belles paroles. C'était tellement agréable d'être courtisée par un si bel homme. En doutant de ses paroles, elle avait incité Paul à poursuivre sa cour, car elle avait pris un petit air mutin en discutant avec lui. Le serveur s'approcha de leur table et interrompit le dialogue qui s'installait tranquillement entre eux. Loin de se laisser décourager, Paul lui demanda ce qu'elle voulait boire.

— Je prendrais un John Collins, s'il te plaît.

— Avec du gin ou du whisky?

— Non! Non! Le soda en bouteille seulement, je suis allergique à l'alcool.

— Ah bon! Avec de la glace?

— Oui! Pour l'allergie, c'est une longue histoire de famille que je ne tiens pas à raconter.

— D'accord! Et toi, Marcel, qu'est-ce que tu prends? C'est moi qui vous l'offre.

— Une Dow fera l'affaire!

Le serveur avait pris note des consommations et Paul prit un John Collins avec du gin en ayant en tête de le faire goûter à Monique. Il voulait vraiment savoir quelle était cette histoire d'allergie, poussé par la curiosité et par son intérêt grandissant pour la jeune fille. Ne voulant pas la presser à se révéler, il décida d'attendre un moment plus propice à la confidence.

Le serveur revint avec les consommations et Paul régla la note en laissant un généreux pourboire. Il voulait montrer à Monique et à Marcel qu'il était bien élevé. La conversation était légère et facile. De temps à autre, une connaissance de Paul venait les saluer et Monique observa qu'il était connu de beaucoup de gens, à tout le moins à cet endroit.

Quand ils eurent terminé leurs consommations, Monique lui expliqua qu'elle devait aller préparer le souper pour la famille. Paul se leva à son tour et réitéra son intention de la raccompagner jusque chez elle. Marcel devait se rendre au restaurant Bazinet où il travaillait comme assistant-chef, et le samedi soir était une soirée très occupée.

Ils prirent le chemin du retour et laissèrent Marcel en passant devant le restaurant Bazinet. Paul et Monique poursuivirent la route en discutant. Paul se montra drôle, mais aussi très intéressé à la revoir. Elle le repoussait gentiment en lui lançant quelques boutades concernant sa réputation de don Juan, ce qu'il niait avec vigueur.

Arrivée à proximité de la maison familiale, Monique s'arrêta. Elle ne voulait pas être vue par d'autres membres de sa famille, et surtout pas par son père, qui ne manquerait pas de lui faire des reproches. Elle n'avait aucune envie de subir ses sarcasmes et le mentionna à Paul qui ne comprit pas, mais acquiesça.

— Je suppose qu'il n'est pas question que je t'embrasse, Monique?

— Non! C'est trop vite. Il faut que tu comprennes que je ne te connais pas vraiment. Je suis farouche et je t'expliquerai peut-être la raison un de ces jours, mais pour l'instant, c'est trop vite. Excuse-moi!

— Est-ce que je peux espérer te revoir bientôt? Tu me plais vraiment beaucoup et je ne saurais dire pourquoi, à l'exception de ton évidente beauté. Je veux apprendre à te connaître et devenir ton ami. Peut-être que tu me laisseras devenir ton amoureux une fois que tu me connaîtras mieux?

— Je ne dis pas non, Paul! Je peux te laisser notre numéro de téléphone. Appelle-moi et je verrai si je peux me libérer! J'aimerais que ce soit une rencontre franche et sincère. S'il te plaît, ne me fais pas marcher, d'accord?

— Bon Dieu, Monique! Pour qui me prends-tu? Mes intentions sont sincères et oublie tous les ragots que tu as entendus à mon sujet. Je vais te prouver que je suis sérieux et patient. Je suis un gentleman, après tout! Alors, bonne soirée et pense à ce que je t'ai dit. Tu peux avoir confiance!

Paul lui serra la main et la tint un moment tout en la fixant de son regard pénétrant. Si elle s'était écoutée à ce moment-là, elle l'aurait embrassé tendrement, mais elle avait tellement peur. Elle lâcha sa main et se contenta de se diriger vers la maison sans se retourner, toute chamboulée qu'elle était. Monique était amoureuse pour la première fois de sa vie, et ce sentiment était très troublant. Entre la peur et le désir, son cœur battait la chamade. Où trouverait-elle le courage de lui avouer que Jean-Pierre était son fils? Elle exigeait de Paul qu'il soit honnête avec elle, et elle devait par conséquent en faire tout autant de son côté. Avait-il, lui aussi, des secrets qui n'étaient pas faciles à avouer?

Monique essayait de ne pas penser à lui, mais en vain. Paul était devenu une obsession et elle se surprenait à penser à lui au travail, à la maison, et même la nuit…

— Qu'est-ce qui te tracasse, Monique? lui demanda sa mère.

— Pourquoi me poses-tu cette question, maman?

— Je trouve que tu n'as pas l'air dans ton assiette. Je te trouve un peu lunatique ces derniers temps. As-tu des ennuis au travail? Des ennuis de santé?

— Pas du tout, maman! Ça va très bien au contraire. Mais je dois t'avouer quelque chose, et peut-être que tu pourras me conseiller judicieusement. Je suis amoureuse et ça me fait très peur.

— Je suis contente pour toi, mais c'est normal d'avoir peur, ma fille! C'est toute une expérience que tu te prépares à vivre et il faut que tu fasses le bon choix. Mais je crois savoir ce qui te tracasse. C'est Jean-Pierre, n'est-ce pas?

— Oui! J'ai peur qu'il me repousse quand il saura...

— Tu n'as pas à avoir peur, Monique. S'il se pousse en apprenant que tu as déjà eu un fils, c'est qu'il ne te mérite pas. Tu as toujours l'option de te taire, puisque légalement Jean-Pierre est ton frère.

— Je vais y réfléchir, maman, mais ça ne m'apparaît pas honnête de cacher une telle chose. J'y pense tout le temps. Si tu voyais comme il est beau!

— C'est tout à ton honneur, ma grande. L'honnêteté, ça n'a pas de prix. Je pourrais t'en parler longtemps...

Monique poursuivit sa rêverie tout en préparant le souper avec l'aide de Nicole, sa jeune sœur de quinze ans. Lauretta était troublée par le secret de Monique et cherchait quelle serait la meilleure façon d'informer le prétendant de sa fille sans le faire fuir. Ce n'était pas évident pour une mère de reconnaître une erreur commise longtemps auparavant. Un enfant si charmant était né de cet écart de conduite qu'elle éprouvait beaucoup de difficultés à entrevoir la façon d'aborder le sujet. Elle adorait Jean-Pierre et ce dernier le lui rendait bien.

— Écoute, Monique! J'ai bien réfléchi et je crois que la seule façon de l'informer est la façon directe. Plus rapidement tu lui en parleras et plus vite tu sauras de quel bois il se chauffe. S'il est sincère, plus rapidement tu connaîtras le fond de sa pensée et moins tu souffriras de sa réaction si elle est négative.

— Tu crois, maman?

— Je suis sûre qu'il va te respecter pour ta franchise. C'est très important dans une relation naissante. Le respect, ça jette des bonnes bases, et l'honnêteté paie tout le temps, ma grande.

— Je vais suivre tes conseils, maman, parce que je sais que tu as raison, même si ce ne sera pas facile. Ça va être une douche très froide et s'il est le moindrement frileux, il va se sauver. Mais au moins, je le saurai tout de suite.

— Voilà! Je reconnais bien ma fille. Si tu savais comme je suis fière de toi…

— Merci, maman! Tu me donnes du courage. Je sens que je vais mieux dormir ce soir. J'attendrai son appel et je lui dirai aussitôt que l'occasion se présentera.

La soirée se déroula calmement et Monique se coucha tôt avec un bon roman. Elle lut quelques pages et s'endormit.

La journée avait été forte en émotions et avait sapé toute son énergie. Elle dormit du sommeil du juste, ce qui ne l'empêcha pas de faire un rêve idyllique.

Paul était évidemment la source de cette fantaisie. Dans son rêve, ce dernier l'embrassait tendrement et la serrait dans ses bras tout en lui caressant le dos jusqu'à réveiller sa passion. Auparavant, c'était comme si elle avait volontairement cadenassé son cœur pour ne laisser personne d'autre qu'un membre de sa famille y pénétrer. Son fils y tenait une très grande place.

Au matin, Monique se réveilla avec le cœur rempli d'espoir. Le soleil était au rendez-vous et la journée s'annonçait chaude. La veille, Gérard lui avait proposé de l'accompagner ce jour-là au lac de Roxton Pond avec sa nouvelle flamme du moment, Gaétane. La température s'avérait idéale pour passer une journée à la plage, mais Monique avait trop de travail dans le jardin : elle devait désherber et cueillir les légumes qui avaient atteint leur maturité. Elle avait décliné l'invitation en lui expliquant ces raisons. C'étaient les vacances annuelles pour la plupart des travailleurs d'usine, et Monique en profitait pour se faire bronzer tout en travaillant.

Ravissante avec ses pieds nus dans une paire d'espadrilles, un pantalon trois-quarts ajusté, style corsaire, et une petite blouse sans manche, la jeune fille était prête à s'attaquer à la besogne pendant que le soleil ne plombait pas trop. Elle avait consulté l'horaire auparavant pour s'assurer d'avoir une équipe qui partagerait le labeur avec elle. Pour que ce soit plaisant, il fallait que cela ne prenne pas trop de temps, et il y avait bien sûr toujours le bonheur de cueillir, tout en croquant de temps à autre dans un légume ou dans un fruit frais. Ce n'était plus une corvée.

— Bon matin, Nicole ! As-tu le goût de travailler dans le jardin ce matin ? Après, on pourrait mettre nos maillots et se faire bronzer au bout du terrain loin des regards indiscrets. Qu'en penses-tu ?

— Je déjeune et je suis partante ! As-tu vérifié qui est supposé nous aider aujourd'hui ?

— Oui ! C'est Gérard, mais je serais bien surprise qu'il vienne aujourd'hui. Il s'en va à la plage familiale de Roxton Pond avec Gaétane.

— Oh, j'aimerais ça y aller, moi aussi !

— Tu peux lui demander s'il veut t'amener. Je peux m'arranger toute seule avec le jardin et, s'il reste encore du désherbage, tu pourras toujours m'aider demain. Ça te va comme ça ?

— Penses-tu qu'il va vouloir m'amener avec eux ?

— Si tu lui demandes, je suis certaine que oui.

Pour maximiser ses chances qu'il accepte, Nicole pensa qu'il était préférable d'attendre que son frère Gérard se réveille et de lui préparer son déjeuner. S'il refusait, elle travaillerait au jardin. Elle aimait bien sa grande sœur Monique qui était toujours généreuse et gentille avec elle. Le plus souvent, elle lui prodiguait aussi de bons conseils pour tout ce qui concernait les problèmes de jeune femme. C'était un peu sa deuxième mère.

Monique se rendit au jardin avec son fils Jean-Pierre qui avait désormais six ans. Le temps avait filé à une vitesse vertigineuse ! Elle avait l'impression que ces dernières années avaient été moins difficiles à travers la lunette du souvenir, et pourtant… Le mépris de son père à son égard l'avait beaucoup affectée. Son fils l'avait aidée en la nourrissant de son amour. Heureusement, elle avait eu le soutien inconditionnel de sa mère et, pour cette raison, elle lui vouait une véritable vénération.

Jean-Pierre se mit à la cueillette des tomates après que Monique lui eut enseigné la façon de faire en fonction de la maturité du fruit. Elle le serra dans ses bras avec tendresse et il lui rendit la pareille. La jeune femme aimait le regarder travailler, lui qui était dorénavant considéré comme son frère et non plus comme son fils. Il lui était difficile de se faire à cette idée sans ressentir une très grande souffrance. Elle veillait sur lui secrètement et lui réservait une grande place dans son cœur. C'était pour cette même raison qu'elle vivait un si grand dilemme avec Paul. Devait-elle lui confier tout de suite son secret à propos de Jean-Pierre alors que leur relation en était à ses débuts ou attendre un moment plus propice ? Et si elle lui laissait le temps de la connaître un peu mieux avant de lui en parler, peut-être que…

Non! Elle souffrirait trop si elle laissait l'amour grandir avant de se confier. Il valait mieux percer l'abcès rapidement. C'était préférable d'en parler le plus tôt possible, car même s'ils se connaissaient à peine, un rejet serait douloureux. Monique se surprit à prier, elle qui se croyait athée. Elle passait de l'euphorie à l'abattement, de la confiance au doute. Elle essaya de chasser cette pensée qui la troublait en se concentrant sur son travail. Elle piochait la terre tout en gardant un œil sur Jean-Pierre qui n'était pourtant pas une source d'inquiétude dans ce grand jardin.

— J'ai soif, Monique!

— Moi aussi! Va demander à maman une cruche d'eau et rapporte-la ici. Il fait très chaud et on se reposera tous les deux si tu veux bien. On est en vacances après tout!

— C'est vrai qu'il fait chaud!

— Peux-tu rapporter à la maison le panier de tomates que tu as cueillies? Dis-lui que c'est toi qui les as cueillies et mets-toi une casquette pour protéger ton petit coco.

— Veux-tu que je ramasse tes tas de terre avec ma voiturette?

— Si tu veux, mon beau! Ça m'aiderait beaucoup, mais seulement après la pause, d'accord?

— D'accord!

Jean-Pierre se dirigea en courant vers la maison en tenant son panier d'une main. Il aimait travailler avec Monique parce qu'elle le traitait comme un grand. Il se sentait vraiment utile. Elle l'encourageait en lui montrant comment travailler et jamais elle ne le grondait si ce n'était pas tout à fait ce qu'elle attendait de lui. Il aimait beaucoup sa grande sœur. Elle l'aimait tellement en retour que le petit garçon se disait que ce devait être le rôle d'une grande sœur de lui apprendre des choses et de le cajoler quand il s'appliquait à la tâche. Il revint avec sa voiturette, sa petite pelle et le pichet d'eau.

— Si on allait s'étendre sous les pruniers, on aurait un peu d'ombre. Qu'en penses-tu?

— C'est une bonne idée, Monique!

Ils se dirigèrent vers les pruniers qui étaient situés non loin du jardin derrière la maison. Monique s'étendit à l'ombre des arbres et Jean-Pierre l'imita à son tour. Il se coucha tout près d'elle et mit ses bras derrière sa tête, tout comme elle.

— On est vraiment bien ici, ne trouves-tu pas, mon grand?

— Oui! C'est plus frais que dans le jardin. As-tu vu comme les prunes sont grosses?

— Elles ont presque atteint leur pleine grosseur. Il ne leur reste plus qu'à mûrir et nous ferons de bonnes confitures, miam, miam.

— J'ai hâte d'en manger !

— Dis-moi, Jean-Pierre, as-tu hâte de commencer l'école ?

— Oui ! J'ai bien hâte. Je suis déjà allé à la patinoire dans la cour de récréation avec Nicole. Madame Rivard m'a même donné un biscuit. Elle est très gentille.

— Je ne connais pas cette madame Rivard. Comment l'as-tu connue ?

— Elle habite à l'école Saint-Eugène et Nicole est amie avec sa fille qui s'appelle aussi Nicole. Madame Rivard a une très grande cuisine, au moins trois ou quatre fois plus grande que la nôtre.

Monique comprit que madame Rivard était la cuisinière de la résidence des frères du Sacré-Cœur qui était une section de l'école primaire. Elle lui expliqua donc le rôle de madame Rivard qu'il trouvait si gentille. Son mari et elle travaillaient pour la communauté religieuse, lui comme concierge, elle comme cuisinière. Elle travaillait six jours par semaine et préparait les repas de la communauté pour sept jours. Le dimanche, les frères se servaient eux-mêmes et lavaient leur vaisselle. Leur logement était inclus dans leurs salaires, ce qui était avantageux pour les deux parties. Madame Rivard était considérée comme une sainte femme par la douzaine de religieux dont elle s'occupait. Elle était plus qu'une cuisinière à leurs yeux, plutôt une gouvernante ou une mère quand ils étaient malades ou avaient des besoins particuliers.

— Est-ce qu'on retourne travailler avant qu'il fasse trop chaud ?

— Oui ! On pourra s'arroser après ?

— Si tu veux, Jean-Pierre, mais il ne faudrait pas se faire prendre par papa. Tu sais qu'il n'aime pas qu'on gaspille l'eau de son puits.

Leur conversation fut interrompue par Lauretta qui criait par la fenêtre de la cuisine.

— Monique ! Monique ! Un appel pour toi. C'est ton prétendant, viens vite !

— J'arrive, maman ! Excuse-moi, Jean-Pierre, je reviens.

Le cœur de Monique s'était emballé avant même qu'elle pique un sprint vers la maison. Elle était vraiment dans tous ses états quand elle répondit au téléphone. Sa mère l'observait d'un regard interrogateur. Lauretta avait entendu parler de ce Paul qui courtisait sa fille. Monique lui avait déjà révélé son existence. Lauretta se réjouissait que sa fille sorte enfin de sa coquille, mais en même temps, elle ne pouvait s'empêcher d'être inquiète. Elle espérait qu'il lui serait bientôt présenté.

— Allo ?

— Bonjour, Monique, c'est Paul ! Dis-moi, est-ce que je te dérange ?

— Non, ça va! Je travaillais dans le jardin. Je profitais du soleil et du beau temps avec mon petit frère Jean-Pierre.

— Que dirais-tu de venir te baigner sur le bord de la rivière Mawcook? Je connais un bel endroit tranquille où on pourrait faire un pique-nique.

— Je ne sais pas! Je m'occupe de mon petit frère…

— Amène-le! On irait avec mon ami Henri et sa femme, et leur nouveau-né. Dis oui, s'il te plaît!

— D'accord, mais laisse-moi le temps de préparer un *lunch*! À quelle heure aviez-vous prévu de partir?

— Oublie le *lunch*, je m'en occupe! Que dirais-tu de onze heures?

Ils se mirent d'accord pour onze heures, ce qui laissait amplement le temps à Monique pour se préparer. Elle était folle de joie et rassurée que son ami Henri, sa femme et leur nouveau-né soient de la partie. Il restait à convaincre sa mère d'accepter que Jean-Pierre l'accompagne. Lauretta, qui avait écouté la conversation, avait bien hâte de rencontrer le prétendant de sa fille.

— Oh, maman! Je suis invitée par Paul à un pique-nique. Est-ce que tu me permets d'emmener Jean-Pierre avec nous? Je vais te présenter Paul quand il viendra nous chercher.

— Bien sûr, ma grande, mais je n'ai pas besoin de te rappeler comment te tenir? Je te fais confiance, et puis ça fera plaisir à Jean-Pierre de sortir un peu. Ça va te faire du bien, j'en suis sûre. J'espère juste que c'est un bon garçon.

— Je l'espère aussi, et s'il s'aventure, je saurai le remettre à sa place. Sois sans crainte, maman !

— Va annoncer la nouvelle à Jean-Pierre et venez vous préparer. Il est déjà dix heures et je veux que vous donniez une bonne impression.

— Je vais apporter une couverture et des serviettes, et mettre mon maillot sous ma robe. Comme je suis contente !

Monique sortit en coup de vent pour avertir Jean-Pierre du changement de programme. Elle était sûre que le garçon adorerait l'escapade. Elle rangea les outils de jardinage et Jean-Pierre l'imita avec sa voiturette et sa petite pelle.

— On n'aura pas besoin de s'arroser, Monique ! On va se baigner à la place. C'est beaucoup mieux, non ?

— Oui, c'est beaucoup mieux, et tu verras que Paul est très gentil. Il est très beau aussi.

— Penses-tu qu'il veut que je sois là ?

— C'est ça ou rien, mais ne t'inquiète pas, c'est lui qui a proposé que tu viennes avec nous.

Une fois qu'ils eurent tout rangé, ils se dirigèrent vers la maison et Monique entreprit de débarbouiller Jean-Pierre, puis elle prit elle-même une douche rapide. Elle enfila son maillot et admira sa silhouette dans le miroir. Elle se trouvait jolie. Elle se brossa les cheveux avec vigueur pour leur donner du volume et du lustre, puis elle opta pour la simplicité. Elle ne se maquilla pas, comme ça, il la verrait au naturel, sans artifice. Elle se fiait sur son bronzage pour faire une bonne impression. Elle respirait la santé et espérait que Paul serait satisfait de son apparence devant ses amis.

À onze heures précises, une voiture entra dans la cour et Paul en descendit. Monique sortit de la maison pour l'accueillir et lui serra la main timidement. À voir le sourire qui s'épanouissait sur le visage de son prétendant, elle comprit qu'il était satisfait de son apparence. Elle l'invita à venir saluer sa mère.

— Bonjour, madame Robichaud, je me présente, Paul Tremblay. Enchanté de vous rencontrer! Si vous le permettez, j'enlève votre fille et votre fils pour l'après-midi. Ils seront de retour à temps pour le souper. Nous n'allons pas très loin, juste sur le bord de la rivière Mawcook pour un petit pique-nique.

— Enchanté, Paul! Vous semblez bien élevé. J'espère que vous ferez attention à ma fille et à mon petit dernier!

— Ne vous inquiétez pas, madame, je peux vous assurer qu'ils seront en sécurité avec nous. Nous y allons avec mon ami Henri et sa femme, ainsi que leur nouveau-né. L'eau n'est pas très profonde à l'endroit où nous allons et je surveillerai Jean-Pierre quand il sera dans l'eau. Soyez sans crainte!

— Eh bien! Bon après-midi alors, et j'aimerais que vous soyez de retour à six heures pour le souper.

— Merci, maman. À plus tard!

Lauretta les regarda s'éloigner et elle ne put s'empêcher de s'inquiéter pour sa fille malgré tout. Elle se sentait pessimiste depuis quelque temps. Elle ne savait trop à quoi attribuer cet état d'âme. Elle travaillait trop, manquait de sommeil; Émile l'avait blessée avec l'achat de son automobile et, pour couronner le tout, voilà que le curé l'apostrophait. Elle avait des petits malaises physiques aussitôt qu'elle se mettait à penser à tout cela, mais elle se reprenait rapidement. Lauretta ne pouvait se permettre de tomber malade, sa charge était trop lourde.

Et c'est tout exaltée que la bande prit la route en direction de Sainte-Cécile-de-Milton. La rivière se trouvait sur ce territoire et traversait le dixième rang. L'air était délicieux avec toutes les fenêtres baissées et le vent ébouriffait les cheveux. C'était un voyage très agréable et Jean-Pierre riait de bon cœur aux propos comiques des quatre adultes. Henri et Paul se taquinaient en prétendant chacun être meilleur nageur que l'autre.

— Tu prétends nager comme un poisson, Paul? Moi, je pense que ça ressemble plus à une grenouille.

— Peu importe, Henri! Si je nage comme une grenouille, j'ai un avantage sur toi. Je nage comme un poisson et je marche comme un crapaud… Ribitt!

— Est-ce que le crapaud se transforme en prince si une jolie dame l'embrasse ?

— Ça, je ne saurais dire, car je n'ai encore jamais embrassé la jolie dame, mon cher Henri.

— Monique : te porterais-tu volontaire pour transformer ce vilain crapaud en beau prince ? Excuse-moi si j'ai dit beau prince, j'aurais pu me limiter à prince, tout court, renchérit Henri.

— La beauté est dans l'œil de celui qui regarde et qui apprécie le sujet, mon cher Henri. Prends l'exemple de Marielle, elle est bien la seule qui te trouve beau. Alors, il y aura sûrement une femme qui me trouvera beau si elle brise le sortilège qui a fait de moi un crapaud.

Monique riait de bon cœur à écouter Paul qui donnait la répartie à son ami Henri dans un feu roulant de plaisanteries. Plus Monique riait et plus Paul se surpassait dans son humour, toujours de bon goût, parce qu'il gardait en mémoire qu'il y avait un enfant dans l'auto en âge de comprendre les grivoiseries. L'heure était plutôt à la camaraderie et à la bonne entente. Tout le monde était joyeux.

Ils arrivèrent rapidement à destination, c'est-à-dire sur un petit chemin de terre qui longeait la rivière d'un côté et qui était, de l'autre côté, parsemé de belles fermes. Le paysage rappelait à Monique la rivière aux Brochets qui passait à Stanbridge-East. Que de beaux souvenirs de la rivière Richelieu pour Paul aussi, quand il vivait à Saint-Damas. C'était l'odeur de la campagne, du fumier, du foin, qui les grisait. Il y avait aussi l'euphorie de se retrouver ensemble qui ajoutait au plaisir de l'aventure.

Marielle sortit le panier de victuailles et Monique étala deux couvertures de laine pour que tous puissent s'asseoir ou s'étendre. Paul se déshabilla rapidement et entreprit de gonfler une chambre à air d'auto avec une pompe manuelle. Il l'avait prévue pour la sécurité de Jean-Pierre. Henri sortit deux chaises longues pliantes recouvertes d'une toile rayée à larges bandes vertes et jaunes. Il les proposa à sa femme et à Monique, puis se dévêtit à son tour. Paul et Jean-Pierre nageait déjà dans l'eau fraîche de la rivière. À cet endroit, il y avait un creux dans le lit de la rivière dans lequel la terre était rouge, mais l'eau y était limpide malgré tout, et on pouvait apercevoir beaucoup de poissons. Paul avait installé Jean-Pierre sur la chambre à air et la poussait tout en nageant à ses côtés.

— Vois-tu les gros poissons, Jean-Pierre? On aurait dû apporter nos lignes à pêche, qu'en penses-tu?

— Oh oui! J'aurais aimé revenir à la maison avec autant de poissons que Pat et Ti-Loup.

— La prochaine fois qu'on viendra ici, je te promets que tu retourneras chez toi avec une pêche presque miraculeuse, confirma Paul à Jean-Pierre.

— Eille, les grenouilles! Est-ce que l'eau est bonne? demanda Henri.

— Un peu fraîche dans le creux, mais très bien ailleurs! Viens, Monique, l'eau est très bonne.

Il n'en fallut pas plus pour que Monique plonge dans l'eau et aille rejoindre Paul et Jean-Pierre en nageant comme une vraie naïade. Elle disparut sous l'eau et émergea tout près d'eux. Paul fut frappé par la beauté naturelle de Monique dont les cheveux trempés avaient dégagé le visage altier. Il voyait beaucoup de noblesse dans ses yeux étincelants, de couleur noisette, dans la courbe de son arcade sourcilière et ses hautes pommettes. Paul était amoureux.

Monique se rapprocha de la chambre à air sur laquelle Jean-Pierre était installé et s'assura qu'il était bien en compagnie de Paul. Elle put constater que le garçon n'avait aucune crainte de l'eau. Elle s'accrocha à la bouée à côté de Paul et ils nagèrent côte à côte en poussant Jean-Pierre sur son flotteur. La proximité de leurs corps avait quelque chose d'excitant. Les légers frôlements n'étaient pas tout à fait accidentels. Les deux tourtereaux recherchaient le contact.

Paul regardait sa poitrine mise en valeur par l'eau, sa taille fine et ses jambes bien galbées. Il l'enlaça tout en nageant et ne rencontra aucune résistance. Elle posa un bras sur son épaule et continua à se tenir à la bouée. Il l'embrassa et fut tout émoustillé. Pour cacher son émoi, Monique se libéra de l'étreinte en plongeant sous l'eau, exposant ainsi ses hanches et ses fesses à peine cachées au regard de Paul par son maillot. Elle regagna le bord de la rivière et alla rejoindre Marielle qui allaitait son bébé. Ces frôlements l'avaient vraiment troublée.

Paul continua à s'amuser avec Jean-Pierre, le temps de retrouver ses esprits. Il avait connu beaucoup de femmes durant la guerre, et ses succès s'étaient poursuivis après son retour dans sa petite ville d'adoption. Mais aucune ne lui avait jamais fait autant d'effet que Monique. Elle était belle au naturel, et son corps lui semblait parfait, selon ses critères personnels. Il s'imaginait se réveillant à ses côtés, l'embrasser tendrement et lui sourire.

— Est-ce que ça te dérangerait de sortir la nourriture du panier, Monique ? demanda Marielle.

— Pas du tout ! Au contraire, ça me fait plaisir. As-tu une nappe ou bien je mets le contenu sur les couvertures ?

— Tu vas trouver une petite nappe dans le panier, elle est sur le dessus.

Monique ouvrit le panier, étala la nappe. Elle fut surprise par la quantité de nourriture et le souci du détail que Marielle avait apporté à la préparation. Une dizaine de sandwiches, tous diffé-rents, emballés séparément dans du papier ciré, semblaient très appétissants. Il y en avait au jambon, au poulet et aux œufs. Elle trouva des salades de patates, de choux ainsi qu'une salade verte. Et dans un sac, elle découvrit des radis, des tomates et des concombres. C'était l'abondance. Henri sortit une glacière remplie de bières et de sodas.

— Qui veut une bière? Paul? Monique? Et toi, ti-gars, veux-tu un Coke? leur cria Henri.

— On sort de l'eau et je prendrais bien une bière. Et pour Jean-Pierre, ce sera sûrement un Coke. Qu'en penses-tu, mon gars?

— Oui, j'aimerais bien un Coke, s'il vous plaît.

— Tiens, Jean-Pierre, voilà ton Coke. Ne te gêne pas et sers-toi. Tu peux aussi me tutoyer. Nous sommes entre amis, non? déclara Henri.

Monique prépara une assiette à Jean-Pierre, lui servit un sandwich, un peu de salade et des chips qu'il adorait. Son sourire n'aurait pas pu être plus éclatant. Il n'aurait jamais cru que sa journée se transformerait de façon si radicale. Il appréciait la compagnie de Paul, et Henri ne l'intimidait pas non plus. C'était, pour lui, une vraie fête que de grignoter des chips et de boire du Coke. Les deux hommes venaient de se faire un nouvel ami! Monique se réjouissait de voir Jean-Pierre heureux, mais en même temps, elle sentait approcher le moment de vérité. Devait-elle avouer aussi rapidement à Paul qu'il était son fils?

Paul, qui ne la quittait pas des yeux, vit un nuage traverser le beau sourire de Monique et se questionna sur l'origine de ce changement. Il n'osait pas l'interroger, par pudeur. En sa présence, Paul perdait toute sa faconde. Il attendrait la fin du repas et trouverait sûrement un moment d'intimité pour discuter librement avec elle. Il tenta plutôt de la distraire. Ce fut facile, car elle avait décidé de repousser l'heure fatidique, même si elle sentait le danger que ses sentiments pour lui s'approfondissent. Elle essayait de se rassurer en se disant que quand son prétendant la connaîtrait mieux, il comprendrait qu'elle n'était pas une mauvaise fille malgré les apparences. Ce n'était qu'une terrible malchance qui l'avait mise dans cette situation.

— Veux-tu une autre bière, Paul? lui demanda Henri.

— Non merci, Henri, pas tout de suite! Je vais prendre le temps de digérer cet excellent pique-nique. Merci à toi, Marielle, c'est très gentil de ta part.

— Ce n'est rien, Paul! Tu sais à quel point nous t'aimons Henri et moi. Tu as été tellement généreux quand il a fallu que nous aménagions la chambre de Junior. Ce n'est vraiment rien, je t'assure et, de plus, ton amie est charmante. J'espère qu'on la verra plus souvent dans notre entourage…

— Ça, Marielle, ça ne dépend que d'elle! J'aimerais ça, moi aussi, que Monique soit plus souvent dans mon entourage, mais elle est un peu farouche avec moi.

— N'écoute pas les ragots, Monique! Paul, c'est vraiment un bon garçon. Tu n'as pas à t'inquiéter, j'en suis sûre! la rassura Marielle.

Monique rougit subitement, car elle n'aimait pas être le centre d'attraction. Était-elle si transparente que tout le monde pouvait lire ses sentiments comme dans un grand livre ouvert ? Paul prit sa main entre les siennes, ce qui ajouta encore à son malaise. Elle tourna la tête dans sa direction pour essayer de comprendre pourquoi il lui avait pris la main. Elle ne vit dans son regard que de la tendresse et de la bonté. Elle répondit alors à ce geste en resserrant sa main sur la paume de Paul. Monique se sortit de la situation en proposant à Marielle d'aller se baigner pendant qu'elle-même s'occuperait du poupon.

Marielle accepta de bon cœur la proposition et se lança à l'eau, suivie par son mari. Monique les regarda s'ébattre dans l'eau comme deux jeunes amoureux. C'était beau à voir et cela la faisait rêver. Les paroles de Marielle lui garantissant pratiquement que Paul était un bon garçon se bousculaient dans sa tête. C'était réconfortant de penser qu'elle pourrait peut-être vivre la même chose que le jeune couple si elle le désirait. Où trouverait-elle le temps de fréquenter Paul ? Elle ne pouvait quand même pas passer à côté de sa vie sous prétexte d'avoir des obligations familiales…

Monique pensait à sa mère, et au secret qu'elle devrait bientôt avouer à Paul. Ce dernier s'était étendu près d'elle pour se faire bronzer et se détendre un peu. Elle admirait son corps athlétique. Elle rêvait de s'étendre, elle aussi, près de ce corps chauffé par le soleil, de se glisser doucement dans ses bras. Comme ce serait facile et agréable, mais il fallait absolument qu'elle résiste. Elle jeta un coup d'œil à Jean-Pierre qui se tenait près de la berge. Il tentait, tant bien que mal, de s'installer sur la chambre à air qui lui servait de flotteur. Comme une lionne, Monique veillait à sa progéniture.

— Jean-Pierre ! N'essaie pas de t'installer seul sur la chambre à air, tu risques de culbuter.

Paul leva la tête, se redressa et alla l'aider. Il l'éloigna de la rive en l'accompagnant dans les eaux plus profondes. Jean-Pierre apprécia grandement le geste de Paul qui était devenu son ami. Monique remarqua que son geste avait été naturel, ce qui lui plut beaucoup.

— Merci, Paul, de t'occuper de Jean-Pierre. Il est très important pour moi. Tu es vraiment très gentil !

— Je m'amuse autant que lui ! répondit Paul.

Marielle sortit de l'eau peu de temps après, s'essuya et reprit son bébé. Monique alla rejoindre Paul et Jean-Pierre. Elle donna un léger baiser au jeune homme pour le remercier de s'être occupé de son fils, mais sans pour autant prononcer les mots. Son baiser fut bien accueilli, mais elle se sauva à la nage pour se rendre dans le creux où l'eau était plus profonde. Paul trouvait que Monique faisait preuve d'un puissant amour fraternel pour son petit frère, et c'était tout à son honneur.

L'après-midi passa rapidement et, bientôt, il fut temps de penser au retour. Une journée qui fut fort agréable pour tout le monde, passée dans la bonne humeur générale. Paul chanta une chanson populaire, *L'âme des poètes* de Charles Trenet, que

tous connaissaient et entonnèrent en chœur pour bien terminer cette journée radieuse.

Quand ils entrèrent dans la cour des Robichaud sur la rue
Sainte-Rose, ils furent accueillis par le visage revêche d'Émile
qui était assis dans une chaise berceuse à l'entrée de son garage.
À en juger par sa mine, il avait bu tout l'après-midi. Il avait
l'œil querelleur, et Monique s'empressa de sortir de l'auto,
entraînant Jean-Pierre avec elle. Elle remercia tout le monde
et proposa à Paul de la rappeler s'il en éprouvait le désir. Ses
nouveaux amis se rendirent bien compte qu'elle voulait éviter
un esclandre de son père et ils s'en allèrent sans plus tarder.

— D'où venez-vous comme ça? C'est qui ce monde-là?
Où c'est que vous êtes allés avec le p'tit?

— Je t'en parlerai quand tu seras à jeun! Viens, Jean-Pierre,
rentrons dans la maison.

Son père continua à marmonner, mais elle ne comprit rien à
ce qu'il dit.

— As-tu vu ton père? Aussi agréable que d'habitude
comme tu as pu le constater. Laisse-le tranquille et il va se
rendormir! Vous l'avez peut-être réveillé en arrivant. Il a bu
toute la journée et à trois heures, il était déjà complètement
soûl.

— Pauvre maman! Tu fais pitié d'être prise avec un homme
pareil.

— Ce n'est rien de neuf ! As-tu eu l'occasion de parler à Paul à propos de Jean-Pierre ?

— Je n'ai eu ni l'occasion ni le courage de lui en parler, maman.

— C'est toi qui sais, Monique ! Ne tarde pas trop ou tu risques de le regretter, ma grande.

— La prochaine fois que je le verrai, je lui dirai. Je te le promets, maman.

— Tu ne le fais pas pour moi, mais pour toi, Monique !

— Je le sais trop bien…

La jeune fille voulut se changer les idées en s'affairant dans la cuisine pour préparer le souper. Quand elle demanda à sa mère si Gérard et Nicole étaient revenus de leur périple à Roxton Pond, celle-ci lui répondit qu'ils avaient prévu de rentrer à temps pour le souper ou que Gérard appellerait en cas de changement. Il avait laissé sous-entendre qu'ils mange-raient peut-être à la cantine. Monique continua d'éplucher les légumes pour faire un beau rôti de palette.

Chapitre 3

Pendant ce temps-là, Gérard et sa nouvelle conquête Gaétane étaient toujours à la plage familiale du lac de Roxton Pond. Nicole, qui les avait accompagnés, commençait à s'ennuyer un peu. Les deux tourtereaux fricotaient à n'en plus finir. Gaétane avait exigé de Gérard qu'il mette fin définitivement à sa liaison avec la veuve Marquis. Cette aventure durait depuis presque cinq ans quand Gaétane avait décidé de jeter son dévolu sur ce grand naïf. C'est à l'usine Miner Rubbers où ils travaillaient tous les deux, de même qu'Émile, le père de Gérard, qu'ils avaient fait connaissance. Gérard venait d'avoir vingt ans, alors que Gaétane en avait vingt-deux.

Elle l'avait remarqué alors qu'il travaillait dans le département des expéditions. Il était toujours aussi fort, et ses muscles saillaient au moindre effort. Elle l'avait étudié attentivement avant de se commettre. C'est ainsi qu'il s'était retrouvé avec une petite amie qui le menait par le bout du nez. Gaétane pensait au mariage. Elle n'avait pas l'intention de se retrouver vieille fille même si elle avait encore le temps avant d'être affublée de ce sobriquet. En 1951, vingt-cinq ans était l'âge limite des femmes avant d'être victimes des quolibets de la société en général.

— Gérard! Je vais aller faire un tour près de la salle de danse, d'accord? lui indiqua Nicole.

— T'as pas à me demander la permission, Nicole! Va où tu veux comme ça te plaît.

— J'te demandais pas la permission, je t'informais où je serais si jamais tu décidais de retourner à la maison. Il est quatre heures et demie et on soupe à six heures. Tu sais comment papa est à cheval sur cette règle?

— Laisse faire, Nicole! Je m'en occupe de ton père. J'ai le tour avec lui et tu vas voir comme c'est facile. Je n'ai qu'à remonter mes bas de nylon pas trop loin de lui et il devient muet comme une carpe, répondit Gaétane.

— Je ne suis pas sûre que ma mère approuve ce genre d'attitude.

Nicole n'aimait pas particulièrement la nouvelle conquête de son frère aîné. Elle avait remarqué qu'il était le conquis et non pas le conquérant. Gaétane lui faisait faire ce qu'elle voulait quand elle le voulait, et Nicole n'appréciait pas cet état de choses. Elle la trouvait vulgaire et, de plus, Gaétane n'était même pas belle, mais le fait qu'elle soit délurée compensait. Elle savait comment embobiner son grand dadais de frère. Nicole trouvait qu'elle avait la cuisse légère et qu'en plus, elle était d'un sans-gêne incroyable à s'exposer ainsi sur une plage publique au milieu d'enfants qui couraient partout. À ses yeux, son frère n'était pas plus intelligent, mais il était sous l'emprise de sa libido débridée que Gaétane s'activait à stimuler.

Il faut dire aussi que Nicole était assez prude et qu'elle n'avait que quinze ans. Elle n'avait pas encore goûté au fruit défendu, même si un jeune homme lui tournait autour depuis quelque temps. Elle n'avait cependant pas répondu à ses avances. Un certain Gilles Godard l'intéressait un peu plus que les autres parce qu'il était beau, mais elle avait l'intention de rester vierge jusqu'à son mariage et de ne pas se comporter comme son frère et sa petite amie. Elle avait épié les couples qui virevoltaient sur le plancher de danse et elle s'imaginait faire la même chose avec son amoureux. Elle n'en avait pas encore, car elle ne se sentait pas tout à fait prête.

— OK, Nicole ! Es-tu prête à partir si on veut être à temps pour le souper ?

— Tu as apporté ma serviette ? Je suis prête quand tu veux.

— Allons-y ! J'ai pris un coup de soleil dans le dos et sur les cuisses. Ça chauffe malgré la crème Noxzema que Gaétane vient de m'appliquer à la grandeur du corps.

— Ouin ! Elle s'est peut-être attardée à des endroits qui n'avaient pas vraiment besoin de crème.

Nicole se tut en voyant Gaétane se diriger lentement vers eux. Elle ne voulait pas créer de discorde, mais de toute évidence, elle n'aimait vraiment pas la nouvelle flamme de son frère. Elle voyait son jeu et cela l'agaçait de constater que son frère semblait aveugle à ses manigances. C'était tellement évident qu'il devait être le seul à ne rien voir. C'était à croire que l'amour rendait stupide et gaga…

— Alors, on y va, Gérard? demanda Gaétane, exaspérée.

— Oui! Oui! On est prêts. On n'a rien oublié?

— Va voir si tu doutes, Gérard, répondit Gaétane sur un ton irrité qui laissait entrevoir son caractère de dominatrice.

C'était exactement ce que Nicole n'aimait pas de Gaétane. Elle voyait bien qu'elle essayait d'embobiner son frère et qu'il serait bien malheureux quand il comprendrait trop tard dans quel piège il était tombé. Si au moins elle était jolie, pensa Nicole, mais elle devait reconnaître qu'elle ne manquait pas de charme ni de conviction. Gaétane avait jeté son dévolu sur Gérard et ne serait pleinement satisfaite que lorsqu'elle serait venue à bout de toute résistance. Elle ne reculerait devant rien pour atteindre son but.

— J'aimerais aller au restaurant, mon chéri. Qu'en penses-tu? On pourrait reconduire Nicole chez vous et finir la soirée chez moi. Mes parents ne sont pas là, ils sont partis chez mon oncle Hector à Saint-Malachie pour quelques jours. Il faut en profiter, non?

Nicole avait tout entendu et voyait clairement le piège se refermer lentement sur son frère. Gaétane n'avait aucun scrupule à s'exprimer de la sorte devant Nicole et même pas à mots couverts. Pour elle, Gérard lui appartenait et Gaétane en disposait comme bon lui semblait. Et ce grand nigaud qui sautait à pieds joints dans le piège… Sa sœur ne pouvait quand même pas intervenir dans ses affaires de cœur, mais elle aurait bien aimé le conseiller malgré ses quinze ans. L'amour rend aveugle et sa soif de sexe ne l'aidait pas. De plus, Gaétane savait exactement comment l'enflammer.

— Pourquoi pas ? Ça ne te dérange pas Nicole qu'on te débarque à la maison ? Tu diras à maman qu'elle ne m'attende pas, je vais probablement rentrer tard.

— Ça ne me dérange pas du tout, mais tu ne pourrais pas prendre le temps de le dire à maman toi-même ? Tu la connais mieux que moi, Gérard.

— Pourquoi ne veux-tu pas lui faire le message, Nicole ? Tu la connais, toi aussi, et je n'ai pas le goût de me faire questionner sur mes allées et venues. J'ai quand même vingt ans, non ?

— Fais comme tu veux, Gérard, mais tu sais que maman sera inquiète quand même. Merci de m'avoir amenée avec vous, l'eau était bonne. Bonne soirée à vous deux !

Nicole descendit de l'auto de Gérard sans se retourner. Elle éprouvait vraiment beaucoup de difficultés à accepter Gaétane. Elle sentait que quelque chose n'allait pas dans cette relation. Elle craignait qu'il ne se fasse manipuler par cette Gaétane et que celle-ci atteigne son but au détriment de son frère.

— C'est une vraie petite peste ta sœur, Gérard. Je sens qu'elle ne m'aime pas beaucoup, mais toi, tu m'aimes au moins?

— Bien sûr que je t'aime, ma belle gitane. Quand tu m'embrasses, je perds la tête.

— Et quand je te caresse, tu aimes ça?

— Là, je deviens complètement fou. À quel restaurant voudrais-tu aller? J'ai hâte de me retrouver chez toi pour continuer à te caresser.

— Que dirais-tu du restaurant Belval, c'est pas trop cher et c'est bon?

— Allons-y! J'ai vraiment pris un coup de soleil, ça chauffe. Il faudra que tu me remettes de la crème tantôt chez toi si tu veux bien, ma chérie.

Gérard était complètement sous le charme de Gaétane, mais c'était beaucoup plus charnel qu'amoureux. Après sa relation continue avec Yvette Marquis qui avait donné libre cours à sa sexualité, il n'avait pas réussi à y mettre fin totalement. Cinq ans plus tard, ils se voyaient encore sporadiquement. La veuve Marquis ne l'avait jamais refusé. Quand Gérard éprouvait le besoin physique de se satisfaire et qu'il n'avait pas de petite amie ou que celle-ci n'était pas très réceptive, il allait rendre visite à Yvette Marquis qui l'accueillait toujours à bras ouverts. Il trompait ses conquêtes du moment avec cette femme mature qui était de loin la plus satisfaisante de ses maîtresses.

Gaétane était la première femme, à l'exception d'Yvette Marquis, à lui faire perdre la tête à ce point. Les autres n'étaient que des amourettes qui, pour la plupart, se refusaient à lui. Il y avait bien eu des caresses avec chacune d'entre elles, mais la majorité désirait demeurer vierge jusqu'au jour du mariage. Gérard, avec sa libido déchaînée, ne pouvait attendre aussi longtemps. Il avait laissé passer quelques bons partis pour cette raison. Initié trop jeune aux plaisirs de l'amour, il avait besoin d'exprimer toute sa fougue animale, et Yvette était heureuse de le satisfaire. Mais désormais, Gaétane s'ouvrait à lui avec une telle fougue qu'Yvette s'en trouvait presque éclipsée. Elle avait l'ardeur de la jeunesse et la possessivité nécessaire pour capturer ce grand benêt de Gérard.

Ce dernier stationna devant le restaurant sa Ford Super Deluxe 1947 dont il était si fier. Il l'avait payée cinq cents piastres. La compagnie de taxis Diamond de Montréal vendait ses autos après quatre ou cinq ans selon le millage à l'odomètre. La sienne avait deux cent mille miles quand il l'avait acquise et il se trouvait très chanceux. La voiture avait l'apparence d'une neuve et, pour Gérard, c'était ce qui était le plus important, l'apparence. Il rejoignait son père sur ce point de vue. L'apparence primait et, en même temps, cela lui permettait d'impressionner ses compagnons de travail et ses conquêtes. Gaétane, elle-même, avait pensé que Gérard était un excellent parti à en juger par la grosseur de son automobile. Pour cette raison, il la lavait et la cirait régulièrement avec un soin jaloux.

Les deux amants, soudés l'un à l'autre, étaient entrés dans le restaurant et avaient choisi une table près des fenêtres qui donnaient sur la rue Principale. Gaétane commanda une bière dès que la serveuse se présenta et Gérard en fit autant. Elle consulta le menu et opta pour un *hot chicken*.

— Et toi, Gérard? Qu'est-ce que tu vas prendre?

— Je suis tenté par un hamburger steak avec beaucoup de frites et de sauce.

— Moi aussi, avec beaucoup de frites et de sauce, renchérit Gaétane tout en se collant encore plus intimement à Gérard. On mange et on profite de la maison de mes parents pendant qu'ils sont absents. Qu'en penses-tu? J'ai tellement envie de toi. Je n'ai aucune bière chez moi, tu devrais en acheter une caisse avant qu'on s'y rende. L'alcool me rend encore plus chaude. Tu ne le regretteras pas.

— Y'a pas de problème! De la Carling comme d'habitude? Tu sais que je n'aime pas tellement la bière à cause de mon père.

— Moi, j'en veux!

— Je t'ai dit qu'il n'y avait pas de problème, répondit Gérard un peu irrité par son insistance malgré sa promesse d'une soirée torride.

— Ne te fâche pas, mon chéri! Je t'ai dit que tu ne le regretterais pas.

Gaétane joignit le geste à la parole en glissant sa main sur sa cuisse et… un peu plus haut.

— Arrête, Gaétane, pas en plein restaurant quand même!

— Quoi? Tu ne dis pas tout le temps ça. Tu n'es pas de bonne humeur encore une fois?

— Ce n'est pas ça, Gaétane, mais il y a une limite à me faire bander en plein restaurant. Garde ça pour plus tard!

— OK! OK! Ne t'énerve pas, t'es plate des fois! Je ne te toucherai plus si c'est ça que tu veux…

— Tu ne comprends rien! rétorqua Gérard de plus en plus exaspéré.

La bière arriva et le repas peu de temps après. Ils mangèrent avec appétit et Gaétane commanda une autre bière malgré le regard désapprobateur de Gérard. À vrai dire, il avait un peu honte de ses éclats. Elle parlait et riait trop fort à son goût. Si ce n'avait pas été de la promesse de félicité plus tard en soirée, il serait parti sur-le-champ après avoir payé la note. Mais elle le tenait beaucoup plus solidement qu'elle ne le soupçonnait. Gérard était devenu esclave du sexe, et quiconque lui en offrait pouvait le séduire.

— Est-ce qu'on y va, mon lapin? s'enquit Gaétane pour l'amadouer à nouveau.

— As-tu terminé ta bière ?

— Oui, et j'ai vraiment hâte de me coller.

Gérard paya la note et se dirigea vers la rue avec Gaétane accrochée à son bras. Elle n'était pas jolie, mais avait un corps magnifique et, de plus, elle savait s'en servir. Sa démarche lascive faisait tourner les têtes, ce qui n'était pas pour déplaire à Gérard. Il lui ouvrit la portière, la referma et s'installa au volant.

— N'oublie pas d'acheter de la bière, mon chéri !

— Je n'ai pas oublié, Gaétane. Ne t'inquiète pas.

— Tu vas voir, tu ne le regretteras pas ! Je te ferai un beau spectacle de danse si tu veux. Avec un peu d'alcool, je serai meilleure, crois-moi !

— Si ça peut te faire plaisir, je n'ai aucune objection. Je n'ai jamais vu de danse privée auparavant. De quelle sorte de danse parles-tu ?

— Érotique voyons, grand dadais !

— Ne m'insulte jamais, même à la blague. Je ne supporte pas !

— Voyons, Gérard ! Qu'est-ce qui se passe ? Qu'est-ce qui ne va pas, mon chéri ?

Voulant clore le sujet, ce dernier lui expliqua que son père l'avait beaucoup insulté durant sa jeunesse et que cela l'avait rendu très susceptible depuis. Il s'arrêta acheter de la bière telle qu'elle le désirait et revint rapidement, pressé de passer à autre chose. Il se stationna devant la maison des parents de Gaétane. C'était une belle maison bourgeoise, ce qui était étonnant, vu que Gaétane travaillait, elle aussi, à la Miner Rubbers à un très bas salaire. Il n'y avait que deux explications plausibles : ou bien Gaétane avait été victime de discrimination de la part de ses parents qui l'auraient empêchée de poursuivre des études supérieures, comme c'était souvent le cas à l'époque, ou bien Gaétane avait tout simplement refusé d'étudier plus longtemps par manque d'intérêt, ce qui semblait fort probable pour Gérard. Il ne la connaissait pas beaucoup encore, mais certains indices sur son caractère l'amenaient à croire qu'il n'était pas loin de la réalité.

— Viens, mon chéri ! C'est la première fois que tu viens ici et tu pourras constater à quel point mes parents sont conservateurs. Ce sont les mêmes meubles depuis leur mariage, cadeaux des grands-parents. Même la maison est un cadeau de mon grand-père paternel. Mon père est un petit fonctionnaire qui ne fait pas de vagues et qui ne veut surtout pas que ses enfants en fassent eux non plus.

— Tu n'exagères pas un peu par hasard, Gaétane ?

— À peine ! Attends de les rencontrer et tu verras. Mais cessons de parler d'eux et embrasse-moi, s'il te plaît.

Gérard ne se fit pas prier bien longtemps. À peine avaient-ils franchi le seuil de la maison qu'il l'enlaça étroitement et plaqua ses lèvres sur sa bouche avec force. Elle lui répondit goulûment. Son haleine sentait la bière, mais elle embrassait tellement bien que cela n'avait aucune importance pour lui. D'ailleurs, elle embrassait mieux qu'Yvette. Ce n'était pas la même chose. Cette grande cuisse élancée était plus légère et attirante que la cuisse mature de son initiatrice. En revanche, sa poitrine était juvénile comparativement à celle d'Yvette où il faisait bon se blottir.

— Donne-moi une bière, mon chéri, j'ai encore soif.

— Tu peux pas attendre un peu ? T'es déjà pompette !

— Donne-moi une bière et je te fais un strip-tease comme tu n'en verras jamais de ta vie.

— Tu m'niaises, Gaétane ?

— Non ! Donne-moi une bière et j'te promets que tu ne regretteras pas ta soirée, lui dit-elle de son air le plus provocateur.

— Tu sais y faire, Gaétane, mais j'aime pas ça être forcé à faire des choses que j'veux pas faire.

— Si j'me sers moi-même, tu n'auras pas de bonbon.

Sans prendre la peine de lui répondre, il ouvrit la caisse de bières et lui en déboucha une avec la boucle de sa ceinture. La jeune fille voulut s'en saisir, mais il la retira promptement avant qu'elle puisse l'attraper. Gérard la dévisagea longuement sans qu'elle prononce une seule parole. Elle sondait son regard et cherchait à comprendre le sens de son geste. Puis, il tendit le bras et lui offrit la bière qu'elle voulait tant.

Alors commença une parodie du plaisir auquel il pouvait s'attendre dans les minutes à venir. Elle dansait tout en se contorsionnant simultanément pour s'extirper de ses vêtements. Gérard était impressionné qu'elle soit si agile tout en restant extrêmement séduisante. Elle était grande et mince, telle un personnage de Modigliani, avec un cou qui n'en finissait plus. Elle n'avait presque pas de fesses, contrairement à Yvette dont les hanches formaient un cœur. Il aurait presque pu faire le tour de sa taille avec ses deux mains tant elle était svelte.

— Alors, mon chéri, ça te plaît? Regarde ce que je peux faire avec ma bouche.

Et elle simula une fellation avec le goulot de la bouteille de bière. Elle voulait vraiment le rendre fou de désir et lui, de son côté, il résistait avec la ferme intention de ne pas céder à ses avances. Gaétane prit une pause pour allumer une cigarette en espérant que Gérard prenne les devants, mais il ne bougea pas.

— T'es moche, Gérard. Je fais tout pour t'exciter et tu n'as aucune réaction. Que faut-il que je fasse pour que tu te décides? On a rarement une belle occasion comme ce soir. Qu'est-ce qui se passe dans ta tête?

— Tu bois trop, Gaétane, et j'aime pas ça!

— Quand tu m'as rencontrée, je buvais et ce n'était pas un problème. Une proie plus facile devais-tu te dire ? Tu n'étais pas loin de la vérité. Quand je bois, je ne pense qu'à ça, je suis en feu et j'ai besoin de caresses…

Gérard réfléchissait à ces paroles et se disait que Gaétane était vraiment trop délurée pour lui, mais en même temps, c'était une femme facile et sans complications. S'il désirait coucher avec elle, elle ne faisait jamais de chichi. Que ce soit dans l'auto ou en plein air, debout appuyée sur un mur à l'usine ou à l'aréna, elle s'accrochait à son cou et se laissait prendre. Elle avait le goût du risque et une tendance exhibitionniste qui rendait plus intense sa jouissance.

Gaétane représentait la tentation ultime. Avec elle, tout était permis et Gérard était incapable de résister à une femme aussi dévergondée et ouverte à tout. Il n'en voulait pas comme épouse, mais comme maîtresse, elle était presque parfaite s'il faisait abstraction de sa consommation d'alcool qui lui rappelait trop son père.

— T'es toujours en feu et des caresses, j'peux t'en donner autant que t'en veux, tu le sais déjà !

— Oui, je sais que tu es fougueux et j'aime ton côté animal. Je ne sais pas où t'as appris à faire l'amour aussi bien, mais chapeau à celle qui t'as initié, elle a bien fait ça. Ou peut-être que t'en as eu plusieurs ? Était-elle aussi bonne que moi, dis-le-moi ? Ça m'excite de t'imaginer alors que t'en baises une autre…

— Ah oui! T'es vraiment dégueulasse. Ne me touche pas!

— Mais oui, mais oui, laisse-toi faire! J'ai déjà enlevé ta ceinture, laisse-moi caresser ton torse. Il n'y a que quelques boutons à défaire pour sentir mes mains se promener dans ta toison. J'aime toucher tes muscles, laisse-toi faire, mon chéri.

— Je t'ai dit de ne pas me toucher!

— J'y suis presque, mon chéri. Ah que c'est bon de sentir les muscles de ton ventre! Tu es dur partout! Laisse-moi glisser ma main dans ton pantalon pour voir si tu ne veux vraiment pas. Menteur! Qu'est-ce que je touche là?

Gaétane avait réussi à glisser sa main dans son pantalon et avait facilement trouvé l'objet de sa convoitise. C'était un jeu que Gérard appréciait au plus haut point. Le rôle de puceau offensé lui allait comme un gant. Qu'elle prenne le rôle d'initiatrice ne trompait personne. Elle aimait dominer et, l'alcool aidant, elle perdait toute inhibition. Elle mettait à profit son talent pour la flatterie, ce qui réconfortait Gérard totalement. Il ne faisait que reproduire sa première expérience avec la veuve Marquis. Il aimait être l'étalon attendu pour satisfaire ses femmes en manque de sexe. Yvette Marquis l'avait marqué beaucoup plus qu'il ne le croyait. Toutes ses expériences subséquentes avaient été influencées par ce qu'il avait appris durant son aventure avec la veuve. Cela n'avait pas marché à tous les coups. Il avait même été repoussé hardiment par certaines demoiselles sur lesquelles il avait jeté son dévolu. Quand cela arrivait, il retournait chez la veuve qui s'empressait de conforter son ego comme une mère l'aurait fait pour d'autres aspects moins libidineux.

— Gérard ! Où es-tu ? Je te sens ailleurs… L'es-tu ?

— Mais non, continue ! Tu auras ce que tu veux. J'te laisse aller.

— Attends, j'ai déjà fini ma bière. J'en prendrais une autre avant de commencer ma danse. Ouvre-la avec ta ceinture, je trouve ça tellement viril. J'aime ça quand tu me prends sauvagement, mais j'aimerais vraiment te regarder en baiser une autre. Tu pourrais me caresser en même temps que tu la baises pour lui faire comprendre que c'est grâce à moi si elle a affaire à un superbe étalon.

— Arrête de me caresser et de me parler comme ça, ça m'excite beaucoup trop. Tiens ! Voilà ta bière et commence ta danse que je voie si t'as du talent.

— Regarde bien et dis-moi si une autre de tes conquêtes danse aussi bien que moi.

Gaétane se lança dans une danse lascive qui était vraiment excitante pour Gérard. Il observait ses déhanchements avec concupiscence. Elle se découvrait par instant et se cachait tout aussi rapidement pour lui laisser entrevoir fugacement une vision du paradis. Elle savait comment l'émoustiller. En dansant, elle l'effleurait avec son corps offert. Un sein à la pointe hérissée à peine dissimulé par la camisole qu'elle portait, une fesse qu'elle dévoilait en remontant son slip à la française. Elle tournoyait sur elle-même et présentait à son regard tout ce qu'elle avait à offrir.

— Viens, Gaétane ! Laisse-moi te toucher, tu me rends fou. Laisse-moi te prendre comme ça. Viens t'asseoir sur moi !

Elle vint s'asseoir sur lui, ses grandes jambes de chaque côté de la chaise de cuisine et sa poitrine collée sur son visage.

— Comme ça ? Est-ce que je suis assez proche pour que tes grosses mains me caressent ?

— Oui, comme ça, c'est bon. Je te tiens bien. Tu pèses à peine plus lourd qu'une plume. C'est ce que j'aime de toi, les possibilités sont illimitées.

— En attendant, sers-toi de ce que la nature t'a si généreusement gratifié. Je le sens bien, il est juste à l'entrée du bonheur. Allez paresseux ! Fais ce que tu dois faire pour conserver ta réputation. Sinon, gare à toi ! Je vais colporter à toutes les filles de la Miner que ta réputation est surfaite.

— Et là, encore surfaite ? lui dit-il tout en déplaçant sa culotte pour avoir un accès complet à l'objet de sa convoitise.

— Oh oui, c'est bon comme ça. Ne t'avise pas de sortir de là !

Gaétane se trémoussa sur son sexe gonflé. Sa position était idéale pour garder totalement le contrôle sur la situation. Elle l'enfonça au tréfonds de son être, résistant à la douleur que cela lui causait. Elle ne connaissait pas de meilleur amant que

Gérard et elle bénéficiait d'une assez large expérience pour le juger exceptionnel. Ce qu'elle appréciait le plus chez lui, c'était sa capacité à retarder son éjaculation, mais aussi son aptitude à recommencer aussi souvent qu'il le désirait. Pour cette seule raison, une femme comme Gaétane le mettait au sommet de la liste. Elle le voulait pour elle, sans partage.

Chapitre 4

Marcel avait poursuivi son travail dans les cuisines du restaurant Bazinet. Il était devenu un des chefs, mais la majeure partie de ses gains venait encore de ses activités liées au jeu. Sa situation avait radicalement évolué. Il fréquentait toujours Lucie Ménard qui n'était que plus belle en sortant de l'adolescence. Ils auraient tous deux vingt ans bientôt, et Lucie avait des projets de mariage. Marcel ne semblait pas réfractaire à l'idée et se voyait très bien passer sa vie auprès d'une femme aussi charmante. Il l'aimait sincèrement et se pavanait à son bras avec la même fierté qu'au début de leur relation.

Il y avait néanmoins une ombre au tableau. Il sentait que la période d'abondance se terminait. Plusieurs indices l'inquiétaient. Dernièrement, son comparse George-Étienne Galipeau avait eu quelques ennuis avec la justice et s'était fait saisir la majorité de ses machines à poker par une escouade de la police provinciale. Le solliciteur général de l'époque, Antoine Rivard, sous l'impulsion du premier ministre Maurice Duplessis, avait lancé une vaste opération de nettoyage, et Galipeau avait été de nouveau arrêté et incarcéré. Marcel sentait la soupe chaude, mais continuait malgré tout ses activités illégales. Il ne savait pas trop comment y mettre fin sans l'accord tacite de son partenaire. Il décida donc d'aller lui rendre visite à la prison de Bordeaux qui se trouvait sur le boulevard Gouin, dans le nord de Montréal.

— Salut, Georges! Comment vas-tu? Le temps n'est pas trop long en dedans?

— Salut, Max! T'es le premier qui vient me visiter. Même ma blonde est pas venue.

— Je suis pas mal inquiet avec les quelques machines qui me restent. J'en ai quelques-unes qui sont pas placées parce que les marchands ont la chienne de se faire prendre. J'ose pas trop visiter tes anciens clients qui se sont fait arrêter et qui ont dû payer des amendes salées.

— Max! Fais attention, c'est pas juste des flics qu'on connaît, c'est le grand coup de balai provincial. Duplessis veut notre peau et il va l'avoir.

— Il en reste une dizaine dans l'entrepôt. Qu'est-ce que tu veux que je fasse avec?

— Attends un peu avant de bouger et même que je sortirais toutes les machines de chez tes clients si tu veux pas te ramasser voisin de cellule avec moi!

— T'es pas sérieux?

— J'prendrais pas de chance à ta place.

— OK! Je vais suivre ton conseil. Est-ce que je peux faire quelque chose pour toi?

— Je prendrais bien un peu d'argent pour la cantine et demande à ma blonde de venir me voir avec du *cash*. En dedans, on peut pas vivre sans ça. Dis-y qu'à niaise pas. Amène-la s'il le faut!

Marcel fut passablement ébranlé à la suite de cette visite. Il ne voulait absolument pas se retrouver en prison. Il n'en était tout simplement pas question. Il fallait qu'il pense vite à une solution. La route du retour lui parut trop longue à son goût. Son associé lui avait confirmé qu'il devait tirer un trait sur la grande vie et que, par la même occasion, l'argent facile serait bien vite du passé.

Ses difficultés n'étaient peut-être pas insurmontables. S'il agissait avec célérité tout en étant prudent, peut-être s'en tirerait-il sans subir les affres de la justice? La perte de ses revenus illicites lui apparaissait comme une véritable calamité. On n'est jamais préparé au malheur qui s'abat sur nous et on pense que le profit est éternel jusqu'au jour où l'on doit faire face à la réalité, se dit Marcel sur le chemin du retour.

Il prit la décision de rapatrier toutes ses machines et d'attendre que la tempête soit passée. Il les entreposerait dans le garage que George-Étienne et lui louaient pour cela. Le plus tôt serait le mieux et il décida de s'y mettre dès qu'il arriverait à Granby. Il lui restait douze machines à poker en activité sur le territoire et six dans le garage. La seule complication qu'il entrevoyait, c'était de compter l'argent qui était déjà dans les machines. Il était certain qu'aucun marchand ne le laisserait partir avec la machine sans avoir réglé d'abord la question de l'argent. Une source de revenus non négligeable disparaîtrait pour ces petits commerçants.

En arrivant à Granby, Marcel s'arrêta au restaurant où il travaillait et se fit remplacer afin de s'occuper de ses affaires pressantes. Une fois cette question réglée, il commença sa tournée de récupération des machines. Souvent, le patron n'était pas là, mais il expliquait l'urgence de la situation au responsable. Il faisait le décompte de l'argent, faisait signer le responsable et partait avec sa machine sous le bras. Dans la soirée, il réussit à en ramasser six au total. Marcel se remit à la tâche dès le lendemain matin et compléta la récupération des machines non sans rencontrer une certaine déception. Il fut soulagé quand tout fut terminé. Cependant, il n'était pas au bout de ses peines.

— Salut, Max! Excuse-moi de t'appeler au travail, mais je voulais te dire merci d'avoir sorti ta machine. La police provinciale est passée cet après-midi et ils venaient pour me *buster*. Quelqu'un m'a dénoncé, c'est certain!

— Es-tu sûr de ce que tu dis, Tony? S'ils sont après toi, ils sont aussi sur ma piste. Tu n'as rien dit?

— Bien sûr que non! Je n'avais pas de machine, j'ai donc nié en bloc. Ils ont cherché à savoir si quelqu'un m'avait offert des machines à poker. Un fou dans une poche! Voyons donc si j'étais pour tomber dans le piège… Je voulais juste t'avertir de faire attention, il y a un *stool* que tu connais dans ton entourage.

— Merci, Tony, t'es vraiment un chic type et t'as pas à t'inquiéter à mon sujet. Même s'ils me prennent, je ne dirai jamais rien. Tu peux te fier à ma parole.

— OK, Max! Fais attention à toi, ils veulent vraiment prendre les têtes de réseaux comme ils le disent dans les journaux.

Après cet appel, Marcel sentit toute la pression qui pesait sur lui. Un seul mouchard et la police provinciale descendrait chez lui. Il imaginait la réaction de sa mère en voyant débarquer l'escouade de policiers chez eux. Il pensa aux activités de contrebande de son père. Heureusement, en été, l'alambic n'était pas en fonction et restait caché dans le carré à charbon, bien à l'abri des regards indiscrets. Il n'y avait rien de rassurant dans toute cette aventure. Il était temps de penser à déménager et à se faire oublier.

Marcel pensait à Lucie, il l'aimait sincèrement. Que se passerait-il s'il acceptait un travail dans une autre ville? Le suivrait-elle loin de sa famille? Accepterait-elle de se marier avec lui, qui deviendrait en quelque sorte un paria, si on le reliait aux machines à poker dans l'entrepôt? Il était sûr que plusieurs personnes l'avaient vu entrer et sortir de l'entrepôt avec des machines. Il était grand temps de se faire oublier un peu. Un vent de panique s'empara de Marcel. Il n'avait que dix-neuf ans et Lucie aussi.

Cette dernière avait terminé son cours de secrétariat et travaillait pour un cabinet d'avocats. Elle aimait beaucoup son travail et ses parents étaient très satisfaits de sa position. Son père attendait le bon moment pour la faire entrer dans la fonction publique. Jamais il n'accepterait de laisser sa fille quitter le giron familial pour partir n'importe où même si elle se mariait. Elle n'était pas majeure et son prétendant aurait à se soumettre à un interrogatoire serré avant que son père accepte quoi que ce soit qui sortait du plan de carrière qu'il avait décidé pour sa fille. Marcel avait besoin de savoir ce qu'en pensait Lucie, car elle tenait une place importante dans sa vie et ses réponses influenceraient son futur immédiat. Il décida de l'appeler.

— Bonjour, Lucie ! dit-il, en reconnaissant sa voix.

— Bonjour, mon amour ! Comment vas-tu ?

— J'aurais besoin de te parler, mais je ne veux pas le faire au téléphone. Il y a trop de commères qui écoutent sur la ligne.

— Tu m'inquiètes, Marcel, j'espère qu'il n'y a rien de grave ?

— Non, non ! Je préfère te voir, c'est tout. Peux-tu te libérer ?

— Bien sûr ! Donne-moi trente minutes pour m'arranger un peu et je serai prête. Est-ce que ça te va ?

— C'est parfait! Je te ramasse dans une demi-heure, ma chérie.

Marcel était nerveux à la pensée de révéler à Lucie qu'il se sentait pris au piège avec son petit commerce illicite. Elle n'en savait presque rien sauf qu'elle en profitait largement. Marcel n'étant jamais très loquace quand elle abordait le sujet, elle évitait de poser des questions. Elle avait pris l'habitude de fermer les yeux et d'accepter ses généreux cadeaux sans dire un mot. Elle ne pouvait cependant ignorer que ce n'était pas avec son maigre salaire de chef dans un petit restaurant qu'il pouvait mener ce train de vie. Heureusement pour lui, il n'avait pas dépensé tout son pécule. Il avait même épargné suffisamment d'argent pour acheter un ameublement complet s'il le désirait et s'installer confortablement avec sa dulcinée.

La demi-heure passa rapidement et Lucie sortit de chez elle pour lui éviter les salutations ou propos inquisiteurs de ses parents. Il lui en était reconnaissant, particulièrement cette journée-là. Après le baiser d'usage, il lui proposa d'aller faire un tour au parc Victoria dans le haut de la ville. Elle acquiesça, mais se demandait bien quelle était la cause de tout ce mystère. Il avait pourtant l'habitude d'être très direct après presque cinq ans de fréquentations.

— Alors mon amour, qu'est-ce qui ne va pas?

— Écoute Lucie, ce que je vais aborder est très sérieux. Premièrement, Georges est en prison pour son commerce de machines à poker, entre autres. Comme tu le sais, je suis associé avec lui et la police provinciale fait une grande rafle à l'échelle de la province en ce moment. J'ai bien peur de me faire ramasser.

— Oh non! T'es pas sérieux? Es-tu sûr de ça?

— Non! Mais les chances sont bonnes. Ça prend juste un *stool* qui me vende et je suis cuit. J'ai ramassé toutes les machines chez nos clients, mais elles sont toutes dans un garage et plusieurs personnes m'ont vu entrer et sortir de ce maudit garage.

— Tu ne peux pas les mettre ailleurs pour un bout de temps?

— J'aimerais bien, mais j'ai peur de me faire pincer pendant que je les transfère. Ce serait bien la pire chose qui pourrait m'arriver, les deux mains dans le sac…

— As-tu une autre solution?

— J'ai pensé à différentes options et j'aimerais t'en parler.

Marcel commença par lui demander si elle l'aimait assez pour changer de ville s'il en arrivait à cette conclusion. Lucie était aux prises entre son amour pour Marcel et celui qu'elle vouait à ses parents; entre son travail et ses amies qu'elle ne voulait pas quitter; entre sa peur de l'inconnu et son milieu avec lequel elle était familière. De plus, son père faisait des pressions en lui demandant souvent si elle se contenterait d'un petit chef dans un petit restaurant. Il connaissait plusieurs jeunes prétendants, des professionnels qui n'étaient pas indifférents à la beauté exceptionnelle de sa fille. Ces propos l'avaient amenée à réfléchir à son avenir. Elle vivait une relation confortable avec Marcel qui durait depuis cinq ans. Elle ne posait pas trop de questions et acceptait avec plaisir les nombreux cadeaux et les sorties qu'il lui offrait.

— C'est que tu ne m'aimes pas assez Lucie !

— Écoute Marcel ! Ce que tu me demandes, c'est énorme. Je pensais faire ma vie avec toi ici, à Granby, et là, tu me demandes littéralement de me sauver avec toi en abandonnant tout ce que j'ai ici, mes amies, ma famille.

— Tu as dix-neuf ans, Lucie, et déjà tu décides que tu veux mourir à Granby ?

— Je n'ai pas dit ça, mais quand même… Je veux l'assentiment de mes parents pour notre mariage si tu le veux toujours bien sûr ?

— Je veux bien du mariage, mais l'assentiment de tes parents, je m'en fous complètement et tu le sais très bien.

— Essaie de me comprendre, Marcel. Je ne suis pas prête à tout laisser tomber et je n'en reviens pas que tu me le demandes. Je dois réfléchir… Tu ne sais même pas si tu seras en prison la semaine prochaine. Qu'est-ce que je ferais si c'était le cas après avoir quitté ma famille, mon travail ? Mon père va mettre son véto pour que je ne te voie plus si je veux retourner à la maison.

— Casse-toi pas la tête! J'ai ma réponse, mais je te laisse réfléchir. Dans le pire des cas, je ne serai plus là quand tu te décideras. Viens! Je te ramène chez toi.

Marcel boudait parce que la réponse qu'il attendait était tout autre. Dans ses rêves, elle le suivait où qu'il aille, n'importe où au Canada, et même outremer si jamais il en avait la possibilité. Dans son immaturité, il croyait au vieil adage qui disait que «Qui prend mari prend pays.» Il aurait à s'amender s'il voulait que sa relation amoureuse avec Lucie survive, mais c'était déjà trop tard. Déjà, il lui en voulait au point de la détester. Il avait hérité du côté obstiné et rancunier de son père Émile. Sous bien des aspects, il se reconnaissait dans son père et il détestait ce fait, mais n'y pouvait rien. Après avoir quitté sa petite amie avec l'amertume au cœur, il pensa à sa sœur aînée, Monique. Elle avait toujours été de bon conseil pour lui, même s'il ne l'écoutait pas toujours. Il alla la rejoindre.

— Je suis dans le pétrin Monique, peux-tu m'aider ou me conseiller?

— Qu'est-ce qui se passe Marcel? Quelle sorte de pétrin? Lucie est enceinte?

— Non! Tu le sais bien que je n'ai jamais couché avec Lucie. D'ailleurs, elle est devenue le dernier de mes soucis.

— Oh, je sens de la colère. Elle t'a plaqué?

— Non, écoute-moi! Galipeau s'est fait pincer par la police provinciale pour notre petit commerce de machines à poker. Il est à Bordeaux et j'ai bien peur d'être le prochain sur leur liste à Granby. Je ne sais pas comment maman va réagir si la police débarque chez nous…

— Elle est habituée de les voir régulièrement avec le braconnage de Pat.

— C'est pas la même chose Monique! Moi, c'est la police provinciale qui va débarquer avec un mandat de perquisition en règle. J'ai le goût de sacrer mon camp loin d'ici et je pense que c'est le moment propice. Lucie ne m'aime pas assez pour me suivre. Ça fait presque cinq ans que je sors avec elle. Cinq années perdues à penser que c'était la femme de ma vie.

— Je te trouve pas mal pessimiste Marcel, mais évite d'agir sur un coup de tête. Réfléchis! Il y a sûrement une solution sans que tu doives t'exiler.

Monique n'avait jamais vu son frère découragé à ce point. Elle pensa à Paul qui lui avait raconté son aventure militaire durant la Deuxième Guerre mondiale. Il avait encore des contacts à Goose Bay au Labrador. Peut-être accepterait-il d'aider son frère Marcel. Elle était mal à l'aise de lui demander une telle faveur. Elle commençait à peine à fréquenter Paul et, déjà, elle lui demanderait de l'aide pour son frère. Elle devait le voir en soirée. Elle verrait si elle trouverait le courage de lui en parler. Monique ne voulait surtout pas mettre en péril sa relation naissante avec Paul. Elle l'aimait trop.

À ce moment-là, Marcel vivait la crise la plus sérieuse de sa jeune vie. Il était écrasé par la peur de la prison et par sa déception face à la réaction de Lucie. Il dramatisait tout et pensait à la fuite pour panser ses plaies. Il ne voyait aucune issue à ses problèmes et il avait le cœur déchiré par le chagrin. Il regrettait d'avoir confronté Lucie. S'il pouvait retourner en arrière, il le ferait, mais c'était impossible. Il devrait vivre avec les conséquences de son affolement. La jeune fille avait réagi en toute sincérité en lui exposant ses priorités à elle plutôt que de vivre en fonction de ses priorités à lui.

La relation de Paul et Monique devenait de plus en plus sérieuse. Lui était prêt à s'engager, et elle n'avait presque plus d'hésitation. Paul était beau, charmant et respectueux. Pour Monique, il était comme un rayon de soleil dans sa vie terne. Il était temps qu'elle pense un peu à elle. Elle désirait être aimée, et Paul était là qui attendait. Elle n'aurait pu souhaiter meilleur parti et c'était ce qui la faisait hésiter. Elle pouvait à peine croire à cette chance inouïe qui s'offrait à elle. Quand il arriva chez elle pour une promenade à pied dans le quartier, elle était prête.

— Bonjour, Paul ! As-tu passé une bonne journée ? déclara-t-elle en lui tendant la main.

— Magnifique journée, Monique ! J'ai beaucoup pensé à toi, lui répondit-il en prenant sa main tendue, et en s'approchant pour lui donner un baiser sur la joue.

— C'est de penser à moi qui l'a rendue magnifique ?

— Presque! Sauf que tu es plus magnifique que ma journée.

— Flatteur, va! Allons-y si tu veux. On pourrait aller sur le bord de la rivière, qu'en penses-tu?

— C'est une excellente idée! Je te laisse me conduire si tu me laisses te prendre la main sur la rue.

Monique avait un peu rougi, mais était ravie de sentir sa main chaude dans la sienne. Ils descendirent la rue tout en discutant de choses et d'autres. Elle voyait les gens du quartier qui les regardaient passer. Un doux sentiment de fierté l'envahissait et ses yeux pétillaient de bonheur. Elle aurait aimé poser sa tête sur son épaule et sentir son odeur si masculine. Elle avait envie de se laisser envahir par l'amour. Ils marchèrent lentement en écoutant le chant des oiseaux. C'était magique. Ils se rendirent ainsi jusqu'au bord de la rivière Yamaska près de la digue au coin des rues Robinson et Cowie. Ils s'assirent sur l'herbe et Monique aborda le sujet de son frère Marcel après y avoir mûrement réfléchi.

— Tu m'as déjà dit que tu avais gardé des contacts à la base d'aviation militaire de Goose Bay. Mon frère Marcel aimerait y aller pour travailler dans les cuisines. Crois-tu que ce soit possible?

— Je crois qu'il n'aura aucun problème à trouver du travail, sauf qu'il doit être majeur. Je sais qu'il ne l'est pas, mais ça peut s'arranger. Penses-tu que Gérard accepterait de lui prêter ses papiers ?

— Heu ! Je ne sais pas. Je crois que oui, mais c'est à vérifier…

— Veux-tu que je contacte mon ami à Goose Bay ? Dis-moi, Monique, est-ce qu'il a rompu avec sa copine ?

— Il est très déçu de l'attitude de Lucie en ce moment. Je ne sais pas s'il y aura rupture ou pas, mais c'est certain que loin des yeux loin du cœur. Il prend des risques en s'éloignant.

— Bon, écoute ! Voici ce que je suggère. Parles-en à ton frère s'il peut utiliser le nom de Gérard ou non, et j'appellerai mon ami Paulin à la base militaire.

— D'accord ! J'en parle à Marcel et il s'arrangera avec Gérard lui-même. C'est déjà très gentil de ta part de t'occuper de lui. Je ne sais pas comment te remercier.

— Moi je sais ! Embrasse-moi et on est quitte…

Monique rougit immédiatement à la proposition de Paul. Elle mourait d'envie de l'embrasser. Il n'avait fait que lui faciliter la tâche, car d'elle-même, elle n'aurait jamais osé en prendre l'initiative. Elle approcha ses lèvres de sa bouche et il y déposa un délicat baiser. C'était tellement doux qu'elle en eut des palpitations, mais ressentait malgré tout une certaine frustration. Paul la taquinait en lui redonnant une série de petits baisers tout en pointant à peine le bout de la langue. Ce petit jeu porta les fruits que Paul s'attendait à cueillir.

Monique pressa fermement ses lèvres sur celles de Paul en laissant sa bouche entrouverte. Elle était tombée dans le tendre piège qu'il lui avait tendu. Il voulait qu'elle désire franchement un baiser plus soutenu. Monique fut tellement étourdie par ce baiser que, tout naturellement, ils s'étendirent sur l'herbe en s'enlaçant passionnément. Ce petit jeu dura plus de quinze minutes jusqu'à ce qu'elle sente l'érection de Paul. Elle y mit fin en le repoussant gentiment. Il n'en fut pas offusqué le moins du monde. Il s'attendait à cette réaction de la part de Monique. Il y avait un je-ne-sais-quoi qui la retenait, qui l'empêchait de se laisser aller. Beaucoup de mystère entourait l'élue de son cœur.

Paul en avait conclu qu'il devait s'armer de patience s'il voulait vraiment la conquérir. Mais la patience était une de ses forces et il l'aimait sincèrement, comme jamais il n'avait aimé une femme. À vingt-six ans, avec son bagage d'aventures féminines, il avait très vite compris la complexité de Monique, mais il ignorait quels étaient ses secrets. Il était persuadé qu'elle cherchait un moyen de se confier sans le faire le fuir. Il lisait une certaine torture dans ses yeux. Qu'est-ce qui pouvait être assez grave pour la tourmenter à ce point ? Il était prêt à accepter à peu près tout ce qu'il pouvait imaginer, mais il savait que cela ne servait à rien de se mettre martel en tête. Paul attendrait qu'elle se dévoile. C'était la plus sage décision.

Après ce petit intermède amoureux, ils reprirent le chemin du retour, mais cette fois, elle lui tenait le bras et il sentait son sein qui se pressait doucement contre lui. Paul appréciait cette intimité nouvelle. Monique devenait moins farouche. Une fois arrivés dans la cour des Robichaud, Paul aperçut Émile qui le toisait d'un œil torve. Il ne sentait aucune sympathie à son égard de la part de son futur beau-père, mais il ne s'en préoccupait pas outre mesure. Émile pouvait toujours s'opposer à ce qu'il fréquente sa fille, mais Paul avait déjà l'assentiment de la mère de Monique. Cela lui suffisait pour le moment.

Monique flottait sur un nuage. Elle avait abordé le sujet de son frère, et Paul n'avait eu aucune objection à l'aider si tel était le désir de Marcel. Elle avait hâte d'en parler à son frère et de voir sa réaction. Il serait peut-être moins désespéré en apprenant que Paul était prêt à l'aider. Finalement, Marcel arriva plus tôt que d'habitude. Il travaillait encore au restaurant Bazinet, mais le cœur n'y était plus. Comme le restaurant était peu rempli ce soir-là, il avait quitté son poste prétextant un malaise. C'était un peu vrai, car il avait du chagrin en plus de craindre une descente de police. Plus rien n'allait, mais Monique entreprit de lui redonner un peu d'espoir. Elle ne pouvait rien faire pour mettre du baume sur son cœur, mais elle pouvait au moins l'aider à se reprendre en mains.

— Salut, Marcel! On a peut-être trouvé une solution à ton problème, mais tu devras y mettre du tien.

— Ah oui? Quand tu dis «on», tu parles de qui?

— Paul et moi. Je lui ai parlé de ton problème sans mentionner quoi que ce soit concernant tes ennuis potentiels avec la justice. J'ai simplement expliqué que tu aimerais travailler à l'extérieur du Québec et il a proposé une solution.

— Il ferait ça pour moi? Il ne me connaît même pas.

— Si tu peux t'arranger avec Gérard pour utiliser son identité parce que ça prend vingt-et-un ans pour travailler à l'endroit qu'il a en tête, Paul est certain qu'il peut te faire rentrer dans les cuisines de la base militaire de Goose Bay au Labrador. Le salaire est intéressant si tu considères que tu es logé et nourri.

— Je m'occupe de Gérard. Il ne peut pas me refuser ça! Je suis son frère après tout. Je suis sûr que je vais trouver une entente avec lui.

— Bonne chance! Reviens-moi aussitôt que tu sais si ça fonctionne ou pas. J'appellerai Paul alors.

Monique avait peut-être trouvé une solution pour son frère Marcel, mais elle avait, encore une fois, repoussé le moment de dire la vérité à Paul à propos de Jean-Pierre. Plus elle s'attachait à Paul et plus elle craignait sa réaction quand il apprendrait que Jean-Pierre était son fils et non son frère. Elle vivait avec ce tourment qui minait son bonheur. Ce n'était pas facile pour elle.

Marcel entreprit rapidement de parler à son frère. Il attendit que Gérard arrive tout en cherchant la meilleure façon de le convaincre de lui laisser utiliser son identité. Marcel voyait un autre avantage à changer d'identité. Il serait introuvable si la famille se taisait sur son nouveau lieu de résidence. Le Labrador lui semblait parfait pour se terrer le temps que la poussière retombe. Finalement, Gérard arriva.

— Salut, Gérard, tu as passé une belle soirée?

— Pas mal! Mais qu'est-ce que tu fais debout à cette heure-là?

— Je t'attendais! J'ai besoin de ton aide.

Déjà, Gérard était sur ses gardes, car il avait appris avec le temps que Marcel avait l'esprit assez retors pour essayer de lui demander une faveur.

— J'ai pas d'argent si c'est ça que tu veux!

— J'ai pas besoin d'argent, mais je peux même t'en passer si tu veux. Je veux aller travailler au Labrador et il faut être majeur pour être accepté sur la base militaire de Goose Bay. C'est Paul, le nouveau *chum* de Monique qui peut me faire entrer là. Toi, tu vas avoir vingt-et-un ans dans moins d'un mois. J'ai besoin de t'emprunter tes papiers pour que ça marche.

— Es-tu malade? J'veux pas me faire prendre dans tes *gimmicks*. Non! Trouve-toi quelqu'un d'autre, ça m'intéresse pas *pantoute* tes histoires.

— Énerve-toi pas, Gérard! Je vais travailler et payer de l'impôt, tu garderas le surplus à la fin de l'année.

— Ça m'intéresse pas! Achale-moi plus avec ça.

— OK! Merci pour la solidarité familiale. Je vais m'en rappeler, Gérard.

La conversation se termina aussi abruptement qu'elle avait commencé. Mais Marcel n'avait pas dit son dernier mot. Il savait où trouver le baptistaire de son frère. Il irait avec ce papier chercher une copie du permis de conduire de Gérard et une copie de sa carte d'assurance sociale. Il ne pouvait pas se contenter d'une réponse négative. Gérard ne le savait pas encore, mais il serait au Labrador d'ici peu de temps et travaillerait simultanément à la Miner Rubbers de Granby...

Marcel décida d'appeler Paul plutôt que d'attendre que Monique lui dise de contacter son ami à Goose Bay et l'informe aussi qu'il était prêt à partir très rapidement; le plus tôt serait le mieux. Dès le lendemain, il irait chercher une copie du permis de conduire au Bureau des licences et la carte d'assurance sociale en haut du bureau de poste. Marcel ne ressentait aucune culpabilité à agir ainsi. Pour lui, la fin justifiait les moyens, et il ne voyait aucune autre façon de s'en sortir.

Paul contacta son ami et ce dernier lui rendit ce service avec plaisir. Le jeune homme revit Marcel le lendemain et lui annonça la nouvelle.

— Salut, Marcel! As-tu fait ta valise? J'ai parlé à mon ami Jean-Louis Paulin à Goose Bay et il t'attend. Il a une ouverture en ce moment, et il a mentionné de ne pas trop tarder si tu veux la place.

— T'es sérieux?

— Très sérieux! Mais il faut que tu montes là-bas par tes propres moyens. Il va te glisser dans l'équipe si tu es sur place, tu comprends? Sinon, la procédure est trop longue. As-tu l'argent pour te payer le voyage?

— Ne t'inquiète pas, Paul, j'ai tout ce qu'il faut! Le temps d'avertir ma mère et Lucie, et je prends le train.

— Si tu te rends à Saint John, Terre-Neuve, tu l'appelles et il t'arrangera un vol jusqu'à Goose Bay. Je t'avertis, Marcel, il n'y a pas beaucoup de femmes là-haut. Il y a bien des Inuites, mais je ne te conseille pas de fraterniser avec elles. Les militaires sont très stricts sur ce point.

— Laisse-moi arriver là-haut, à Goose Bay comme tu dis, et je te ferai un compte rendu par lettre. Ça fait quand même six ou sept ans que tu étais stationné là et tu étais militaire. Moi, je suis civil. C'est peut-être différent aujourd'hui?

— Écoute mon ami Jean-Louis et tu n'auras pas d'ennuis. Rappelle-toi que c'est aussi ma réputation qui est en jeu. Ne me fais pas regretter mon geste.

— Je serai sage comme une image, promis! Merci, Paul! Je te revaudrai ça.

Peu de temps après, Marcel prenait le train à la gare de Granby sans avoir dit adieu à Lucie. Il était trop frustré par sa réponse. Le petit dur avait le cœur en lambeaux, mais jamais il ne l'aurait admis. Avec cette attitude, il ressemblait beaucoup à son père rancunier et têtu. Il avait échappé à la loi en se sauvant hors du Québec. Il faisait vraiment trop chaud à Granby; il se sentirait plus en sécurité dans ce pays de glace où l'été était si bref.

Chapitre 5

Pendant que Marcel se sauvait à l'autre bout du monde, Yvan avait terminé son secondaire avec succès. Il avait choisi l'option commerciale parce qu'il savait qu'il ne pourrait pas se payer les cours à l'université sans passer par le clergé. Il n'avait pas l'intention de prétendre qu'il avait la vocation pour devenir prêtre ou frère dans une communauté religieuse. À dix-huit ans, le jeune homme se sentait prêt à affronter le monde et à faire fortune. Le moins que l'on pût dire de lui, c'est qu'il était très ambitieux, pour ne pas dire obsédé par sa réussite personnelle. En voyant Marcel partir pour le Labrador, il l'enviait, car il savait que son frère gagnerait beaucoup d'argent sans avoir à payer de pension.

Yvan avait enfin l'opportunité de réaliser son rêve de jeunesse, soit de devenir banquier. Dans la classe ouvrière, devenir banquier voulait simplement dire travailler dans une banque ou dans une caisse populaire. En revanche, si quelqu'un atteignait le rang de gérant, cela signifiait qu'il avait réussi au-delà de toute attente. Après avoir postulé auprès de toutes les banques, y compris les caisses populaires de Granby, Yvan s'attendait à une réponse positive.

Le jeune homme travaillait toujours au petit commerce de Phil Goyette. Ce dernier souffrait de bronchite chronique. Il avait les poumons en mauvais état et, par conséquent, ne savait pas quand il pourrait reprendre le travail. Yvan connaissait le commerce de monsieur Goyette comme le fond de sa poche et le remplaçait avec toute la confiance du marchand. Il s'occupait de la tenue de livres et faisait un compte rendu quotidien à son patron dans l'espoir que les bonnes nouvelles lui remontraient le moral.

Après toutes ces années à son service, Yvan était presque devenu le fils que monsieur et madame Goyette n'avaient jamais eu. Personne ne savait pour quelle raison il en était ainsi, mais ils auraient fait des parents merveilleux s'ils avaient eu le privilège d'avoir des enfants. Yvan les aimait tout autant et n'eût été de sa mère qu'il vénérait, il se serait adapté assez facilement à cette vie de fils unique choyé. Les clients s'enquéraient de l'état de santé de monsieur Goyette auprès de lui.

— Comment y va, Phil ? demanda monsieur Messier, le marchand de bois d'en face.

— Il semble prendre du mieux, monsieur Messier.

— Je lui souhaite sincèrement, mais les poumons, à son âge, c'est bien délicat. Donne-lui mes vœux de prompt rétablissement !

— Je le ferai, monsieur Messier, soyez sans crainte ! Pas plus tard que ce soir. En attendant, est-ce que je cire vos chaussures ce matin ?

— Bien sûr, Yvan, et je veux un bon cigare. J'ai fait de bons achats à la bourse hier. Ça mérite d'être fêté.

— Ah oui! J'aimerais bien avoir votre talent un jour. C'est ce que je rêve de faire dans la vie. Gérer un portefeuille d'actions qui soit bien à moi serait un objectif raisonnable pour un jeune homme sérieux. Ne croyez-vous pas?

— On ne peut pas dire que tu manques d'ambition, jeune homme. N'as-tu pas appliqué dans les banques récemment? Tu n'as pas encore eu de réponses?

— Pas encore, mais ça ne devrait pas tarder. Si je connaissais quelqu'un qui travaille dans le milieu bancaire, ça aiderait, mais mon père n'a même pas de compte, ni dans une caisse ni dans une banque. Vous pouvez imaginer ça, monsieur Messier?

— Tu veux un p'tit coup de piston?

— Vous pourriez?

— Bien sûr! Je suis un assez gros client à la CIBC. Je connais personnellement le directeur. Nous jouons aux cartes ensemble avec quelques amis une fois par semaine, le mercredi soir.

— Je vous serais éternellement reconnaissant, monsieur Messier.

— Considère que c'est chose faite, Yvan! Bon, il faut que je retourne au bureau. Tiens-moi au courant des développements.

Yvan était aux anges. Il était tellement heureux d'avoir eu la chance de tomber sur monsieur Messier, ce matin-là. Il rêva le reste de la matinée, se voyant déjà en costume trois-pièces, recevant des clients comme monsieur Messier. Il était tellement enthousiaste et confiant en ses capacités qu'il attendait avec impatience l'appel du directeur de la banque. De plus, il était convaincu qu'il ferait bonne impression grâce aux connaissances et aux aptitudes qu'il avait développées durant ses années à titre de cireur de chaussures. Il avait apprécié le contact qu'il avait eu avec les clients, et il avait désormais beaucoup d'entregent.

Yvan pouvait dérider un client qui semblait de mauvaise humeur en un rien de temps. Pour lui, le travail était ce qu'il aimait le plus dans la vie. C'était un moment de bonheur. Au quotidien, il avait étudié pour exceller et non pas par plaisir. Ses frères n'avaient pas manqué d'ailleurs de le taquiner à propos de son ambition démesurée. Deux personnes ne s'étaient jamais moquées de lui: sa mère et sa sœur Monique. Pour cette raison, il s'était ouvert à elles et avait apprécié leur chaleur humaine. Il considérait ceux qui riaient de son acharnement à réussir comme des idiots, tous autant qu'ils étaient. Il n'avait que mépris pour son père qui le dénigrait constamment. S'il n'avait pas joui de la protection maternelle, il n'aurait jamais terminé son secondaire et travaillerait en usine depuis longtemps. Il aurait sûrement choisi l'exil comme Marcel, mais il n'avait pas le courage de son frère pour se retrouver seul sans encadrement. Il était satisfait de son sort tel qu'il était et attendrait son heure pour prendre sa revanche envers ses détracteurs.

Pendant ce temps, Marcel était arrivé à Goose Bay. Le voyage en train lui avait paru très long jusqu'à ce qu'il rencontre une jeune femme qui voyageait seule. Elle était montée à bord du train à Rimouski. Cette jeune femme venait de la rive nord du fleuve Saint-Laurent, plus précisément de Baie-Comeau. Elle avait pris le traversier et s'était retrouvée sur la rive sud à attendre à Rimouski le train pour New Carlisle dans la Baie-des-Chaleurs. Elle avait obtenu un poste d'infirmière au dispensaire de Maria qui était dirigé par les Sœurs hospitalières.

Christiane Neveu s'installa dans le compartiment de troisième classe où se trouvait Marcel. Quand il vit cette belle jeune femme faire son entrée en transportant une grosse valise qui semblait lourde, à en juger par les signes d'efforts qu'on apercevait sur son visage, Marcel se leva précipitamment pour l'aider.

— Laissez-moi vous aider, mademoiselle! Cette valise m'apparaît beaucoup trop lourde. Quel est votre numéro de siège?

— Le 28B!

— C'est tout près, j'ai le 27A, juste dans la rangée en face de vous.

Marcel souleva la valise et la déposa dans l'espace de rangement supérieur qui retenait les colis grâce à un filet. Une fois que la valise fut bien en place, il se présenta.

— Voilà, mademoiselle! Le travail est fait. Je me présente, Marcel Robichaud. Je suis parti de Granby hier soir, et je me dirige vers Goose Bay au Labrador. Je ne pensais pas que le Québec était aussi grand.

— Moi, je m'appelle Christiane Neveu et je vais à Maria. Je suis engagée comme infirmière au dispensaire du village. C'est mon premier poste depuis que j'ai terminé ma formation. Je suis excitée, mais craintive à la fois. J'ai peur de me sentir très seule.

— Eh bien Christiane, vous n'êtes pas seule à vous sentir ainsi! Pour moi aussi, c'est une première, et me retrouver au Labrador sur une base militaire… Je ne sais pas à quoi m'attendre.

— J'ai une de mes amies de la même promotion que moi qui doit se retrouver sur cette base. Elle s'appelle Fernande Michaud. Pourriez-vous lui remettre un petit mot de ma part pour la saluer et la féliciter? Elle aura mon adresse de correspondance par le fait même. On pourra s'écrire.

— Est-ce que je peux vous tutoyer, Christiane? Je serais plus à l'aise.

— Bien sûr, Marcel! Nous sommes de la même génération après tout.

— Je lui donnerai ton message avec plaisir. Ça me donnera la chance de la connaître. Apparemment, il n'y a pas beaucoup de femmes là-haut à Goose Bay si on fait exception des Autochtones. Es-tu au courant?

— Je ne saurais te dire, Marcel! Mais ça fait du sens qu'il n'y ait pas beaucoup de femmes. Peut-être des femmes de militaires ou des militaires? S'ils engagent des infirmières civiles, c'est qu'il n'y a pas beaucoup de femmes militaires.

— J'espère trouver un travail de chef cuisinier. C'est ce que je fais dans la vie. J'ai un emploi garanti dans les cuisines en arrivant, mais je doute d'être chef. Ce n'est pas très grave si je ne commence pas comme chef, car j'ai encore beaucoup de choses à apprendre, surtout si on parle de milliers de repas par jour.

— Tu vas y arriver si tu le désires vraiment.

— Tu penses?

— J'en suis sûre! La foi en toi, c'est tout ce qu'il te faut pour atteindre le succès que tu vises.

— Tes pensées sont profondes, Christiane. Tu ne parais pas très vieille pour avoir autant de sagesse.

Ils poursuivirent leur conversation ainsi, et le temps qui lui semblait interminable quand il était seul lui paraissait filer comme le vent désormais. Il l'invita à dîner dans le wagon-restaurant. Miraculeusement, il n'avait pas pensé à Lucie depuis que Christiane était montée dans le train à Rimouski. Il lui offrit du vin pendant le repas et le serveur leur demanda leurs papiers avant de les servir.

— Monsieur Gérard Robichaud? Vous n'avez pas encore vingt-et-un ans. Cependant, vous les aurez dans quelques jours, ça va aller. Il ne faut pas être plus catholique que le pape quand même. N'est-ce pas, monsieur Robichaud? Bon appétit, madame, monsieur!

— Qu'est-ce que c'est cette histoire de Gérard? Je croyais que tu t'appelais Marcel?

— Gérard, c'est mon frère aîné. J'ai pris ses papiers parce que je devais être majeur pour avoir la *job*. J'ai intérêt à m'habituer à m'appeler Gerry à partir de maintenant.

— Tu as du culot, Marcel Robichaud. Je ne doute pas que tu arrives à tes fins, peu importe ce que tu désires.

— Tout ce que je désire? Est-ce que ça t'inclut?

Christiane éclata de rire et le regarda avec un air qui disait: «Tu n'oseras pas!» Il n'y vit qu'une provocation et se dit en lui-même qu'après avoir bu une demi-bouteille de vin, elle serait encore moins farouche. Quoi de mieux qu'une autre femme pour oublier celle qui l'avait tant fait souffrir? Gérard, alias Marcel, se lança dans une opération de séduction de la jolie infirmière que le destin avait mise sur son chemin.

Yvan avait des soucis d'un tout autre ordre. Rolland Pelletier, le directeur de la Banque CIBC où monsieur Messier faisait des affaires, l'avait convoqué pour le lendemain à dix heures. Normalement à cette heure, il travaillait chez Phil Goyette. Il était très ennuyé de demander à madame Goyette de le remplacer, le temps qu'il aille à son rendez-vous, d'autant plus que c'était pour les quitter définitivement. Sa conscience le torturait quand il pensait qu'il allait abandonner monsieur Goyette alors qu'il était malade, mais il se doutait que le directeur de la banque, qui lui faisait déjà une faveur en le recevant, ne se plierait pas à son horaire. C'était maintenant ou jamais, et il le savait. C'est donc la mort dans l'âme qu'il se décida à en parler à madame Goyette.

— Il faut que je vous dise quelque chose qui me rend très mal à l'aise, madame Goyette.

— Ben voyons, Yvan, tu n'as pas la langue dans ta poche, d'habitude.

— Mais là, c'est pas pareil! Ça concerne mon avenir et disons que l'opportunité se présente à un mauvais moment. Avec votre mari que je considère comme un père et vous qui êtes comme une deuxième mère pour moi. Si votre mari n'était pas malade, ce ne serait pas pareil…

— Allez, Yvan, vas-tu finir par le sortir ce que t'as à dire, j'ai pas juste ça à faire?

— J'ai une entrevue à la Banque CIBC demain à dix heures.

— C'est Phil qui va être content quand je vais lui dire ça!

— Pouvez-vous attendre que je sache si je suis accepté avant de le lui dire?

— Une journée de plus, une journée de moins, ça ne fera pas une grosse différence. Depuis le temps qu'il attend ça! Ah, qu'il va être content!

— Vous m'enlevez un gros poids, madame Goyette. Êtes-vous sûre que je ne vous mets pas dans le pétrin?

— Non! Non! Dors sur tes deux oreilles ce soir et arrange-toi pour être en forme demain au moment de l'entrevue. C'est ça qui est important pour mon mari et moi, ton succès.

Yvan était réellement soulagé et touché par la réaction de sa patronne. Il apporterait, lors de l'entrevue, son certificat de fin d'études avec la mention d'excellence qu'il avait obtenue. Comme référence, il n'avait nul autre que monsieur Messier, un homme d'affaires bien vu de ses pairs. La vie lui souriait de nouveau.

Cette nuit-là, son sommeil fut très agréable. Il rêva de sa vie au service de la banque avec une épouse fidèle à ses côtés et quelques fils pour prendre sa relève. Il voyait un de ses fils président-directeur général de la banque. Évidemment, ce n'était qu'un rêve, car en tant que Canadien français, il ne pouvait pas espérer monter plus haut que directeur de succursale. S'il était chanceux et servile à la fois, il pourrait peut-être travailler au siège social et devenir directeur régional. C'était encore bien loin du sommet dont il rêvait, mais ses rêves étaient là pour stimuler son ambition déjà démesurée.

Yvan se réveilla donc dans les meilleures dispositions pour affronter cette journée si importante pour son avenir. Il sortit sa plus belle chemise blanche et son seul costume trois-pièces. La veille, il avait soigneusement ciré ses chaussures qui luisaient désormais comme des miroirs. Il se dirigea vers la salle de bain pour se raser et se débarbouiller un peu. Puis, il remonta à l'étage où il partageait une sorte de dortoir avec tous ses frères. Depuis le départ de Marcel, il avait agrandi son territoire sans rencontrer de résistance de la part de Gérard ou de Patrick. Quant aux autres, Daniel, Jacques et Jean-Pierre, ils étaient trop jeunes pour avoir un droit de regard sur la chambre. Son rasoir, sa brillantine et son eau de Cologne étaient bien en vue sur la tablette qui lui servait de rangement. Ses chemises étaient rangées dessous, ainsi que quelques pantalons, un veston élimé pour la semaine, et ses cravates étaient accrochées sur des clous plantés dans un des madriers qui soutenaient le toit.

La chambre se trouvait dans les combles de la maison sans aucune isolation. Elle était chaude en été et froide en hiver. Une grille dans le plancher de tous les étages laissait passer la chaleur due au poêle à charbon situé dans la cave. Personne ne se plaignait et personne ne voulait changer la situation.

C'aurait été un jeu d'enfant pour un jeune homme comme Patrick d'isoler le plafond et de le fermer avec du gypse, mais personne ne voulait faire la dépense. Lauretta avait bien d'autres priorités que celle-là, et les plus âgés des garçons se préparaient inconsciemment à quitter le nid.

Rasé de près et parfumé, Yvan s'habilla. Quand il eut terminé, il se regarda dans le miroir, resserra son nœud de cravate et, dès qu'il fut satisfait du résultat, il descendit pour déjeuner.

— Ouais, Yvan! T'en vas-tu aux noces? plaisanta Patrick qui s'apprêtait à partir pour le chantier de construction.

— J'ai pas le goût de m'habiller comme toi pour aller travailler, Patrick. Peut-être que bientôt, ce sera ma tenue quotidienne, et qu'à mes noces, je porterai un smoking.

— Il faudrait que tu commences par te faire une blonde avant de penser à te marier.

— C'est toi qui as commencé à parler de mariage. J'ai d'autres priorités dans la vie que de braconner pis de courir les filles.

— Ben, bonne chance, frérot! Si y te prennent pas à la banque, on a tout le temps besoin de quelqu'un pour faire les commissions.

— Maudit baveux! J'espère que tu n'auras jamais besoin de moi, Patrick Robichaud, parce que ce jour-là, je vais être pas mal plus baveux que toi.

— C'était juste une blague, le nerveux! Calme-toi et respire par le nez. T'inquiète, tu vas l'avoir la *job*!

Patrick avait mieux à faire que de se mettre à dos son frère aîné d'un an. Il avait beau être un peu plus grand et plus robuste qu'Yvan, il redoutait sa perfidie. Sa vengeance était souvent féroce. C'était sa façon à lui de se défendre contre les gros bras tels que son frère et bien d'autres. À sa manière, Patrick aimait bien se tenir sur la corde raide avec son frère Yvan. Il testait les limites de sa tolérance et s'empressait de mettre du baume sur l'orgueil blessé de ce dernier. C'était normal de se taquiner de la sorte à force de vivre ainsi dans la promiscuité. Les plus jeunes garçons, qui étaient témoins de cette comédie permanente, apprenaient ainsi comment prendre leur place dans la vie.

Après le déjeuner, Yvan se présenta au commerce de Phil Goyette. Sa femme était là avec l'autre cireur de chaussures qui complétait l'emploi du temps avec lui en temps normal.

— Mon Dieu, Yvan! T'es beau comme un cœur. J'ai raconté ça à Phil hier soir, il est bien content pour toi. Il a dit qu'il n'y avait pas d'avenir pour toi ici dans sa petite boutique et qu'elle allait mourir avec lui, ça ne serait pas bien long.

— Vous m'inquiétez, madame Goyette! Y'a donc ben les idées noires de ce temps-là. Êtes-vous sûre que ce n'est pas à cause de moi? Je m'en voudrais à mort si c'était de ma faute.

— Mets-toi pas ça dans la tête, Yvan! On est vieux nous autres, alors que toi ta vie commence à peine. Fais ta vie, Yvan, et ne t'occupe pas du reste.

— Écoutez, madame Goyette, aussitôt que j'ai terminé mon entrevue, je reviens ici pour vous informer du résultat. J'espère que ce sera positif.

Yvan remonta la rue Principale jusqu'au château fort anglophone. Cette idée de ségrégation linguistique ou religieuse encouragée par le clergé le dérangeait. Encore très naïf, il croyait à l'égalité des sexes, sans l'avoir expérimentée, ainsi qu'à l'égalité des races, sans jamais avoir vu un Africain de sa vie, sauf au baseball, ou un Asiatique dans un restaurant chinois. Il n'avait jamais rencontré d'Autochtone non plus. À dix-huit ans, c'était beaucoup demander à un jeune homme issu d'un milieu rural et vivant dorénavant dans une petite ville de province. Il n'était même jamais allé à Montréal qui était déjà une ville cosmopolite à cette époque-là.

Quand il arriva devant la banque, il fut pris d'un trac incroyable. Il sentit son sang se drainer de son visage, vit des points noirs et faillit s'évanouir. Il réussit à vaincre sa nausée et prit son courage à deux mains. Il n'allait quand même pas reculer si près du but. Il entra dans la banque et vit tout de suite le bureau du directeur. Il frappa à la porte.

— Monsieur Pelletier?

— Oui!

— Bonjour ! Yvan Robichaud, nous avions rendez-vous ce matin à dix heures. Je suis un peu en avance…

Le directeur le scruta avant de répondre.

— Vous savez, monsieur Robichaud, la ponctualité est une qualité très importante que j'apprécie beaucoup. Merci d'en faire preuve, en souhaitant que ce soit une constante de votre caractère.

— Je travaille depuis cinq ans à la boutique de monsieur Goyette et vous pourrez vous renseigner à mon sujet. Je ne suis pas inquiet de ce qu'il vous dira.

— Vous semblez sûr de vous-même, jeune homme ! Je vous dirais que c'est aussi une qualité recherchée dans le milieu bancaire, mais il faut toujours faire attention de ne pas sombrer dans l'arrogance, car le client a toujours raison, comme vous le savez sûrement.

— Vous avez parfaitement raison, monsieur Pelletier ! J'ai appris pendant ces cinq années chez monsieur Goyette à développer des liens courtois avec les clients sans tomber dans la camaraderie. Un client reste un client, et tous ont droit au même service à ce titre.

— Je vois que vous arrivez préparé et chaudement recommandé. Avez-vous votre certificat d'études avec vous ?

— Oui, monsieur le directeur, le voici ! répondit Yvan en tendant le document.

Le directeur se plongea dans la lecture des résultats de fin d'études d'Yvan. Il avait beau chercher, les résultats étaient excellents, particulièrement en discipline. Tous ses professeurs semblaient considérer sa conduite irréprochable. Aurait-il découvert la perle rare ou avait-il affaire à un fieffé menteur ? Rolland Pelletier chercha à le piéger, mais après un certain temps, il dut en venir à la conclusion qu'Yvan disait la vérité. Monsieur Messier avait eu du flair en trouvant ce jeune homme. Il devait le rappeler de toute façon pour lui faire part de son impression sur lui et fixer l'heure et le lieu de leur prochaine partie de poker.

— Eh bien, jeune homme, vous semblez qualifié pour vous joindre à notre institution. Quand seriez-vous disponible pour commencer votre formation ?

Yvan ne s'attendait pas à être embauché aussitôt, mais en même temps, il en éprouva beaucoup de fierté. Il pourrait frotter le nez de tous ceux qui doutaient de lui.

— Vous me prenez au dépourvu, monsieur Pelletier. Si vous me le permettez, j'aimerais en discuter avec mon employeur actuel. Il est malheureusement alité avec une broncho-pneumonie, et c'est un peu moi qui gère son commerce en attendant qu'il prenne du mieux.

— Je vous laisse la semaine pour régler vos affaires et je veux vous voir lundi prochain à huit heures dans une tenue aussi impeccable qu'aujourd'hui. Bonne journée !

— Merci, monsieur le directeur. À lundi !

Yvan était ravi. Il ne pouvait croire en sa chance. Une seule entrevue et il avait l'emploi dont il avait rêvé durant toute son adolescence. Il avait réussi la première étape : il était employé de banque. De plus, avec toute la détermination qui le caractérisait, il était convaincu de gravir rapidement les échelons et de se retrouver dans le siège du directeur en un rien de temps.

Il consulta sa montre de poche, l'entrevue avait duré à peine trente minutes. Il pouvait retourner au travail et annoncer la nouvelle à madame Goyette. À cette pensée, il ne put s'empêcher de se sentir coupable. Pouvait-il les abandonner à un moment aussi critique ? Il décida de se rendre directement à la maison de monsieur Goyette qui était alité et de lui exposer directement son problème moral. Ce dernier l'avait toujours écouté et bien conseillé. Il verrait dans son regard le fond de sa pensée.

Yvan frappa à la porte, mais n'attendit pas qu'on vienne lui répondre. Il entra et entendit une quinte de toux qui semblait venir de la chambre du rez-de-chaussée. Il s'annonça.

— C'est moi, Yvan, monsieur Goyette ! Est-ce que je vous dérange ?

— Ah, c'est toi ! lui répondit une voix à peine reconnaissable. Entre ! Viens dans ma chambre, j'ai ben de la misère à me déplacer ces temps-ci. Je suis pas mal moins courailleux *asteure*.

Quand Yvan entra dans la chambre, il vit un vieillard décharné, étendu sur son lit avec trois oreillers qui lui soutenaient les épaules et la tête. Monsieur Goyette flottait littéralement dans son pyjama. Il avait dû perdre au moins trente livres depuis le début de sa maladie. Yvan se rappela leur première rencontre.

C'était à la fin de l'hiver 1946, période durant laquelle la famille Robichaud avait tout perdu dans l'incendie. Yvan avait collé son nez contre la vitrine de la boutique de Phil Goyette. C'était, à l'époque, un homme replet, bien mis, toujours rasé de près et coiffé avec soin. Le cigare à la main, il discutait avec ses clients de choses et d'autres. C'était un homme cultivé, mais surtout un homme renseigné. Quand il n'y avait personne à la boutique, il lisait tous les journaux francophones ou anglophones sans distinction. Il les lisait de la première à la dernière page.

Pour Yvan, c'était un personnage haut en couleur et un modèle d'aisance en public. Pendant cinq ans, il s'en était inspiré jusqu'à devenir lui-même très à l'aise à exprimer ses opinions et à jauger les limites de tel ou tel client. On aurait pu croire qu'il se préparait à une carrière politique. Pour Yvan, le monde était encore relativement simple à l'époque. Il y avait le clergé, les banques, les notables qui savaient se servir des banques, et l'élite politique qui dominait le tout. C'était une vision simpliste, mais pour un jeune homme de dix-huit ans, ce n'était pas bien loin de la vérité. Il avait conscience du voile corporatif et s'apprêtait à le soulever grâce à ses années d'apprentissage auprès de monsieur Goyette.

— J'ai eu le poste, monsieur Goyette! J'ai été accepté à la Banque CIBC comme caissier.

— Bravo! C'est parti pour toi, mon gars. Ta vie commence et la mienne finit…

— Dites pas ça, monsieur Goyette. Vous avez encore des belles années devant vous!

— Je sais très bien ce qui s'en vient pour moi, Yvan. Ne t'en fais pas! J'ai eu une très belle vie et j'ai eu la chance d'avoir une femme aimante et aimable. J'aurais bien aimé avoir des enfants, mais semble-t-il que je ne pouvais pas tout avoir… Je n'ai donc pas ramassé grand-chose, mais suffisamment pour que ma femme n'aie pas à s'inquiéter et puisse finir ses jours tranquille.

— Arrêtez de parler de même, vous me faites de la peine! Vous avez été un vrai père pour moi, monsieur Goyette. Quitter mon emploi chez vous est déjà très difficile. Ne plus vous voir tous les jours va me demander tout un ajustement, mais l'idée de ne plus jamais vous voir me chagrine énormément, et je ne veux même pas l'envisager.

— Il va falloir que tu te fasses à l'idée, mon gars…

En prononçant cette dernière parole, monsieur Goyette fut pris d'une quinte de toux si sévère qu'il eut un haut-le-cœur et devint mauve tant il faisait d'efforts. Quand il en eut fini, il était livide et pantelant. Il s'essuya la bouche avec son mouchoir de coton et Yvan vit une tache de sang imprégner le tissu. À partir de ce moment-là, il ne douta plus des paroles de son patron et ami sincère. Les jours de Phil Goyette étaient comptés.

Yvan retourna au commerce pour s'assurer que madame Goyette n'avait pas besoin de lui. Il aurait préféré qu'elle soit au chevet de son mari. Il n'avait rien d'autre à faire. C'était toujours la période des vacances pour une grande majorité des travailleurs d'usine, mais il n'avait pas le cœur à la fête. Il pensait à l'état de santé de monsieur Goyette. À l'exception de sa mère et de sa sœur Monique, qui d'autre se réjouirait qu'il ait décroché ce poste dans une banque ? Il ne ferait pas plus d'argent qu'un travailleur d'usine et peut-être moins au départ, mais ce serait pour une courte durée. Il en était sûr.

Chapitre 6

Daniel ne le savait pas encore, mais ce seraient ses dernières vacances d'écolier. Il consacrait beaucoup d'énergie aux sports. Il excellait dans presque toutes les disciplines. Il était très doué au baseball où il tenait la position d'arrêt-court pour les Red Sox junior. Il vouait une admiration sans bornes à Lou Boudreau, lui aussi un arrêt-court, qui était joueur et gérant des Indians de Cleveland depuis qu'il avait vingt-quatre ans. Lou avait été le meilleur joueur de la ligue américaine en 1948 et, pour Daniel qui, à l'époque, se cherchait des modèles, Lou était l'idole toute désignée. Lou était descendant de Canadiens français et Daniel avait la fibre nationaliste. À dix-sept ans, il était grand temps qu'il choisisse une discipline et s'y consacre totalement s'il voulait avoir la chance de jouer professionnellement un jour.

Pas facile de faire un choix pour une discipline quelconque quand on a toujours joué pour le plaisir. Il aimait surtout la camaraderie, l'esprit d'équipe, sa bande d'amis qui étaient constamment autour de lui et qui s'entraidaient beaucoup. Il était adulé, vivait heureux et insouciant du lendemain. Il était le seul à n'avoir aucun conflit avec les membres de sa famille, y compris avec son père, Émile. Et ce n'était pas peu dire.

Daniel était sans contredit le fils préféré d'Émile et, si Lauretta avait eu à se prononcer sur la question, elle aurait sûrement répondu qu'il était le plus aimable grâce à sa gentillesse naturelle et à son éternel sourire qui faisait fondre n'importe qui, homme ou femme, et pas pour les mêmes raisons. Il n'avait pas de petite amie connue de sa famille et ce n'était pas par manque d'intérêt. Il n'avait tout simplement pas encore trouvé celle qu'il lui fallait et il ne ressentait pas d'urgence à combler ce besoin. Il était donc très populaire et menait une vie très active dans le monde des sports.

Sa sœur Nicole était en quelque sorte la présidente de son fan club avec sa bande d'amies qui suivaient tous les matches des jeunes vedettes montantes locales. Que ce soit au baseball, au hockey et même au football, elles étaient là, des adolescentes âgées entre treize et dix-huit ans, et leur nombre grandissait sans cesse. Nicole avait quinze ans, bientôt seize, et elle adorait son frère Daniel. À ses yeux, il était vraiment le meilleur, toutes disciplines confondues. Gare à la jeune fille qui ne partageait pas cette opinion, car elle était automatiquement mise à l'écart du groupe. C'était aussi valable pour les garçons qui courtisaient ces jeunes filles. « Solidarité » était le mot d'ordre, et Nicole tenait ce groupe d'une main de fer.

Daniel était sauveteur à la piscine Miner pour gagner un peu d'argent. Sa mère Lauretta avait une entente spéciale avec lui. En tant qu'athlète, il avait des équipements à acheter et pour cette raison, sa pension était réduite à cinquante pour cent de ses revenus. Il évoluait au baseball dans la ligue junior pour l'équipe locale des Red Sox et, l'hiver, il jouait au hockey pour les Royals. Jusque-là, il avait évité les blessures sévères à l'exception de quelques commotions, d'une entorse à la cheville et au genou droits. Il devait se tenir tranquille tout l'été s'il voulait se qualifier pour le camp d'entraînement de l'équipe de hockey.

Daniel s'était résolu à ne pas jouer au football cette saison-là, même dans une simple joute amicale. Pour ne pas perdre la main, ils se lançaient le ballon, Yvan et lui. Son frère, pourtant si dur en affaires, lui prêtait de l'argent quand il en manquait pour s'acheter un ballon, un bâton de baseball ou de hockey, un gant ou des patins. Toujours, il le remboursait selon l'entente qu'ils avaient prise. Yvan n'aurait pas toléré le moindre retard et Daniel le savait. Parfois, il faisait appel à Monique ou à Nicole pour tenir ses obligations envers Yvan. Il faisait des pieds et des mains pour poursuivre ses rêves dans l'espoir de les atteindre.

Un observateur extérieur aurait pu penser que sa détermination n'était pas assez profonde et il n'aurait pas eu tort. C'était d'un mentor, d'un entraîneur dont il avait le plus besoin. Il était prématuré d'envisager un agent tant qu'il n'avait pas choisi sa discipline, mais il avait besoin que quelqu'un l'oriente et lui donne les grandes lignes de ses points forts. Quelqu'un qui l'aurait incité à choisir le baseball, par exemple, parce que c'était plus lucratif s'il se rendait au niveau de son idole Lou Boudreau.

Monique, qui était une grande amatrice de sports, elle aussi, fut la première à lui en parler quand il l'approcha pour lui emprunter un peu d'argent.

— Dis-moi, Daniel, as-tu déjà pensé à demander conseil à un pro concernant ton avenir dans le sport?

— Je connais seulement les entraîneurs qui ne se plaignent pas de moi. Pourquoi tu me demandes ça?

— C'est sûr que les entraîneurs t'aiment parce que tu performes, mais est-ce qu'il y en a un qui t'a déjà dit que tu pouvais viser plus haut? C'est ça qui est important! Penses-tu qu'un entraîneur qui aurait un Maurice Richard ou un Lou Boudreau dans son équipe voudrait le voir partir au détriment du succès de son équipe? Un qui te dirait: «Appelle donc l'entraîneur de Cleveland, je suis sûr qu'il te prendrait, tu es trop fort pour notre ligue.»

— Tu penses?

— Je peux faire erreur, Daniel, mais je crois que c'est très probable. Tu devrais regarder ça!

— Où est-ce que je vais trouver ça un conseiller? J'ai même pas d'idée de ce que ça mange en hiver…

— Sérieusement, Daniel, veux-tu que je t'aide à en trouver un?

— Tu ferais ça pour moi, Monique?

— Je peux essayer!

— Si t'existais pas, j'serais obligé de t'inventer, ma belle grande sœur. Hé, que j't'aime!

En prononçant ses mots, Daniel la prit dans ses bras et la fit tournoyer. Il était fort et, pour lui, Monique ne pesait pas plus lourd qu'une plume.

— Lâche-moi, grand fou ! J'ai dit que j'essaierais, pas que je réussirais.

Et elle éclata de rire.

Plus les jours passaient et plus Monique était heureuse. Elle se sentait envahie par un sentiment de plénitude. L'amour la transformait de jour en jour. Elle était plus jolie, et tout le monde lui en faisait la remarque. Elle voyait sa famille sous un nouvel angle grâce à Paul, son amoureux. Elle ne lui avait toujours pas révélé son grand secret et elle savait très bien que plus elle tardait, plus ce serait difficile. Pouvait-elle s'offrir une trêve ? Juste une petite période de répit ? Elle en avait autant besoin qu'une fleur qui aurait manqué d'eau. Elle avait accepté de souffrir plus tard s'il le fallait, mais rien ni personne ne lui enlèverait sa joie du moment.

Marcel était arrivé à Goose Bay. Il s'était arrêté une journée à New Carlisle en compagnie de Christiane Neveu. Ils avaient eu le temps de fraterniser durant le voyage en train. Ils avaient bien ri et, au moment de se quitter, ils eurent envie de prolonger l'aventure encore un peu. Christiane avait une réservation au manoir Hamilton qui était une splendeur du passé. Ils prirent un repas dans la salle à manger et continuèrent à s'amuser.

Marcel était en mode « séduction » et avait vraiment l'intention de finir la nuit avec elle. Il ne savait pas encore comment il y arriverait, mais il y mettait toute son énergie. Il fallait convaincre Christiane de l'inviter dans sa chambre et ensuite déjouer l'attention de l'aubergiste le temps qu'il s'y glisse. Convaincre Christiane fut très facile, car elle le désirait elle aussi. Marcel était encore puceau malgré son côté frondeur. Il ne savait pas si c'était par esprit de vengeance envers Lucie qui l'avait laissé partir si facilement ou parce qu'il était réellement intéressé par Christiane qu'il souhaitait coucher avec cette dernière.

Il étira son bras pour lui toucher la main. Elle le laissa faire sans résistance et lui caressa même les doigts dans un geste encourageant. Il s'enhardit en lui caressant le bras.

— Je n'aurais jamais pensé avoir autant envie d'être avec toi. Je t'ai rencontré ce matin et j'ai l'impression de te connaître depuis toujours. J'ai tellement le goût de t'embrasser que je dois me contrôler pour ne pas le faire en pleine salle à dîner.

— J'ai moi aussi le goût que tu m'embrasses, mais je ne suis pas sûre d'avoir envie d'être vue en public. N'oublie pas que je vais vivre ici pour un certain temps et que je dois protéger ma réputation. On pourrait aller dehors ou dans ma chambre.

— Dirige-toi vers ta chambre et je te rejoindrai discrètement dans quelques minutes. Qu'en penses-tu ?

— D'accord! Je sens que je vais faire une bêtise, mais je m'en fous. C'est comme si je retournais à Québec pendant ma formation. J'étais libre de mes actions.

— Vas-y, Christiane! Je te suis.

Celle-ci se leva de table et prit la direction des chambres. Marcel régla l'addition et laissa un généreux pourboire. Il n'en revenait pas d'être aussi chanceux. Saurait-il comment faire? Il devait agir délicatement et se laisser guider par Christiane. Il n'avait pas prévu de condom et cela l'inquiétait un peu. Il se dit qu'en tant qu'infirmière elle saurait sûrement se protéger s'ils se rendaient aussi loin qu'il l'espérait. Il y avait sa valise qu'il ne pouvait pas monter dans la chambre sans attirer l'attention. Il la plaça le plus discrètement possible près du foyer derrière une grosse plante. Il attendit que la voie soit libre et grimpa l'escalier quatre à quatre. Il trouva facilement la chambre 105, il frappa et entra.

Christiane sortait de la salle de bain où elle avait dû se rafraîchir en l'attendant. Elle paraissait un peu gênée de sa hardiesse, mais Marcel ne laissa pas le temps au malaise de s'installer. Il la prit dans ses bras et l'embrassa avec toute la fougue dont il était capable. Elle en eut le souffle coupé, mais le serra contre elle et sentit l'excitation monter dans ses veines. Peu de temps après, ils se débattaient pour s'extirper de leurs vêtements. L'étreinte fut brève, mais satisfaisante. Ils étaient deux jeunes adultes qui goûtaient à la liberté de s'exprimer charnellement sans retenue.

Ils sortirent de ce tourbillon épuisés mais rieurs. Christiane se leva, nue, ramassa les vêtements épars et sépara les siens de ceux de son amant. Marcel la regardait évoluer librement, sans fausse modestie. Elle était belle et si sensuelle qu'il avait hâte qu'elle le rejoigne dans le lit pour poursuivre l'aventure. Ils s'enlacèrent de nouveau et ce fut Christiane qui mena le jeu, cette fois-ci. Elle était à peine plus expérimentée que lui, mais avait quand même eu un amant qui l'avait initiée aux plaisirs de la chair. Elle savait ce qu'elle désirait retirer de cette brève aventure d'un soir.

Le lendemain, Marcel avait repris le train pour compléter son périple. Depuis qu'il était arrivé à destination, il se remémorait ces doux moments avec nostalgie. Il avait remis la lettre de Christiane à sa consœur Gisèle qui était infirmière sur la base militaire. Cette dernière était beaucoup moins jolie que Christiane, mais avait un succès fou sur la base, probablement à cause de la rareté du personnel féminin. D'être autant désirée lui avait fait perdre la tête et elle était devenue un peu antipathique pour Marcel. Il entama donc une correspondance avec Christiane et avec sa mère Lauretta, à qui il envoyait un peu d'argent pour l'aider à boucler les fins de mois et pour rembourser un écart de conduite qu'il avait eu peu de temps avant de partir.

Monique attendait le moment d'approcher un des joueurs des Red Sox de Granby. Elle avait pensé à Gérard Cabana ou à Joe Monteiro. Elle ne voulait pas que Paul pense qu'elle était une *groupie* qui recherchait la compagnie des vedettes sportives. Par conséquent, elle tenait à lui expliquer la démarche qu'elle se préparait à entreprendre pour Daniel. Peut-être aurait-il des suggestions à lui proposer? De plus, il devait sûrement connaître des joueurs.

Paul et Monique se voyaient presque tous les jours et ils apprenaient à se connaître. Plus ils se connaissaient et plus ils s'appréciaient. Paul la découvrait dans toute sa générosité. Monique donnait de l'amour, des conseils et de l'aide à toute personne qui la sollicitait. Elle était donc continuellement en mouvement, ce qui aurait pu déranger la plupart des prétendants, mais ce n'était pas le cas de Paul.

Comme elle s'en doutait, ce dernier connaissait quelques joueurs qui étaient natifs de Granby. Il voyait fréquemment Lefty Auger dans les clubs de Granby. C'était un sportif accompli qui profitait amplement de son statut de vedette locale. Il était aussi bon au hockey qu'au baseball, lui aussi. Il avait atteint le niveau semi-professionnel, ce qui lui valait un salaire d'environ trois cents dollars par semaine durant la saison. Ce salaire était nettement supérieur à celui d'un travailleur du textile qui tournait autour de vingt-cinq ou trente dollars par semaine. Il menait donc la grande vie et suscitait l'envie autour de lui. Daniel découvrirait bien vite que ce succès avait un goût amer.

Paul organisa donc la rencontre entre Daniel et Lefty en téléphonant tout simplement à ce dernier.

— Salut, Lefty! C'est Paul Tremblay. Comment vas-tu?

— Tiens, salut Paul. C'est à moi de te poser la question, on ne te voit plus depuis un certain temps. J'ai pensé que tu avais jeté l'ancre dans quelque port exotique et j'ai su par la suite que je ne m'étais pas trompé. Omer t'a vu avec une beauté au Ritz. Si je me fie à lui, c'est une grande fan des Red Sox et elle est très belle. Est-ce que je me trompe ?

— Tu as tout à fait raison. Elle est encore plus belle que ça ! Elle est exceptionnelle à l'intérieur comme à l'extérieur. Elle n'a pas besoin de faux cils ou de fard pour être sexy.

— Je ne pensais pas te voir amoureux un jour, mais là, je crois bien que c'est chose faite, mon Paul.

— J'ai vingt-sept ans, Lefty ! Il est temps que je me calme et c'est la femme parfaite pour moi. Je pense que j'aimerais ça la marier, si elle le veut, bien sûr.

— Arrête, Paul ! Où est passé le tombeur de ces dames ? T'es vraiment mordu ? J'aurai moins de compétition et je ne m'en plaindrai pas. Ça veut dire que je peux courtiser toutes les autres sans risque de représailles ?

— N'importe laquelle, mais je ne t'ai pas appelé pour parler de mes amours. Je t'appelle concernant Daniel Robichaud. Il joue junior au baseball et au hockey, un peu comme toi à l'époque. Il aimerait devenir joueur professionnel et il a le talent. Pourrais-tu le conseiller sur le choix qu'il devrait faire entre le baseball et le hockey ?

— Je pense le connaître! Il est trapu avec un sourire permanent dans la face? C'est bien lui? C'est quoi la raison de ce sourire? On a toujours l'impression qu'il vient de tirer un coup ou qu'il est une tête heureuse…

— Ça lui ressemble, mais je suis presque certain qu'il est encore puceau et il est loin d'être bête. Essaie de revenir en arrière de dix ans et pense à ce que serait ton choix…

— C'est pas difficile. Il faudrait que je le voie jouer une partie et je pourrais lui donner mon opinion.

— C'est le frère de ma blonde! La belle brune que tu veux connaître.

— Ouais! Si tu l'amènes au match de son frère, je m'arrangerai pour être là. Je ne voudrais pas manquer ça.

— Tu peux regarder, mais pas touche! J'organise la rencontre et merci encore, Lefty.

— C'est rien!

Une autre mission accomplie. Paul était très satisfait de montrer qu'il avait des contacts et qu'il était plein de ressources. En agissant ainsi, il voulait conquérir de façon définitive le cœur de Monique. Il pensait à lui acheter une bague de fiançailles pour lui prouver qu'il était sérieux. Il se trouvait fou de penser comme ça, mais il n'y pouvait rien. Son cœur n'avait jamais été autant en harmonie qu'avec celui de Monique.

Il quitta le logement de ses parents pour se rendre à la bijouterie Gervais où il trouva une grande variété de bagues. Opterait-il pour l'or ou l'argent, avec ou sans pierre ? Il voulait l'impressionner sans se ruiner. Il avait beaucoup dépensé pour son habillement dernièrement, car il aimait être impeccable en tout temps. D'ailleurs, Monique n'avait pas été insensible à son apparence. Finalement, il choisit une bague en or sertie de pierres en onyx. C'était le modèle le plus cher si l'on faisait abstraction des bagues serties de vrais diamants. Il espérait qu'elle l'aimerait. Il avait agi sur un coup de tête et il ne savait même pas si elle accepterait sa proposition de fiançailles. Il l'appela quand il fut de retour chez lui.

— Allo ?

— Bonjour, madame Robichaud, c'est Paul ! Vous allez bien ?

— Très bien, merci ! Et toi, Paul ? Je suppose que tu veux parler à Monique qui se tortille à côté de moi. Je te la passe. Bonne journée !

— Bonjour, Paul ! Comment vas-tu ?

— On ne peut mieux, ma chérie. J'ai une surprise pour toi et j'espère que tu l'apprécieras.

— Qu'est-ce que ça peut bien être ? Tu piques vraiment ma curiosité. J'ai hâte de savoir ce que c'est.

— J'ai parlé à Lefty et il accepte de rencontrer ton frère à condition que tu sois là. Surtout, ne te laisse pas embobiner par ce beau parleur. C'est un vrai charmeur!

— Personne ne peut me charmer autant que toi, Paul! Comment peux-tu penser ça? Tu n'as pas une très haute opinion de moi, je suis un peu déçue.

— C'est une blague, Monique!

— J'aime mieux ça! Je n'ai pas un grand sens de l'humour sur ce sujet. Je ne peux aimer qu'une seule personne et c'est toi que j'ai choisi après une longue période de solitude volontaire.

— Je m'excuse sincèrement et j'aimerais te voir ce soir pour me faire pardonner.

— Tu sais bien que je ne t'en veux pas, grand fou, et tu n'as pas besoin d'excuse pour me voir. J'ai autant le goût que toi de te voir.

— Tu parles de moi? Premièrement, je ne suis pas grand. Mais pour ce qui est de la folie, j'avoue que je suis fou de toi et, si j'avais le choix, je vivrais avec toi tout le temps.

— Wow, Paul! C'est la plus belle déclaration que tu m'aies jamais faite jusqu'à maintenant. Es-tu sérieux?

— Attends ce soir et je te le prouverai sans l'ombre d'un doute.

— J'ai hâte! À tantôt, mon chéri.

Monique s'était surprise elle-même en appelant Paul «mon chéri»! C'était vrai qu'elle l'aimait sincèrement, mais de là à se dévoiler aussi ouvertement…

Il fallait absolument qu'elle prenne son courage à deux mains et qu'elle lui avoue l'inavouable. Jean-Pierre était son fils et rien ni personne ne changerait cette réalité. C'était la vérité pure et Paul n'aurait pas le choix de l'accepter s'il entrevoyait un avenir avec elle. Elle craignait sa réaction plus que tout. Si sa réponse était négative, elle pouvait dire adieu à son beau rêve d'une vie à deux avec l'élu de son cœur. Elle s'en voulait désormais de ne pas avoir écouté sa mère et de ne pas avoir révélé à Paul son secret dès le début de leur relation. Elle était rongée par l'angoisse et sa mère s'en rendit compte.

— Arrête de t'en faire, ma grande! Si c'est un homme tel que je l'ai perçu, tu n'as pas à t'inquiéter. Il t'aime! Je l'ai vu dans ses yeux. C'est moi maintenant qui me prépare à te perdre.

— Tu es sûre, maman? Tu es tellement clairvoyante que je veux bien te croire. Je suis si nerveuse que j'ai perdu l'appétit tout d'un coup.

— Tu me fais rire, Monique! Tu as des papillons dans le ventre comme toutes les femmes de la planète qui sont sur le point de franchir l'étape cruciale de leur vie. De la joie, de la panique, et même de la terreur parfois. C'est normal, ma grande.

— Pourvu que tu aies raison, maman ! J'ai tellement hâte de me libérer de ce poids qui me coupe presque le souffle. Je vais aller faire un tour dans le jardin pour me changer les idées.

Monique sortit dans la tiédeur de la fin de journée. Il était cinq heures de l'après-midi. Encore deux heures à attendre avant l'arrivée de Paul et ce délai lui paraissait interminable. Daniel arriva sur ces entrefaites et Monique le héla pour qu'il vienne la rejoindre. Elle voulait lui parler de la démarche que Paul avait entreprise pour lui. Elle voulait surtout savoir quand était sa prochaine partie afin que Lefty vienne le voir jouer.

— Salut, ma sœur ! Qu'est-ce que je peux faire pour toi ?

— C'est quand ta prochaine partie, Daniel ?

— Mercredi et samedi prochains. Pourquoi ?

— Paul a organisé une rencontre entre Lefty Auger que tu connais et toi. Paul a pensé que Lefty et toi étiez pas mal le même genre de joueurs. Vous excellez tous les deux dans le hockey et le baseball. Il ne s'est pas qualifié pour la ligue américaine au baseball ni pour la ligue nationale au hockey, et pourtant, il a du talent.

— Ça, c'est sûr. C'est un excellent joueur ! N'importe quand je suis prêt à le rencontrer, mais on joue juste avant eux au stade.

— Il trouvera bien le moyen. Tu n'as qu'à jouer ton meilleur baseball, car je ne sais pas quand il va se pointer pour te regarder jouer.

— Ben merci, la grande sœur. Tu diras un gros merci à Paul si tu le vois avant moi.

Monique retourna au jardin et entreprit de désherber autour des plants de tomates. Elle était tellement concentrée sur son travail qu'elle n'avait pas vu le temps passer quand Paul vint la surprendre dans le potager. Elle offrait une vue magnifique au regard du jeune homme ainsi penchée sur sa besogne. Ce dernier sentit le désir l'envahir en admirant ses courbes si harmonieuses. Il se contenta de lui toucher la taille délicatement.

Monique fut surprise, mais ne sursauta pas pour autant. La main qui l'avait touchée était chaude et caressante, et elle reconnut tout de suite celle de son amoureux. Elle se releva, le visage un peu rouge de l'effort, mais surtout de plaisir. Il l'embrassa délicatement en pensant au regard indiscret d'Émile qui, évidemment, n'approuverait pas un tel comportement. Et Monique, qui n'avait pas l'intention de se plier aux conventions à ce moment-là, répondit au baiser de son prétendant en collant ses lèvres entrouvertes sur sa bouche. Le baiser fut bref, mais rempli de promesses.

— Bonjour, Paul! Je travaillais et je n'ai pas vu le temps passer. Veux-tu qu'on aille dans un endroit plus tranquille?

— Pourquoi pas sur le bord de la rivière? J'aime bien cet endroit. Qu'en penses-tu?

— C'est parfait et je serai prête aussitôt que je me serai lavée les mains.

Elle se lava soigneusement les mains et s'aspergea le visage généreusement. Du même coup, elle avait mouillé sa blouse, suffisamment pour donner à Paul une vision du paradis. Chemin faisant, ils parlèrent de choses et d'autres. Paul avait de la difficulté à détacher son regard de sa blouse. Il regardait sa poitrine se soulever et les pointes se hérisser comme si sa douce sentait son regard lourd de désir. Ils arrivèrent à l'endroit choisi en peu de temps. Tous deux avaient des révélations à faire et un silence s'installa. Avant que ce silence ne se transforme en malaise, ils s'embrassèrent en y mettant tout l'amour et toute l'affection qu'ils ressentaient l'un pour l'autre.

La passion faillit les emporter, mais ce qu'ils avaient à se dire était plus important et ils brisèrent leur étreinte à regret.

— Monique! Tu sais que je t'aime et, si tu en doutes, je veux te donner une preuve de mon amour.

— Je n'ai pas besoin de preuves, Paul! Je sais que tu es sincère. C'est plutôt à moi de t'avouer quelque chose qui pourrait te faire hésiter à mon sujet...

— Voyons donc, Monique! Il n'y a rien qui pourrait me faire changer d'idée à ton sujet. Je sais que tu es la personne qu'il me faut…

— Laisse-moi finir, Paul, s'il te plaît. C'est déjà assez difficile comme ça. Je suis très mal à l'aise, mais je me lance quand même! Jean-Pierre est mon fils!

Paul reçut le message et resta silencieux pendant quelques instants qui parurent une éternité à Monique. Il pensa aux conséquences de cette révélation et n'y voyait pas beaucoup de désagréments. Après tout, un de ses frères aînés avait vécu une expérience semblable au retour de la guerre en 1945. Son amie de cœur était tombée enceinte et ils avaient dû donner l'enfant en adoption devant l'intransigeance de ses parents à elle. Ils se marièrent quelques années plus tard quand elle eut atteint sa majorité, mais l'enfant était perdu pour la famille. Cette injustice avait fortement marqué Paul. Il ne répéterait sûrement pas ce geste.

— Je n'ai aucun problème avec la situation, Monique. Je suis même prêt à l'adopter si tu acceptes ma bague de fiançailles. C'est de ça que moi, de mon côté, je voulais te parler. Accepterais-tu de m'épouser? Je sais que ça peut paraître précipité, mais on peut se fiancer maintenant et se marier dans six mois si tu préfères.

Paul sortit le petit écrin de sa poche et le posa dans la main de sa dulcinée. Jamais elle n'avait été aussi émue. Son pire cauchemar s'était envolé comme par magie et elle se laissa glisser dans cette félicité rapidement. Elle ouvrit la petite boîte et y trouva la bague dont elle n'avait même jamais osé rêver dans ses rêves les plus fous. Elle la glissa à son doigt, l'admira et fut submergée par l'émotion. Elle embrassa Paul malgré les larmes de joie qui lui voilaient les yeux.

— Ô Paul, tu n'aurais pas dû dépenser autant d'argent pour une bague! Je me serais contentée de ta proposition de mariage. Je suis la femme la plus heureuse du monde et ma réponse est « Oui, je veux t'épouser! »

— Je te désire tellement, mon amour. Je suis fou de toi et j'ai hâte de dormir avec toi toutes les nuits qu'il me reste à vivre.

— Moi aussi, je te désire énormément, à tel point que j'en rêve la nuit. C'est même parfois dérangeant! lui avoua-t-elle.

— Merci d'avoir accepté de m'épouser; bientôt, tu seras à moi. Laisse-moi t'embrasser encore.

Il l'étendit sur l'herbe et l'embrassa avec fougue tout en lui caressant un sein. Monique ne résista pas et l'encouragea même à aller plus loin. Un volcan brûlait en elle et ne demandait qu'à exploser après tant d'années d'abstinence. Elle avait le sang chaud et Paul constata que c'était elle qui menait la danse désormais. Elle le caressa sans se dévêtir, mais elle lui fit perdre la tête juste à l'embrasser. Ils étaient au diapason et elle ne craignait plus ses caresses, mais l'encourageait plutôt pour qu'elle puisse jouir, elle aussi.

Quand ils eurent atteint l'orgasme, Paul dut aller se nettoyer sur le bord de la rivière. Il était très surpris d'avoir éjaculé dans son pantalon. À vingt-sept ans, il ne se rappelait pas avoir déjà joui de cette façon. C'était une première. Une fois lavé, il revint auprès de Monique qui avait replacé sa tenue. Elle était un peu gênée, mais Paul l'était aussi. Ils abordèrent alors le sujet de Daniel.

— Dis-moi, Monique! As-tu eu la chance de parler à ton frère Daniel concernant la rencontre avec Lefty?

— Oui, j'ai eu l'occasion de lui parler pas plus tard que tantôt, avant que tu arrives, et il est enchanté de l'arrangement parce que les séniors jouent le même soir pour un programme double.

— C'est parfait comme ça! Ce sera donc très facile à organiser.

— Excuse-moi, Paul, mais je voudrais revenir sur ce qui s'est passé. Je suis désolée pour ton pantalon, mais je suis contente que tu aies joui; j'étais moi-même sur le point d'exploser tellement je te désirais. Je me sens libérée, mais je n'ai pas d'expérience en amour. Il faudra que tu m'apprennes tout ce que je devrais savoir.

— Mais, Monique, tu as quand même eu Jean-Pierre! Ça devrait te donner une certaine expérience.

— J'étais une petite oie bien prétentieuse quand j'ai rencontré le père de Jean-Pierre. C'était un bel homme, beau parleur, que j'ai rencontré au baseball alors que j'avais quinze ans, lors d'une visite chez une tante à Granby. Il m'a invitée chez lui sous prétexte de boire un Coke et de manger des chips.

— Et tu es tombée dans son piège ?

— Oui ! J'aimais sa compagnie et j'ai été assez naïve pour croire que ça s'arrêterait là. Je n'ai ressenti que de la douleur et aucun plaisir. Je ne l'ai jamais revu et il ne sait même pas que Jean-Pierre existe.

— Crois-tu que c'est mieux comme ça ?

— Je pense bien ! Jean-Pierre est aujourd'hui un Robichaud et il a une famille qui l'aime.

— Tu as sûrement raison, mais il ne vivra jamais avec toi dans ces conditions-là. En as-tu conscience ?

— Il n'y a pas d'autre solution à moins que j'adopte mon propre fils.

— Pourquoi pas ? Penses-y Monique et dis-toi que je suis derrière toi pour t'appuyer.

— Mais, toi ? As-tu pensé en parler à ma mère de nos fiançailles ? Je sais que normalement, on demande au père la main de sa fille… Est-ce que ça te tente ?

— Je connais la tradition, Monique, et je ne pense pas que ton père m'aime beaucoup. J'aimerais mieux avoir affaire à ta mère qui est fort sympathique, mais s'il le faut, je suis prêt à affronter ton père aussi.

— Pourquoi pas tous les deux en même temps ? Mon père serait obligé d'être civilisé devant ma mère. Qu'en penses-tu ?

— Ça me plaît beaucoup plus de cette façon. Je ferai ma demande officielle dimanche et nous annoncerons nos fiançailles. Qu'en dis-tu ?

— T'es un amour, Paul ! Le sais-tu ? La vie m'apparaît plus belle depuis que tu en fais partie. Embrasse-moi pour me prouver que je ne rêve pas.

Paul s'exécuta avec un plaisir renouvelé.

Chapitre 7

Nicole apprit avec joie, par la bouche de sa sœur, la rencontre organisée pour Daniel. Paul, le soupirant de Monique, en était responsable. Nicole, qui avait elle aussi un petit ami, Gilles Godard, enviait sa grande sœur d'avoir un si bel amoureux. Gilles n'avait que seize ans et était en pleine poussée d'acné juvénile, tandis que Paul était un homme mûr et plein de ressources. La preuve, c'était qu'il avait suffi qu'il passe un coup de fil à Lefty Auger, une autre des idoles de Nicole, pour que ce dernier accepte de rencontrer Daniel et d'évaluer ses chances de passer à un niveau supérieur.

Elle convoquerait son groupe pour l'occasion. Son frère aurait besoin de tout le soutien possible pour donner la meilleure impression à son mentor potentiel. Nicole n'avait que quatorze ans, mais elle dirigeait pratiquement une organisation de fans qui fonctionnait très bien. Elle avait même déjà appris à déléguer pour avoir plus de marge de manœuvre. Sur un mot d'ordre de sa part, elle pouvait réunir de cinquante à soixante personnes pour ovationner un athlète, sans compter l'effet d'entraînement que ces jeunes filles pouvaient créer dans une foule. Elle tenait absolument à ce que son frère ne rate pas une si belle occasion.

— Micheline! Mon frère joue au baseball mercredi et samedi. Lefty Auger viendra le regarder jouer pour l'évaluer. Peux-tu appeler ton groupe pour qu'il soit là, c'est important?

— Compte sur moi, Nicole! Ma dizaine de filles seront là et quelques-unes avec leurs petits amis.

— Si Lefty Auger n'y va pas mercredi, il faudra qu'elles soient là aussi samedi! Pas question de *baby-sitting* ce soir-là.

— Je vais les avertir de se tenir disponibles pour le samedi.

— Merci, Miche. Je vais appeler Thérèse pour qu'elle mobilise sa *gang*, elle aussi.

Nicole appela Thérèse, puis Solange, ensuite Rita et, finalement, Lise et Pierrette. Si chacune d'elle faisait son travail, elle aurait sa soixantaine de supportrices pour soulever la foule chaque fois que Daniel marquerait un bon coup durant le match. Si au moins, il pouvait être en forme, claquer un circuit et avoir un bon jeu défensif à sa position d'arrêt-court! Finalement, Nicole décida d'appeler son *chum* Gilles Godard, même si elle l'aimait moins depuis qu'il était couvert d'acné. De toute façon, il n'était pas sportif ni même amateur de sport. Cela ne pouvait pas marcher entre eux puisqu'elle n'aimait que les sportifs ou les vedettes de cinéma.

À quatorze ans, Nicole était une commère accomplie dotée d'une mémoire phénoménale. Sans le savoir, elle avait une mémoire photographique. Il suffisait qu'elle voie un visage, qu'elle entende un nom ou un bout de conversation une seule fois pour que ce soit enregistré dans son cerveau pour toujours. Une des raisons qui expliquait sa popularité, c'était sa faculté à retenir les dates de naissance de chacun et de souligner l'événement chaque fois. Tout le monde aime qu'on se rappelle de son anniversaire et être fêté. C'est ainsi qu'elle se retrouva adulée par un groupe hétéroclite. Elle ne chômait pas. Elle n'avait jamais cessé son circuit de journaux et c'était aussi pour cette raison qu'elle avait hérité du surnom de Nicole-Lagazette. Elle lisait le journal de la première jusqu'à la dernière page. Le plus étrange dans ce don ou ce talent qu'elle possédait, c'était qu'elle mémorisait les statistiques sportives tout autant que la page nécrologique.

C'était un phénomène dont personne dans la famille ne tenait compte. Elle était tout simplement comme ça, sans être admirée ou dénigrée. Elle gardait des enfants aussi souvent qu'elle le pouvait, sinon elle aidait sa mère dans l'atelier de couture. Elle travaillait en équipe avec Monique à la coupe des patrons ; les deux sœurs en profitaient pour discuter.

— Je crois que j'aurai au moins une soixantaine de fans, sans compter les p'tits amis de mes copines, Monique !

— Tu as vraiment le sens de l'organisation, Nicole. J'aimerais ça être comme toi.

— Moi aussi j'aimerais ça être belle comme toi et avoir un *chum* beau comme le tien.

— C'est vrai qu'il est beau mon Paul. Regarde la belle bague de fiançailles qu'il m'a offerte. Oh, je l'aime assez ! Il est tellement fin que ça valait la peine d'attendre six ans pour trouver le bon. Il va demander ma main à papa devant maman, dimanche.

— Ah oui ?

— Ne dis pas un mot à personne ! Je me suis échappée avec toi. Même maman ne le sait pas. Je n'ai pas eu le temps de lui en parler encore tellement c'est récent. Ça s'est passé hier soir.

— T'es vraiment chanceuse ! Moi, je pense que je vais rompre avec Gilles Godard pour sortir avec Gilles Brodeur.

— Mon Dieu, tu changes souvent de *chum*. Tu n'as que quatorze ans, Nicole. Si papa avait encore son mot à dire, tu ne pourrais même pas sortir avec les garçons.

— Il est toujours saoul ! Je ne veux pas de *chum* qui prend un coup. Jamais de la vie !

— C'est une maladie rendu à ce point-là. Je ne sais pas comment il fait pour garder son emploi, répliqua Monique.

— Pourquoi est-ce qu'il ne se fait pas soigner ?

— Écoute, Nicole, lui, il ne se sent pas malade ! C'est à cause de nous s'il boit, selon lui. Il est aigri, déçu de la vie… En plus du fait que maman ne veut plus coucher avec lui depuis belle lurette.

— Je la comprends, pauvre maman ! As-tu déjà imaginé coucher avec lui ? Ça doit être épouvantable et en plus, il pue !

— Arrête, Nicole ! C'est quand même ton père. Retiens-toi ou pense-le tout bas, mais je ne veux plus jamais t'entendre parler comme ça de ton père. Est-ce que c'est clair ?

— Mais c'est vrai qu'il ne se lave pas, Monique.

Nicole comprit qu'elle était allée trop loin. Elle ne comprendrait jamais sa grande sœur, elle qui avait tant souffert sous le joug de son père avant que sa mère ne reprenne la situation en mains. Elle était trop jeune en 1946 quand avait eu lieu le grand changement. Elle avait neuf ans et, de plus, c'était une fille. Elle savait très bien que c'était grâce à Monique s'il y avait eu une révolution au sein de la famille. Comme Émile n'assumait plus son rôle efficacement, il avait dû être mis à l'écart pour la survie de la famille. Lauretta, appuyée par sa fille aînée qui avait su rallier les autres membres du clan, avait pu reprendre le contrôle. Tous y avaient trouvé un peu plus d'autonomie, sauf Émile, évidemment.

— Je comprends, Monique ! Excuse-moi.

— Va donc voir si maman n'aurait pas besoin d'un p'tit coup de main ! Je vais préparer le souper pendant ce temps-là.

— T'as raison ! Je vais aller voir si elle a besoin d'aide. Je ne comprends pas pourquoi elle ne me laisse pas coudre. Je suis bien tannée de juste faufiler et de faire des bords.

— On appelle ça des ourlets, Nicole. Allez, file! Assez placoté.

Monique regardait sa jeune sœur vivre sa vie avec une certaine confiance. Nicole était loin d'être idiote et très serviable, en plus. Elle était espiègle et parfois féroce envers quiconque s'en prenait à ses amies ou à un membre de sa famille. Monique l'admirait, car sa petite sœur aurait probablement une vie plus facile que la sienne. Et elle veillerait personnellement à ce que rien ne lui arrive…

La sonnerie du téléphone interrompit sa réflexion et elle alla répondre. C'était pour Nicole.

— Nicole, téléphone!

— J'arrive!

Nicole lâcha l'ourlet qu'elle avait entrepris et se précipita dans la cuisine, là où se trouvait le téléphone, près de l'entrée secondaire par où tout le monde passait finalement.

— Allo?

— Allo, c'est Martine! Je serai là pour ton frère à sa partie. J'espère que ce sera seulement mercredi. Imagine-toi donc que j'ai trouvé une place pour garder des enfants et c'est des amateurs de baseball eux autres aussi. Je pense pas que je vais pouvoir les garder comme clients.

— Parfait! Je te remercie, Martine. Les clients, c'est pas ça qui manque. Si tu en cherches, j'ai une p'tite banque de noms. Les gens aiment ça en avoir d'autres à appeler si leur gardienne régulière n'est pas disponible.

— Eille, c'est une bonne idée que t'as là! Moi aussi, je peux me faire une banque de clients, non?

— Bien sûr! Je te donnerai quelques noms au stade, mercredi soir, OK? Eille! Pendant que j'y pense, tu semblais intéressée par mon *chum* Gilles. Si tu en veux toujours, il est à toi!

— Comment ça?

— Je vais le laisser! Penses-y. À mercredi!

— À mercredi!

Nicole n'aimait pas être interrompue au milieu d'un travail, mais elle savait que ce serait, au grand désespoir de sa mère, un feu roulant d'appels de confirmations ou d'excuses. Lauretta préférait que la ligne téléphonique soit libre le plus souvent possible, déjà qu'ils étaient six clients sur la même ligne. Chez eux, c'était deux grandes sonneries et une courte. C'était un inconvénient, mais le service avec des lignes individuelles n'était pas encore disponible dans leur quartier.

Le téléphone sonna sans arrêt comme Nicole l'avait prédit, et sa mère lui jeta un regard suppliant qui en disait long. Lauretta subissait la situation plus qu'elle ne l'acceptait.

— Écoute, maman! C'est pour rendre service à Daniel. Il faut qu'on démontre qu'il est populaire comme arrêt-court. J'ai mobilisé son fan club, c'est important...

— Je comprends, Nicole, mais c'est important aussi que mes clientes puissent me rejoindre. Je m'attends d'un moment à l'autre que Monique ou Gérard se marient. Il n'y aura presque plus d'entrées d'argent si en plus Yvan est transféré.

— Arrête de t'inquiéter, maman! Moi, je suis là pour un bon bout de temps.

— T'as bien raison, Nicole! Il faut que j'arrête de m'en faire pour rien. Ça nuit à mon quotidien! Je vous ai encore et je vous aurai tout le temps même quand vous serez partis.

— On va toujours être là, maman, c'est certain!

— Ton père ne m'aide pas à être très joyeuse avec ses beuveries interminables. Les voisins le voient! Je te dis que ça fait placoter...

— Laisse-les faire, maman! C'est juste une *gang* de commères. Ça leur fait de quoi à dire: «Pauvre madame Robichaud! Elle est donc pas chanceuse d'avoir un mari d'même!» Elles devraient regarder dans leur propre maison avant de s'occuper des autres. V'là le téléphone qui sonne encore. Excuse-moi, maman!

C'était Solange qui appelait pour faire son rapport. Elle avait téléphoné à dix filles qui seraient présentes le mercredi pour la partie. Nicole était très satisfaite du résultat. Si chacune de ses chefs de groupes faisait aussi bien que Solange, le succès était assuré.

Tout le monde était arrivé pour le souper. Jean-Pierre et Jacques, Yvan et Patrick, puis Daniel et Gérard. Il ne restait qu'à appeler Émile qui s'était réfugié dans le garage à faire on ne sait quoi. Monique invita tout le monde à s'attabler et cria par la porte :

— Viens souper, papa. C'est prêt !

Elle entendit un grognement qui lui confirma qu'Émile l'avait entendue. Tout le monde s'approcha et Monique mit les plats sur la table pour qu'ils puissent se servir eux-mêmes. La jeune femme avait préparé une grosse poule de grain et une variété de légumes du jardin. Il y avait des marinades faites maison, mais le pain venait désormais de la boulangerie Pom. Le temps où l'on faisait son pain était révolu. Plus personne n'avait le temps de s'en occuper et la tradition se perdait tranquillement.

Le mercredi, Paul et Monique allèrent au stade pour voir jouer Daniel. Lefty Auger avait confirmé avec Paul qu'il irait voir jouer le junior avant sa propre partie. Il surveillerait attentivement Daniel et donnerait son opinion. Il le recommanderait seulement s'il jugeait que Daniel avait ce qu'il fallait pour passer chez les semi-professionnels. Nicole était surexcitée, toute sa bande était présente. Elles chahutaient et agitaient des petits fanions à l'emblème des Red Sox.

Quand Lefty vint s'asseoir avec Paul et Monique, il fut accueilli comme une vedette. Magnanime, il salua les jeunes filles qui se pâmèrent d'admiration. Paul fit les présentations et présenta Monique comme sa fiancée. Elle en fut tout honorée.

— Dis donc, Paul! Tu t'es empressé de la fiancer avant de me la présenter. Avais-tu peur qu'elle puisse changer d'idée en me voyant?

— C'est à Monique que tu dois demander ça, mais c'est te donner beaucoup d'importance, mon cher Lefty. Qu'en penses-tu, Monique?

— Sauf votre respect, monsieur Auger, j'aime énormément Paul et il n'y a personne qui pourrait me faire changer d'avis sur ce point.

— Paul! Si j'avais su que je me ferais insulter en me faisant appeler «monsieur Auger». Monsieur Auger, c'est mon père, un honnête commerçant qui me considère comme un voyou. Je vous conseille de m'appeler Lefty, sinon je vous quitte sur-le-champ.

Ce dernier avait prononcé ces paroles avec le ton d'un acteur frustré, mais en tendant la main à Monique. Elle l'accepta, et Lefty lui fit le baisemain.

— D'accord, Lefty! Daniel est mon frère, comme vous le savez sans doute, et j'ai eu l'idée de trouver un professionnel qui pourrait le conseiller et peut-être devenir son mentor.

— Tout d'abord, j'apprécierais qu'on se tutoie. Paul est un bon copain et il sait que je suis un blagueur, mais quand il faut être sérieux, je peux l'être.

— Je n'en doute pas une seconde, Lefty. Je veux bien te tutoyer. Alors, que penses-tu de ma proposition ?

— On verra après la partie ! Elle commence, voilà les deux équipes qui sortent.

— Mon frère, c'est le numéro huit !

— Je le sais ! répliqua Lefty.

Les amies de Nicole crièrent en apercevant Daniel. Plusieurs auraient aimé le fréquenter, car sortir avec un sportif était le summum du succès. La partie se déroulait très bien et les Red Sox menaient six à quatre en septième manche. En début de huitième manche, les Red Sox étaient au bâton. L'équipe adverse se défendait âprement et freinait les efforts des Red Sox. Ils se retrouvèrent avec trois hommes sur les buts et deux frappeurs retirés. L'entraîneur fit appel à Daniel pour frapper et essayer de marquer au moins un point. Le lanceur connaissait Daniel et aurait bien aimé le blanchir avec trois fausses balles, mais il ne pouvait pas avec trois hommes sur les buts. Daniel s'approcha du marbre avec la ferme intention de marquer au moins un point en laissant son coéquipier qui était au troisième but.

Sous les cris de la foule, le lanceur était tendu au maximum. Daniel l'attendait de pied ferme. Lui aussi sentait la pression de la foule, mais elle l'encourageait à se surpasser. On scandait son nom pour l'encourager. Le lanceur lui envoya une fausse balle, le deuxième lancer fut une prise. La troisième balle fut la bonne. Le lanceur pécha par orgueil à la suite de la première prise et Daniel profita de la balle parfaite pour un circuit. C'est ce qu'il livra à son équipe. Un circuit signifiait quatre points avec trois hommes sur les buts.

La foule hurlait. Lefty était debout sur son banc et savourait ce grand chelem. Daniel Robichaud avait sans aucun doute l'étoffe d'un bon joueur de ligue majeure. Lefty aurait grand plaisir à le recommander chaudement, mais là, il devait aller se préparer à jouer sa propre partie. Il regardait Daniel qui courait lentement le parcours en saluant la foule en délire. Il rêvait de ces acclamations de la foule. C'était la nourriture des champions.

— Bravo, Daniel! criait la foule.

— Bravo, champion!

— Eille, c'est mon frère! disait Nicole en se pavanant.

Cette dernière avait atteint son objectif en mobilisant son fan club; Monique avait réussi à motiver son frère pour qu'il se surpasse. Paul, de son côté, était parvenu à aiguiser l'intérêt de Lefty pour qu'il regarde un jeune joueur de la relève et il avait été impressionné par la performance dont il avait été témoin. Tout le monde était heureux, y compris les admirateurs.

Chapitre 8

Monique devait désormais annoncer à sa mère la proposition que Paul lui avait faite avant qu'elle ne l'apprenne par d'autres. Nicole, fidèle à sa réputation, avait vendu la mèche à toutes ses amies. Sacrée Nicole ! Elle ne changerait jamais… se dit-elle, mais elle n'y pouvait rien. Elle se contenterait de prévenir sa mère au plus vite.

— Maman ! J'ai une grande nouvelle à t'annoncer. Je lui ai tout dit à propos de Jean-Pierre et Paul m'a proposé de l'épouser. Je suis tellement heureuse, maman ! Je ne croyais pas que c'était possible d'être aussi heureuse dans la vie.

— Il n'a rien dit de plus à propos de Jean-Pierre ?

— Il est même prêt à l'adopter si c'est ce que je veux.

— Je suis contente pour toi, ma fille. Tu mérites d'être heureuse, toi qui as tant souffert. J'ai confiance en Paul ! Mais je ne crois pas que l'idée d'adopter Jean-Pierre fasse l'affaire de ton père. Il va vous mettre des bâtons dans les roues, c'est garanti !

— Pourquoi il ferait ça, maman ?

— Par orgueil, ma pauvre enfant ! Tu sais comment tout ça a commencé. C'est à cause de son maudit orgueil et c'est pour la même raison qu'il ne voudra jamais rouvrir la plaie du passé. Elle est toujours fraîche dans sa mémoire.

— Je ne peux pas abandonner Jean-Pierre, maman !

— Tente ta chance et dis-toi que si tu ne réussis pas, Jean-Pierre sera dans une famille qui l'aime. Je l'aime comme mon propre fils, Monique, mais je sais bien que c'est le tien. Je sais ce que tu ressens, ma grande, et dis-toi que j'ai le cœur aussi déchiré que le tien.

— J'ai l'impression de trahir Jean-Pierre en aimant quelqu'un d'autre. Depuis le jour où je l'ai senti bouger dans mon ventre, je l'ai aimé. Quand papa m'insultait en me traitant de traînée, il était mon seul réconfort. Il faisait partie intégrale de mon corps et, quand je lui parlais, il me donnait le courage d'endurer le mépris.

— Pauvre petite !

— Tu comprends que je ne peux pas l'abandonner, maman ?

— Oui ! Mais il a la loi de son bord, et même moi, je ne peux rien y faire. Je ne suis qu'une femme et nos droits à nous les femmes sont encore très limités. Tout ce que je peux rajouter, c'est : Ne rate pas ta chance ! Je suis certaine que Paul te permettra de faire une belle vie plus émancipée que la mienne. A-t-il l'intention de faire sa demande de la façon traditionnelle ?

— Il avait pensé faire sa demande officielle dimanche en début d'après-midi à papa en ta présence. J'espère que papa sera gentil avec lui. Déjà que Paul ne le tient pas en haute estime…

— Je vais lui annoncer la nouvelle en le mettant en garde de bien se tenir, mais il en fera à sa tête comme d'habitude. Le mieux, c'est de ne pas en tenir compte s'il divague ou rumine la moindre méchanceté. Mariez-vous quand même !

— On avait pensé se marier en décembre ou en janvier. Qu'est-ce que t'en penses ?

— C'est bon de respecter un certain délai. C'est raisonnable.

— Donc, tu t'arranges avec papa ?

— Oui, ne t'inquiète pas, ma grande !

— Merci, maman ! As-tu vu la belle bague qu'il m'a offerte ? Elle est magnifique, non ?

— Tu es chanceuse, ma fille !

Monique n'était pas rassurée par les propos de sa mère concernant Jean-Pierre. Elle n'était cependant pas prête à abdiquer aussi facilement. Elle n'était qu'une enfant quand elle avait approuvé la procédure d'adoption. Jean-Pierre était légalement le fils de ses parents. Sa mère ne lui causerait aucune difficulté même si elle souhaitait ne pas rouvrir une plaie à peine cicatrisée. Elle se rallierait au choix de sa fille si telle était sa volonté. Il faudrait que Monique en discute avec Paul pour lui expliquer que ce ne serait pas facile de convaincre son père de lui rendre son fils.

Au même moment, Nicole rentrait dans la maison, satisfaite du résultat de sa campagne promotionnelle au profit de Daniel.

— T'es une vraie petite pie, Nicole! Tu ne peux pas te retenir de bavasser à tous vents! Je t'avais demandé de ne parler à personne de mes fiançailles avant que j'en aie parlé à maman. Tu me déçois beaucoup, Nicole. Je ne comprends pas que tu ne puisses pas te retenir!

— Excuse-moi, Monique! C'est vrai que je suis une vraie pie quand je suis surexcitée… C'était trop d'émotions avec le succès de Daniel. Je ne me contrôlais plus. Pardonne-moi, Monique, je t'en prie!

— Ça va pour cette fois, mais ce n'est pas nouveau. Je ne voudrais pas être obligée de ne plus rien te confier. Qu'est-ce que tu en penses?

— Je sais que tu as raison! Qu'est-ce que je peux faire pour que tu me pardonnes?

— Tais-toi et ce sera suffisant! En attendant, va donc aider maman.

Monique l'avait sermonnée en sachant que cela ne servait à rien. Sa petite sœur était comme ça. Nicole voulait être la première à savoir, mais aussi être la première à révéler les scoops dans tous les domaines qui l'intéressaient. C'était une drôle de jeune fille.

Paul était chez lui pour annoncer ses fiançailles à ses parents. La nouvelle fut bien accueillie, même si la pension de Paul était la bienvenue pour boucler les fins de mois. Il ne resterait que sa sœur Lise qui vivrait avec ses parents. Quatre de ses frères et trois de ses sœurs étaient déjà mariés. Il essaierait de les réunir pour leur demander une petite cotisation mensuelle pour aider leurs vieux parents. Ce serait la moindre des choses, et il était certain que sa demande serait bien accueillie. Paul était un peu nerveux à l'idée d'affronter Émile Robichaud, son futur beau-père. Il voulait éviter la dispute, mais il sentait que ce ne serait pas facile. Paul avait une antipathie naturelle, qui était d'ailleurs réciproque, envers le père de Monique. Ce serait une étape difficile à traverser, mais nécessaire et sans conséquences, pensait-il. Le téléphone sonna et c'était Monique.

— Bonjour, Paul! Comment vas-tu?

— Bonjour, Monique! Ça va très bien. J'ai annoncé la nouvelle à mes parents à propos de nos fiançailles et ils sont très contents, particulièrement ma mère. Elle craignait que je fasse un vieux garçon. Pauvre maman!

— Hi! Hi! Si tu avais fait un vieux garçon, c'aurait été très volontaire de ta part. Ce n'est pas les candidates qui auraient manqué…

— C'est une réputation surfaite tout ça, Monique! Ne me dis pas que tu y crois?

— Paul Tremblay! Avec ta belle gueule, tu peux avoir toutes les femmes que tu veux, mais c'est moi que tu as choisie, n'est-ce pas?

— Il y a des hommes beaucoup plus charmeurs que moi! Prends juste Lefty, par exemple, il a beaucoup plus de succès que moi. Les femmes sont à ses pieds.

— Pour moi, mon amour, tu es le plus beau de tous! Je veux te garder juste pour moi pour le reste de ma vie.

— Moi aussi, ma chérie, je veux te garder toute ma vie. J'aimerais te faire l'amour follement, la nuit. Est-ce que je te fais peur?

— Non! Moi aussi j'aimerais ça que tu me fasses l'amour. Je suis certaine que j'adorerai sentir tes mains me caresser partout. Nus tous les deux et personne pour nous retenir. Je rêve de caresser ton beau corps musclé. Hummm…

— Arrête, Monique! Tu m'excites trop et je ne suis pas certain qu'en me mettant des idées pareilles dans la tête je puisse résister quand je te reverrai.

— Ce n'est pas moi qui ai commencé!

— C'est peut-être moi qui vais finir?

— On verra! Sérieusement, Paul, mes parents te recevront dimanche après le dîner. Ma mère est enthousiaste, quant à mon père, ça dépendra…

— C'est toujours ça d'acquis! J'ai hâte que ce soit du passé tout ça et qu'on soit marié. Il y a quelqu'un qui m'a fait la remarque qu'on avait fait ça vite. Moi, je ne trouve pas! Toi?

— Pourquoi attendre alors qu'on sait très bien ce qu'on veut? Toi! Es-tu sûr qu'on ne commet pas une erreur?

— Moi, je t'aime et j'ai hâte d'avoir une famille avec toi.

— Merci, Paul!

Le couple n'avait plus que quelques jours à attendre avant la demande officielle et tous deux craignaient qu'Émile fasse un esclandre. Ils s'attendaient au pire et Émile aurait sûrement des arguments comme: «pourquoi cette hâte?» «d'où vient ce Paul Tremblay?» A-t-il abusé de ma fille?» Etc. *Ad vomitum*. Paul et Monique s'immunisaient contre ses injures potentielles. Monique en avait tellement subies qu'elle était pratiquement vaccinée. Son père pourrait l'attaquer en visant son amoureux et elle ne savait pas jusqu'où il pourrait aller dans ses insinuations.

Paul, en revanche, n'était pas du genre à supporter les insultes. Il essaierait de son mieux de résister aux invectives si jamais Émile s'aventurait sur cette voie. Il le ferait par respect pour sa future belle-mère et pour Monique. Il s'efforcerait de l'ignorer si jamais la situation dégénérait le moindrement. Il adresserait sa requête en regardant Émile et Lauretta à tour de rôle en se concentrant sur sa future belle-mère.

Le samedi précédant le jour fatidique, il pleuvait. Paul et Monique décidèrent d'aller au cinéma voir un western avec en vedettes Fred McMurray et Dorothy McGuire. Le film ne les intéressait pas particulièrement, mais comme pour beaucoup d'amoureux, la salle de cinéma était un endroit idéal pour se retrouver enfin seuls. Ils se collèrent l'un à l'autre, Paul passa son bras autour des épaules de Monique, plaça son autre main sur sa cuisse et la caressa doucement, chastement. Monique déposa sa tête sur l'épaule de Paul, s'enivrant de son odeur virile. Comme elle se sentait bien ainsi blottie au creux de son épaule avec sa main qui lui caressait le dos gentiment! Aucun autre endroit ne pouvait être plus agréable que cette salle de cinéma obscure, hormis le logis qu'ils auraient avant la fin de l'année 1951.

— Une belle soirée malgré la pluie! As-tu aimé le film?

— J'étais trop bien blottie au creux de ton épaule, j'ai plutôt rêvassé. Toi? As-tu aimé le film, Paul?

— C'était pas mal, mais j'étais bien, moi aussi, en te caressant. Je suis un peu nerveux en pensant à demain. C'est ton père qui m'énerve! Je sais jusqu'à quel point il peut être désagréable.

— Ne t'en fais pas tant, Paul! Quoiqu'il arrive, nous sommes tous les deux majeurs et personne ne peut nous empêcher de réaliser nos désirs.

— J'aurais préféré l'harmonie à l'incertitude de sa réaction pour être bien honnête.

— C'est moi que tu vas marier, pas mon père, Paul! Si tu es trop nerveux, tu peux toujours laisser faire, il n'est pas trop tard, tu sais?

— Il n'est pas question de reculer, Monique! J'ai juste peur de perdre patience et de dire des paroles que je pourrais regretter par la suite, tu comprends?

— Je suis derrière toi, Paul! Je t'appuie à cent pour cent, peu importe comment tu réagiras.

Paul ramena Monique chez elle, l'embrassa et lui souhaita une bonne nuit en lui promettant de l'appeler le lendemain. La fin abrupte de la soirée l'avait un peu déçue, mais elle respecta Paul dans sa décision. Elle sentait bien qu'il était beaucoup plus troublé qu'il ne voulait le laisser paraître. C'était un homme qui n'aimait pas la querelle ou la discorde familiale, mais qui ne reculerait jamais devant une bagarre dans d'autres conditions. C'était plus par dédain que par couardise qu'il appréhendait la rencontre du lendemain. Il considérait qu'Émile n'était pas digne d'intervenir dans son union avec Monique, même si elle était sa fille. Émile ne s'était pas montré à la hauteur, du moins depuis qu'il le connaissait. L'assentiment de Lauretta, sa future belle-mère, lui suffisait largement. Il retourna chez lui et se coucha tôt.

Le dimanche matin quand il se réveilla, le beau temps était revenu et sa bonne humeur aussi. Le soleil, bas sur l'horizon, brillait déjà et annonçait une journée chaude. Une odeur de café embaumait le logis de ses parents.

— Bonjour, maman! Ça sent le bon café...

— En veux-tu une tasse, mon garçon?

— Ce ne serait pas de refus!

— Veux-tu du pain doré avec ton café? J'en ai fait pour ton père et il me reste suffisamment de mélange pour toi. J'ai du bon sirop ou de la mélasse, c'est comme tu veux, mon beau Paul.

— S'il vous plaît, maman. Oui, j'apprécierais, avec du pain de ménage.

— Voilà ton café, le pain doré ne tardera pas. À quelle heure vas-tu à la messe? J'aimerais ça y aller avec toi si ça ne te dérange pas. Ton père y est allé à six heures, puis il a filé directement chez le docteur Bouliane pour aller faire l'entretien de son terrain. Il va sûrement me rapporter un beau bouquet de roses. Il est tellement attentionné mon Dieudonné!

— Ben non, maman, ça ne me dérange pas du tout, au contraire! J'irais à celle de dix heures si ça ne vous dérange pas trop...

— C'est parfait, mon garçon! Ça me laissera le temps de préparer mon dîner. Alexis vient en après-midi, mais Lise vient dîner avec son nouveau prétendant et Jean-Claude vient aussi avec sa femme et son petit dernier.

— Ouais! Vous allez avoir une belle *gang*?

— Est-ce que vous allez vous joindre à nous cet après-midi? Au fait, tu dînes avec nous, Paul?

— Pourquoi pas. J'ai rendez-vous seulement cet après-midi avec mes futurs beaux-parents.

— Tu ne sembles pas très enthousiaste. Est-ce qu'il y a un problème?

— Mais non, maman, ne vous inquiétez pas! J'adore ma future belle-mère, mais ce n'est pas la joie avec le beau-père. Je crois qu'il n'est pas très favorable à notre union.

— Pourquoi?

— Parce que c'est un vieux haïssable et, en plus, c'est un ivrogne, ce qui n'aide pas sa cause.

— C'est ben de valeur!

Paul laissa sa mère à sa réflexion et se rendit à la salle de bain pour faire sa toilette. Pendant qu'il se rasait, il fit couler un bain. Puis, rasé de près et parfumé à l'eau de Cologne, il retourna dans sa chambre et sortit son plus beau costume. C'était un habit beige en laine légère pour l'été. Il choisit une chemise blanche et une cravate dans les tons de brun pour aller avec ses chaussures et sa ceinture. Pour compléter le tout, il sortit ses boutons de manchette en or et un foulard de soie brun qu'il mettrait dans la poche avant de son veston. Comme il avait amplement le temps, il cira ses chaussures pour être impeccable quand il se présenterait devant ses futurs beaux-parents. En faisait-il trop? se demanda-t-il. Probablement pour Émile, qui était plutôt rustre, mais sûrement pas pour Monique ou Lauretta qui travaillaient dans la confection.

Après la messe à l'église Notre-Dame, Paul et sa mère revinrent lentement en descendant la rue Principale jusqu'au parc Miner. Le jeune homme aimait se promener bras dessus bras dessous avec sa mère. Elle en profitait pour l'informer des petits faits divers de la famille à propos de ses frères et sœurs, de ses oncles et de ses tantes, de ses cousins, cousines, de leur état de santé, de leurs emplois ou de ceux qui n'en avaient pas, des nouveau-nés qui grossissaient les rangs de la famille. Elle était intarissable quand il s'agissait de tous ceux qui, à ses yeux, comptaient.

Paul ressentait toute la force du tissu familial qu'elle voulait lui transmettre. C'était pratiquement une tradition orale puisqu'elle parlait aussi bien des morts que des vivants. Pour elle, tous ceux qu'elle avait connus vivaient dans sa mémoire comme des êtres réels. Elle leur parlait à l'occasion en faisant une recette, la recette de sucre à la crème de Berthe, par exemple.

— Bon ben, Berthe! C'est quoi déjà votre recette? Une portion de sucre blanc, une portion de cassonade, une portion de crème, un soupçon de cannelle et, votre arme secrète, quelques gouttes de vanille. Ne vous inquiétez pas, ma tante, ça reste un secret entre vous et moi.

— Maman! Pensez-vous qu'elle va vous répondre?

— Elle m'a déjà répondu que c'était correct!

Paul, dans ces moments-là, s'esclaffait et lui répondait:

— 'Crée maman!

Elle lui répondait toujours qu'il était un mécréant, ce qui le faisait rire davantage. Parfois, sa mère quittait son air de réprimande et se joignait à lui avec un petit ricanement qui reconnaissait sa petite folie.

— Allons voir la roseraie de ton père dans le parc, il en est tellement fier. C'est de valeur que la Ville le mette à la retraite parce qu'il aimerait mieux continuer. Il dit qu'il est trop jeune, mais il a quand même soixante-sept ans bien sonnés!

— J'espère être à la retraite à cet âge-là, moi, maman!

— Ton père s'inquiète toujours pour l'argent. Il ne s'est jamais remis complètement de la Grande Crise des années trente, tu sais! Pauvre Dieudonné, un homme si bon! On n'a pas toujours été chanceux...

— Je le sais, maman, mais ça fait presque vingt ans de ça!

171

Elle marmonna quelque chose que Paul ne comprit pas, mais c'était sans importance puisque la conversation venait de se terminer et qu'elle respirait le doux parfum des roses. Ils traversèrent le parc et rentrèrent à la maison. Eugénie surveillait son repas du midi qui était au four et attendait sa visite du dimanche. Il y en avait toujours plus au cas où des invités arrivaient à l'improviste.

Paul lisait le journal en attendant l'heure du repas et réfléchissait à ce qu'il dirait à ses beaux-parents. Il répétait sans cesse sa demande et, comme s'il pouvait faire autrement, il opta pour l'improvisation. Rien ne se passerait comme il l'avait prévu, il le sentait dans ses tripes. Émile lui gâterait son plaisir, de toute façon. Heureusement qu'il aimait plus que tout Monique, car l'attitude d'Émile en aurait fait fuir plus d'un. Mais Paul n'était pas un faible et il l'affronterait sans capituler en essayant cependant de rester poli. Il s'attendait à des insultes et à de l'ironie, mais si Émile était ivre, il laisserait couler.

Ce fut bientôt l'heure du dîner et Paul mangea avec appétit. Il fit la conversation avec son père et le mari de sa sœur. Il promit de revenir dans le courant de l'après-midi avec Monique et dit qu'ils resteraient peut-être pour le souper vu que sa mère insistait. Il était enfin temps d'en découdre, d'en finir avec cette hantise concernant Émile Robichaud.

— Salut, Daniel ! As-tu vu Lefty finalement ?

— Salut, Paul! Ben oui, je l'ai vu tout de suite après sa partie. J'ai attendu qu'il sorte de la chambre des joueurs, pis quand il m'a vu, il s'est approché de moi, pis il m'a dit : «Eille Daniel, t'es pas mal bon, mon gars! Je pense que t'es prêt pour les séniors. » Je lui ai demandé s'il voulait qu'on en parle, mais ce soir il ne pouvait pas. Il m'a demandé mon numéro de téléphone et m'a dit qu'il me rappellerait cette semaine, c'est sûr!

— Je vais m'assurer qu'il te rappelle, Daniel! C'est déjà bon qu'il t'ait dit que t'étais prêt pour les séniors. Je suis content pour toi.

— Merci, Paul, pour le coup de main, je te revaudrai ça!

— C'est rien! Comment est l'atmosphère à la maison?

— J'ai déjà vu mieux! Maman est en beau joualvère après papa. Il a encore réussi à se mettre chaud après la messe. Le dîner l'a ramené un peu, mais là, il s'endort, pis maman veut pas qu'il se couche.

— Et Monique dans tout ça? demanda Paul.

— Elle t'attend!

— Je pense qu'il est temps que je rentre et que je prenne le taureau par les cornes. Salut, Daniel!

— Salut, Paul! Je suis sûr que ça va bien aller, mais bonne chance quand même au cas où…

Paul prit son courage à deux mains et frappa à la porte. Monique vint lui répondre. Elle ne paraissait pas perturbée par l'atmosphère de la maison. Son sourire était celui d'une femme heureuse de le savoir là. Il ne voyait personne d'autre dans la cuisine. Il supposa que les autres se trouvaient soit au salon, soit dans une chambre.

— Où sont les jeunes ? demanda-t-il.

— J'ai donné un peu d'argent à Nicole pour qu'elle amène Jacques et Jean-Pierre au parc pour se balancer et s'offrir un bon gros cornet de crème glacée. Je voulais qu'on soit tranquille au cas où mon père s'énerverait.

— Comment est-il ?

— Maman essaie de lui parler pour qu'il se conduise comme un homme recevant son futur gendre. Je ne sais pas si elle va réussir, mais moi je m'en fous ! Et toi ?

— Moi, c'est pour ta mère que je m'en fais. C'est important pour elle. C'est la première fois qu'un de ses enfants pense au mariage !

— Tu crois ?

— Je crois bien, Monique, mais je peux me tromper. Je pense à ma mère quand je dis ça.

— Tu as sûrement raison, Paul ! Je vais l'avertir que tu es arrivé.

Paul se retrouva seul dans la cuisine. Il était encore temps de reculer s'il le voulait. Mais Monique en aurait le cœur brisé, c'était certain. Avait-il agi trop vite en lui proposant le mariage après de si brèves fréquentations? Il eut tout le temps de sonder son cœur, car l'attente se prolongeait. Non! Il n'avait aucun regret. Il avait pris la bonne décision parce qu'il l'aimait vraiment; il voulait vivre sa vie avec elle, lui faire des enfants et accepter Jean-Pierre comme son propre fils. Il était prêt à changer de vie et à se consacrer à l'avenir qui s'ouvrait devant lui. Enfin! Monique revint dans la cuisine.

— Ils nous attendent dans le salon! Viens-tu, Paul?

— À quoi dois-je m'attendre selon toi?

— Je ne sais pas, mais allons-y!

Paul, dans un instant de panique, se sentit mené au bûcher où le bourreau s'appelait Émile. Mais avant d'entrer dans le salon, il s'était déjà ressaisi. Il regarda Lauretta, sa future belle-mère, puis jeta un œil sur Émile. Ce dernier, malgré son habit, avait l'air d'un homme grossier. Les yeux injectés de sang et l'air abruti par l'alcool, il faisait pitié. Paul ne le sentait pas menaçant et, s'il le devenait, il pourrait le remettre à sa place. Il ne fallait surtout pas qu'il se laisse embarquer dans le jeu de la mesquinerie et de l'arrogance de son beau-père.

— Bonjour, madame Robichaud, monsieur Robichaud! Comment allez-vous?

— Très bien et toi, Paul? lui demanda Lauretta.

Émile ne prit même pas la peine de répondre. Paul décida de s'adresser à Lauretta pour faire sa demande ; il verrait bien comment Émile réagirait.

— Vous connaissez l'objectif de cette rencontre. Je viens vous demander la main de votre fille Monique que j'aime et avec qui je veux fonder une famille.

— Tu sais que je t'aime beaucoup et je peux parler pour l'ensemble de la famille. Ils n'ont que des bons mots à ton sujet. J'aime beaucoup l'idée que tu deviennes mon gendre. Et toi, Émile, qu'en penses-tu ?

— Je trouve ça vite en baptême ! Ça cache-tu d'autres choses ? Un mois de fréquentation pis le mariage tout de suite ? Dans mon temps, ça cachait une grossesse… C'est pas votre cas par hasard, non ?

— Je peux vous garantir que j'ai respecté votre fille, monsieur Robichaud.

— Ouais ! Ouais ! Ça lui est déjà arrivé une fois, ça peut ben lui arriver deux fois… Qu'est-ce que t'en penses ?

Paul sentait la colère monter en lui. Il devait absolument se contrôler, mais ce n'était pas évident. Il passa à l'attaque avec le cas de Jean-Pierre.

— Justement, monsieur Robichaud ! Vu que vous parlez de la première fois, vous faites probablement allusion à

Jean-Pierre ? On en a justement parlé Monique et moi et on aimerait ça l'adopter.

— Jamais ! Jamais ! M'entends-tu ? Ce qui est fait est fait pis c'est pas un p'tit jarre qui va venir changer ça ! hurla Émile au bord de l'apoplexie, l'écume à la bouche.

— Émile ! s'écria Lauretta. Tu vas te calmer ! Paul est resté posé tout le temps. Tu fais un fou de toi encore une fois !

— C'est qui le père sur le baptistaire ? C'est qui la mère ? Dis-le, Lauretta Frégeau ! C'est nous autres pis ça va rester de même, baptême de viarge ! C'est pas vrai que je vais revivre la honte. J'ai pas peur d'le dire, jamais, tu m'entends, jamais !

Il se leva d'un pas chancelant et quitta la pièce. Tous restèrent bouche bée. Ils n'eurent pas le temps de réagir que, déjà, il était sorti de la maison et avait trouvé refuge dans son garage avec une mine complètement butée. Lauretta se sentit obligée de réagir.

— Mes pauvres enfants ! Vous connaissez sa position sur Jean-Pierre. Il ne changera pas d'idée, c'est une vieille tête de cochon ! Il a la loi de son bord et il le sait. Il s'en servira s'il le faut. Je le connais assez pour savoir comment il pense. Vous pouvez au moins vous marier, c'est toujours ça d'acquis !

— Mais c'était déjà acquis qu'on pouvait se marier puisqu'on est tous les deux majeurs, maman ! On n'a rien gagné, indiqua Monique, dans un sanglot.

Paul vint la consoler en la serrant dans ses bras et en la caressant doucement. Lauretta ne savait plus quoi dire ou faire pour détendre l'atmosphère. Monique semblait inconsolable, et elle savait fort bien que la journée où elle avait accepté que ses parents adoptent le petit, elle avait perdu Jean-Pierre définitivement.

— Viens, Monique! Allons prendre l'air. Ça va nous faire du bien de marcher un peu. Si tu veux, on peut marcher jusque chez mes parents. Ils doivent nous attendre.

— Laisse-moi me rafraîchir un peu! Je ne veux pas qu'ils voient que j'ai pleuré. Ce ne sera pas long.

— D'accord! Je vais en profiter pour jaser avec ta mère.

Paul voulait savoir ce qui avait pu rendre Émile aigri à ce point. Sa réaction lui paraissait démesurée. Paul apprit qu'en dehors de la honte qu'Émile avait ressentie, il était rancunier. Lauretta lui révéla que son amertume était née vraisemblablement à l'époque où elle avait cessé d'assumer son rôle d'épouse. C'était au moment de l'incendie de la ferme qu'Émile, en réaction, avait recommencé à boire. La situation s'était dégradée rapidement pour devenir incontrôlable.

Chapitre 9

Lauretta avait tout raconté à son futur gendre sur les origines et le vécu de la famille. Sa description de la situation correspondait à ce que Monique lui avait expliqué à peu de chose près, par simple pudeur. Paul savait qu'il pouvait se fier à sa fiancée ainsi qu'à sa belle-mère. Il n'y avait pas de zone grise entre eux et il s'en réjouissait.

Monique, qui était partie se rafraîchir, revint et interrompit la conversation entre sa mère et son fiancé. Ils devaient se rendre chez les parents de Paul qui les attendaient, eux aussi. Paul lui avait proposé de faire une promenade en y allant à pied ou de s'y rendre en automobile. Elle opta pour la marche qui lui laisserait le temps d'effacer toutes traces de sa tristesse. Même si elle s'était préparée au refus de son père de lui rendre son fils, de ne plus avoir aucun doute vraiment secouée. Avant de partir, elle salua sa mère, mais ignora complètement son père.

Émile jubilait d'avoir imposé son veto, lui qui n'avait pour ainsi dire plus aucune autorité sur sa famille. Il était assis dans le fond du garage sur une chaise droite en bois et il buvait une grosse bière dans la pénombre.

Il devait se parler à lui-même dans un murmure inintelligible et ricaner de satisfaction, pensa Paul. Il voyait en son beau-père un homme malade que la boisson détruisait inexorablement. Il ressentait plus de pitié que de rancœur à son égard à ce moment-là. Il ne l'avait encore jamais vu à jeun et se demandait ce qui restait de l'homme qu'il avait été avant.

— C'est une belle journée aujourd'hui! La température est idéale. Ne trouves-tu pas, Monique?

— J'ai de la difficulté à apprécier la douceur du temps après ce qui vient de se passer chez nous.

— Il faut passer par-dessus, sinon tu empoisonneras le reste de ta journée, ma chérie.

— Je sais que tu as raison, Paul, mais laisse-moi quelques instants pour reprendre mes esprits!

— Viens ici! J'ai le remède qu'il te faut. Une grosse caresse et plus rien n'y paraîtra.

— Oui, tu as raison! Serre-moi fort et on se moque des curieux qui pourraient nous regarder.

Paul la serra très fort jusqu'à ce qu'il la sente se détendre dans ses bras. Il lui donna un baiser et tous deux poursuivirent leur route. La lumière des yeux de Monique s'était de nouveau adoucie et son sourire était plus naturel. Paul comprenait l'importance de sa défaite, mais elle avait perdu une bataille, pas nécessairement la guerre. Et, chose certaine, il la soutiendrait dans sa démarche si elle décidait de continuer à se battre pour la garde de son fils.

Ils arrivèrent près du parc Miner sans avoir beaucoup parlé durant le parcours pour se rendre chez les parents de Paul.

Ils s'arrêtèrent dans la roseraie du parc et Paul, en homme galant qu'il était, offrit à Monique une rose qu'il accrocha à son corsage. Celle-ci, dans un élan spontané, l'embrassa et lui sourit de son plus beau sourire. Il sentit qu'elle était désormais dans l'état d'esprit qu'il fallait pour rencontrer ses parents et les quelques membres de la tribu qui seraient là.

— Bonjour, tout le monde ! Vous allez bien ? s'enquit Paul d'un ton gaillard. Vous connaissez tous ma fiancée, Monique ?

— On se demandait si vous étiez pour venir, il est presque trois heures ! fit remarquer sa sœur Lise. Viens m'embrasser pour te faire pardonner. Et toi aussi, Monique !

La ronde d'embrassades et de poignées de mains venait de commencer. Monique suivait Paul, mais elle était très à l'aise avec tout le monde malgré la différence d'âge qu'il y avait avec certains des frères, des sœurs, des beaux-frères et des belles-sœurs. Ces gens respiraient la simplicité et la bonne humeur. Il régnait une atmosphère de franc plaisir à se retrouver ainsi sans façon.

— Pis, c'est pour quand les noces ? demanda Gaston qui était l'aîné de ses frères.

— On n'a pas arrêté de date, mais on a bien hâte ! Pas vrai, Monique ?

— Je comprends ! J'aurais hâte moi aussi à ta place avec une belle créature de même, l'interrompit son beau-frère Aimé.

181

— On pense pas juste à ça nous autres, Aimé! Je plains ma pauvre sœur de te fournir en bébés. À combien vous êtes rendus? Sept? Huit?

— Huit beaux enfants en santé, mon jeune! T'essaieras d'en faire autant si t'es capable, mon Paul?

— Je pense qu'il serait temps que tu fasses un nœud dedans, mon Aimé! Qu'est-ce que t'en dit, Simone?

— J'y laisserais encore un peu, mais il faudrait tenir le thermomètre pas loin sur la table de chevet. Hi! Hi!

— Ah toi, ma Simone, je reconnais bien le sang chaud des Tremblay! lui dit Paul qui semblait s'amuser comme un fou.

Sa bonne humeur était contagieuse. Aimé, le mari de Simone, ouvrit la caisse de bières qu'il avait apportée et en offrit à tout le monde en commençant par son beau-père, Dieudonné. Une fois la distribution terminée, il sortit son crincrin et joua un air de chansons à répondre que tous reconnurent. Ils se mirent à chanter sans façon selon l'inspiration du moment. Certaines chansons étaient destinées à un membre de la famille en particulier si l'on en croyait la clameur générale.

Monique regardait avec envie cette famille où régnaient la bonne entente et la bonne humeur. Elle remarqua que la famille de Paul était beaucoup plus âgée que la sienne. Elle aurait presque pu être la fille de Simone qui approchait de la quarantaine. Elle ne le savait pas précisément, mais elle se renseignerait auprès de Paul ou de Lise, sa plus jeune sœur.

— Vive les fiancés ! s'écria Marie-Laure, une autre de ses belles-sœurs, la femme d'Alexandre.

— Oui, tous en chœur ! Vive les fiancés !

— Vive les fiancés ! Et embrassez-vous !

Les deux tourtereaux s'embrassèrent devant tous les membres présents de la famille. L'assemblée exigea qu'ils s'embrassent de nouveau, et c'est ce qu'ils firent sans se faire prier. Monique savourait la différence entre les deux familles. Pourrait-elle recréer ce climat familial dans sa propre famille avec l'aide de sa mère et de Paul ? Elle ne connaissait pas suffisamment son beau-père pour savoir si c'était lui qui était à l'origine de ce noyau familial qu'elle sentait si solide. Il apparaissait comme un homme doux et humble, alors qu'Émile était rustre et vaniteux. Le temps n'était pas aux réflexions profondes, mais bien plus à la fête. Elle n'avait jamais vécu cela chez elle.

Le souper qui suivit cette petite fête était abondant et délicieux grâce à la contribution d'Alexandre et de Marie-Laure, d'Aimé et de Simone. Les deux couples étaient fermiers. Aimé et Simone avaient apporté un gros morceau de porc parce qu'ils venaient de faire boucherie la veille et, comme toujours, ils réservaient une part aux parents de Simone. Alexandre et Marie-Laure, quant à eux, avaient apporté une montagne de légumes suffisante pour nourrir une armée.

Monique, pour qui la vie sur la ferme était familière, se demanda qui s'occupait de traire les vaches chez ces deux couples de fermiers qui deviendraient bientôt sa famille. En faisant la vaisselle après le souper en compagnie de Simone, elle lui posa la question.

— Le train, ma p'tite fille, y'a rien de plus important pour un fermier! Les vaches, y'attendent pas! Quand c'est l'heure du train, elles s'approchent de l'étable, pis si t'es en retard, elles te le font savoir en beuglant. Je sais pas si t'as déjà entendu ça quinze, vingt vaches qui beuglent en même temps parce qu'elles ont mal au pis? C'est pas drôle!

— Qu'est-ce que vous faites quand vous êtes en ville?

— *Asteure*, nos gars sont assez vieux pour s'occuper du train tous seuls. Alexandre fait comme nous autres avant, il demande à un voisin pis y se remplacent chacun leur tour.

— C'est drôle! J'ai passé seize ans sur une terre et je n'ai jamais vu mon père faire ça…

— Nous autres, c'est comme ça qu'on a passé au travers, parce que mon mari travaille à l'extérieur, pareil comme Alexandre. Aimé travaille à la *shop* et Alexandre sur la construction pour son frère Jean-Claude.

— Moi aussi, je travaille en usine et plusieurs membres de ma famille aussi.

— Aimé travaille à la Miner pis y'haït ben ça!

— C'est drôle, mon père et mon frère Gérard travaillent là tous les deux!

— Aimé? Le père de Monique pis son frère Gérard travaillent à la Miner. Les connais-tu?

— Comment il s'appelle ton père déjà?

— Émile Robichaud!

— Émile Robichaud! J'te crois pas!

— C'est bien lui et je ne crois pas qu'il y en ait plusieurs à Granby. Pas grand, les cheveux gris coupés en brosse. Il travaille dans la Mill Room.

— Ah ben, si ça parle au sacripant! Je travaille dans le même département que lui. Ça, c'est la meilleure! La fille à «J'ai pas peur d'le dire » qui devient ma belle-sœur. T'es peut-être mieux de pas lui dire, il pourrait mal le prendre.

Monique se surprit à rougir et Aimé le remarqua.

— Excuse-moi, Monique, je ne voulais pas te mettre mal à l'aise! C'est une vieille querelle qui dure entre ton père et moi, mais c'est pas un mauvais diable pour autant…

— Je le connais mon père, ne t'en fais pas, Aimé! Évitons de parler de lui et ce sera parfait.

— Désolé, Monique!

— C'est correct!

Ce petit intermède avait créé un malaise chez Monique et il se faisait tard. À la demande de celle-ci, ils saluèrent tout le monde et sortirent respirer l'air frais de la soirée. Paul la serra contre lui tout en retraversant le parc. Le parfum qui se dégageait de la roseraie était enivrant. Le jeune homme était très satisfait de l'accueil que sa famille avait réservé à sa fiancée. Il avait cru percevoir un petit malaise entre Aimé et elle, mais il savait qu'Aimé pouvait être grivois à l'occasion avec les femmes.

— Dis-moi, Monique ! Comment as-tu trouvé l'accueil dans ma famille ?

— Ils sont tous très gentils et je les aime beaucoup ! Tu es très chanceux d'avoir une famille pareille. Je t'envie !

— C'est aussi maintenant ta famille ! J'ai senti un léger malaise avec Aimé. J'espère qu'il n'a pas été grossier au moins ?

— Non, ne t'inquiète pas, Paul ! C'est juste qu'il travaille avec mon père dans le même département à la Miner Rubbers. Tu comprends ? Aimé m'a parlé de vieilles querelles sans importance d'après lui.

— Je pense qu'Aimé va fermer sa boîte là-dessus. Ne t'en fais pas.

— Je ne m'en fais pas, ça a juste été un choc pour moi d'apprendre que ton beau-frère travaillait avec mon père, c'est tout.

Sur le chemin du retour vers la maison de la rue Sainte-Rose, ils parlèrent de leur futur logement. Monique lui confia qu'elle avait un trousseau complet qui incluait tout : la vaisselle, la coutellerie, la batterie de cuisine ainsi que toute la literie. Ils abordèrent la question du budget et tous les deux avaient l'intention de laisser un peu d'argent à leurs parents respectifs. Ils ne seraient pas riches, mais ils en auraient suffisamment pour être heureux. Pour Paul, la situation ne pourrait que s'améliorer avec le temps. Il était d'un optimisme contagieux et Monique se laissa convaincre assez facilement. Ils chercheraient un appartement non loin de leurs lieux de travail et tout près de Jean-Pierre.

En marchant lentement au pas des amoureux, ils prenaient le temps de regarder les maisons et les duplex. Quand ils voyaient une pancarte à louer, ils prenaient en note le numéro de téléphone et l'adresse. Ils rêvassaient et sentaient l'urgence d'avoir un nid bien à eux. Ils étaient sur le point d'exploser tellement ils se désiraient. Ils voulaient consommer leur union et ils se demandaient combien de temps encore ils pourraient résister à cette douce torture.

— J'ai envoyé une lettre à Marcel pour lui annoncer nos fiançailles, mais je n'ai pas eu de courrier encore.

— Il sera sûrement content pour nous. Qu'en penses-tu, mon amour ?

— Oh, Paul ! J'aime tellement ça quand tu m'appelles comme ça que j'oublie ce que tu me dis. Excuse-moi, mon chéri, tu disais ?

— Je disais que Marcel serait sûrement content pour nous.

— C'est certain! À sa dernière lettre, il disait qu'il s'ennuyait… Je pense qu'il s'ennuie de Lucie.

— L'as-tu revue sa belle Lucie?

— Je l'ai vue avec un jeune homme il n'y a pas longtemps. Je ne peux pas la blâmer! Marcel est aussi intransigeant que notre père. Il aurait pu poursuivre sa relation avec Lucie. Ça n'aurait pas été la première fois qu'un couple se sépare temporairement. C'est très fréquent chez les militaires et chez les jeunes en études supérieures.

— Je sais, mon amour, mais il est trop immature pour accepter qu'elle veuille vivre à Granby avec les siens. C'est pas difficile à comprendre pourtant!

— C'est un grand bébé et ça va lui faire du bien de vivre loin de tout pour un certain temps, mais il aura perdu Lucie dans la foulée.

— Dis-moi, Monique, comment devrais-je me comporter avec ton père? Il fait monter ma pression dangereusement quand il agit comme ça avec toi, mais aussi avec ta mère.

— Pour moi, Paul, mon père est une cause perdue. Il disparaîtrait demain matin et je me demande s'il manquerait à quelqu'un…

— Tu n'es pas un peu dure envers lui, Monique?

— J'ai beau chercher et je ne vois pas. Peut-être ses lapins ou ses poules ?

— J'aimerais qu'on se laisse sur une note positive en pensant à nous, à nos projets et à personne d'autre. On travaille tous les deux demain matin. On s'appelle demain ?

— Déjà rendus à la maison ? Comme le temps passe vite quand tu es là, mon chéri ! Demain, je vais appeler pour les logements à louer que nous avons vus. Juste pour connaître les prix et la disponibilité. On ne sait jamais !

— Bonne nuit, mon amour, et fais de beaux rêves !

Il se pencha vers elle et l'embrassa longuement. Monique répondit à son baiser en le serrant fortement dans ses bras. Elle se détacha à regret en le suivant du regard jusqu'à ce qu'il disparaisse dans la nuit, puis rentra chez elle.

Le lendemain, la routine avait repris le dessus. Les jeunes se préparaient pour la rentrée scolaire et Lauretta faisait l'inventaire des vêtements qu'il fallait réparer ou changer. Tout ce beau monde grandissait et, quand Lauretta aborda le sujet, Nicole exprima le désir de commencer à travailler.

— Nicole ! Y as-tu pensé comme il faut ? Avec une neuvième année, tu ne peux pas t'attendre à grand-chose. Tu veux travailler en usine ?

— Écoute, maman ! Je ne me vois pas déguisée en secrétaire et elles ne gagnent pas plus cher que les filles dans les *shops*.

J'ai plusieurs de mes amies qui m'ont dit qu'ils engageaient à plusieurs endroits en ce moment.

— J'aurais donc aimé ça que tu te rendes en onzième année ou que tu fasses un cours d'infirmière, par exemple ?

— Maman, j'ai peur du sang !

— T'as à peine quinze ans, Nicole !

— Je ne veux plus aller à l'école. Je veux faire de l'argent, moi aussi !

— C'est ta décision et je souhaite seulement que tu ne le regrettes pas un jour ! Et j'espère bien que Daniel ne suivra pas ton exemple…

Lauretta prit soudainement conscience que la vie avait avancé sans qu'elle s'en rende compte. Tous ses enfants avaient grandi et elle avait vieilli. Elle n'avait pourtant que quarante-six ans, mais se sentait usée prématurément. Certains de ses enfants avaient déjà quitté la maison ou se préparaient à partir. D'autres entraient sur le marché du travail. Elle appréhendait le jour où elle se retrouverait seule avec son mari. Comme l'avenir s'annonçait lugubre quand elle aurait cinquante ou cinquante-cinq ans, que tout le monde aurait quitté le nid et qu'elle serait condamnée à y mourir ! pensait-elle.

C'était à cette époque que Lauretta avait commencé à ressentir des malaises cardiaques. Les médecins avaient beau l'ausculter, ils ne trouvaient rien. À la moindre émotion, elle avait une chute de pression qui se terminait en syncope. On avait toujours à portée de main des sels pour la réanimer. Monique, comme son médecin de famille, la soupçonnait d'être hypocondriaque pour reprendre une certaine importance dans le noyau familial. Ce n'était qu'une hypothèse, mais force était de constater qu'elle obtenait tout ce qu'elle voulait avec ces malaises.

Pendant ce temps, Yvan avait commencé à travailler à la Banque Canadienne Impériale de Commerce située dans le haut de la rue Principale de Granby. C'était grâce à monsieur Messier qu'il avait obtenu ce poste. Il comprit très vite que le pistonnage fonctionnait et il s'en servirait autant qu'il le pourrait pour gravir les échelons. Il pensait se joindre à une société maçonnique pour augmenter le nombre de ses relations. La banque était traditionnellement située dans le quartier anglophone, même si on retrouvait des Irlandais dans les quatre coins de la petite ville industrielle, et particulièrement dans les quartiers ouvriers. Les Irlandais s'assimilaient assez bien aux francophones à cause des liens religieux, étant catholiques eux-mêmes. C'était pratiquement impossible d'épouser un protestant ou un anglican, qui formaient le noyau dur de l'élite anglophone.

Yvan servait donc essentiellement une clientèle anglophone composée de chefs et de cadres d'entreprises, de fermiers loyalistes et de quelques gens d'affaires francophones triés sur le volet. N'entrait pas à la banque à titre de client qui le voulait. Il fallait montrer patte blanche. Curieusement, le personnel était majoritairement francophone, à l'exception de ceux qui avaient droit à des promotions.

Durant ces cinq années passées dans cette petite ville dynamique, le jeune homme n'avait pas perdu son temps. Il avait appris l'anglais au contact des Irlandais qui fréquentaient l'établissement de Phil Goyette et du voisinage en commençant par son voisin immédiat, monsieur Kennedy. Il se débrouillait fort bien et portait une attention particulière quand il s'adressait au directeur de la succursale.

Le directeur, monsieur Rolland Pelletier, surnommé Rollie par ses amis, avait été clair avec lui: une promotion signifiait une mutation automatique, et généralement dans une petite bourgade dans un coin reculé. Yvan était prêt à tout pour gravir les échelons. Quand il avait la chance de rencontrer monsieur Messier qui l'avait recommandé pour ce poste, jamais il ne manquait l'occasion de dire qu'il attendait une mutation pour assouvir son besoin d'avancement. Chaque fois, monsieur Messier éclatait de son rire sonore.

— C'est pas l'ambition qui te manque, mon jeune! Tu veux que j'en parle à Rollie? C'est ça?

— Ce serait très gentil de votre part, monsieur Messier!

— J'espère que tu vas te rappeler de moi quand tu seras président de la banque!

— Je vous le jure!

— Ha! Ha! Ha!

— Merci et bonne journée, monsieur Messier!

Monique avait fini sa journée de travail. Elle avait le cœur léger même si, chaque fois qu'elle pensait à Jean-Pierre, il était transpercé de douleur. Elle s'efforçait de penser à autre chose pour rester positive. Elle avait plusieurs appels à effectuer et, pour cette raison, elle pressa le pas. Elle était curieuse de savoir à quoi s'attendre pour dresser son budget en incluant l'allocation pour sa mère.

Les prix ne variaient pas beaucoup d'un trois-et-demi à l'autre. Il faut dire qu'ils étaient tous situés dans des quartiers ouvriers. La plupart était libre immédiatement, sauf un qui le serait le premier décembre. Elle y vit un signe du destin et demanda à le voir. Il se trouvait à l'étage d'un duplex au coin des rues Laval et Saint-Jacques, près de la voie ferrée qui desservait la coopérative agricole et la Steadfast Rubber. Elle prit rendez-vous après le souper et appela Paul.

— Allo?

— Bonjour, madame Tremblay, c'est Monique! Vous allez bien?

— Bien sûr! Et toi? Je suppose que tu veux parler à Paul? Un instant que je l'appelle. Paul, c'est Monique au téléphone! Je l'entends qui s'en vient, je te le passe. Bonne soirée!

— Bonsoir, mon amour! Je m'apprêtais à t'appeler. Que fais-tu?

— J'ai appelé tous les logements à louer qu'on a trouvés hier soir. Il y en a un au coin des rues Saint-Jacques et Laval, t'en rappelles-tu?

— Oui, vaguement! Pourquoi?

— J'ai pris un rendez-vous pour sept heures ce soir, juste pour me donner une idée de ce à quoi on peut s'attendre. Est-ce que ça te tente de m'accompagner? Sens-toi bien à l'aise si tu as autre chose à faire…

— Non! Je suis libre et je suis curieux, moi aussi. Ça ne nous laisse pas grand temps pour s'y rendre. Est-ce qu'on se rejoint sur place?

— C'est une bonne idée! Je serai là à sept heures moins cinq.

— J'y serai, moi aussi! À bientôt, ma chérie.

Monique était tout enthousiaste durant le trajet. C'était assez près de son travail et de celui de Paul. La proximité de la voie ferrée l'inquiétait un peu. Il faudrait qu'elle se renseigne auprès des propriétaires sur les heures de passage des trains au cas où Paul serait intéressé par le logement. Il y avait aussi la cour de récréation de la nouvelle école L'Assomption qui donnait directement sur l'arrière du duplex.

Tout à coup, elle l'aperçut au loin au coin des rues Saint-Jacques et Saint-Charles. Paul accéléra le pas quand il la vit à son tour. Il lui fit un petit salut de la main auquel elle répondit. Finalement, ils s'embrassèrent et se regardèrent les yeux pleins d'amour. Quel sentiment agréable que celui de se sentir aimé, surtout quand ce sentiment est partagé !

— Tu as passé une belle journée ?

— J'avais hâte à ce soir pour faire les appels. Et toi, ta journée s'est bien déroulée ?

— La routine ! Mais là, j'ai vraiment hâte de voir le logement.

— J'ai peur du sifflement du train, pas toi ?

— Ça dépend de son horaire. Cognons, on verra !

— Mademoiselle Martel ?

— Oui ! Vous êtes mademoiselle Robichaud, je suppose ? Et vous êtes ?

— Paul Tremblay, le fiancé de mademoiselle Robichaud. Enchanté !

— Nous vivons deux sœurs ensemble et nous désirons la tranquillité parce que ma sœur souffre d'arthrite rhumatoïde. Elle a besoin de calme. Vous n'êtes pas mariés ?

— Pas encore, mais nous voulons nous marier en décembre ou en janvier. C'est pour cette raison que nous commençons à regarder les logements, mademoiselle, répondit Paul.

— Je vois! La locataire actuelle est une vieille dame qui veut aller vivre avec sa fille, mais je pense qu'elle est trop malade. Elle est à l'hôpital en ce moment. On peut monter sans problème si vous le désirez.

Mademoiselle Martel était une femme corpulente et d'attaquer les marches ressemblait pour elle à l'escalade du Kilimandjaro. Une fois parvenue sur le palier du deuxième étage, la pauvre demoiselle était à bout de souffle et son visage était cramoisi.

— Reprenez votre souffle, mademoiselle Martel! On n'est pas pressé.

— Je vais débarrer la porte et m'asseoir. Vous pourrez regarder tout à votre aise!

— Merci!

Paul et Monique firent rapidement le tour du logis. Il était propre, mais sentait un peu le renfermé. Paul vérifia si tous les robinets fermaient bien, puis il s'attarda aux fenêtres. Il retourna sur le palier qui était en réalité un cabanon en tôle qui incluait l'escalier extérieur à l'arrière. L'escalier avant était étroit et se trouvait à l'intérieur de la maison. Il donnait pratiquement sur le trottoir. Le cabanon arrière était plus intéressant. Paul aurait la place pour s'installer un établi et Monique pourrait étendre le linge en ouvrant la fenêtre. Quand ils furent seuls et hors de portée de voix, ils se parlèrent tout bas.

— Qu'est-ce que t'en penses, Monique?

— Je le trouve beau et grand pour un trois-et-demi.

— On pourrait juste laver les murs et les plafonds! On pourrait peinturer juste l'an prochain.

— T'as bien raison, mon chéri! Ah, j'ai tellement hâte qu'on soit chez nous! Pas toi?

— Oui, moi aussi! Est-ce qu'on le loue? Je ne pense pas qu'on pourra trouver mieux à ce prix-là, déclara Paul.

— C'est quand même cher! Douze piastres par mois, plus le chauffage, l'électricité et le téléphone… Il faut aussi se meubler, n'oublie pas ça, Paul! La première année ne sera pas facile. Il n'y a pas de bain non plus, on retourne à la cuvette!

— Je sais! Chez mon père, il n'y a pas de bain non plus, il faut faire chauffer l'eau sur le poêle. Quand vous étiez dans votre logis, aviez-vous un bain?

— Non!

— Tu vois! Ce n'est pas si grave… Je ne voudrais pas être pessimiste, mais il faudra probablement attendre d'avoir notre propre maison avant de connaître ça. Changement d'à-propos, qu'est-ce qu'on fait avec Jean-Pierre si jamais ton père change d'idée? Ici, c'est pas assez grand.

— Si jamais mon père change d'idée, ce ne sera pas demain matin ! On avisera à ce moment-là.

— Je crois que tu as raison ! On pourra toujours déménager de nouveau pas trop loin de son école, si jamais ton père arrête de te persécuter.

— C'est pas demain la veille, Paul !

Ils décidèrent donc de louer le logis sur-le-champ. Les vieilles filles Martel, comme on les appelait dans le quartier, acceptèrent de le leur louer à condition, évidemment, qu'ils se marient avant d'emménager dans le logement. Ils se plièrent à cette nouvelle règle sans discuter puisque, de toute façon, ce n'était pas dans leur intention d'y vivre sans être passés devant le curé. Monique, même si elle n'était plus catholique dans son cœur, respectait encore les préceptes de l'Église. Paul, à sa grande surprise, était un fervent chrétien et avait longtemps chanté dans la chorale de sa paroisse jusqu'à son départ pour la guerre.

— Une bonne chose de réglée ! s'exclama Paul en sortant.

— Oui, je suis très contente, moi aussi ! Tu es sûr que ce n'est pas trop cher, Paul ?

— Mais non ! Mon père paye quinze piastres par mois pour son cinq-et-demi, et il habite là depuis 1939. Ça fait douze ans et le propriétaire n'ose pas l'augmenter trop trop...

— On va arriver, j'en suis certaine, et je suis prête à travailler fort. Embrasse-moi pour sceller ce nouveau pas vers la liberté.

— Je suis volontaire pour t'embrasser et c'est en toute connaissance de cause que je me lie à toi.

— Je ne te lâche plus, Paul !

Il l'embrassa avec passion, la souleva de terre et la fit tournoyer dans les airs. Ils étaient heureux de s'engager dans la voie du mariage. Paul lui parla d'un rassemblement familial qui aurait lieu chez Alexandre et Marie-Laure. L'objectif était de faire le plein de conserves pour l'hiver. Toute la famille Tremblay au grand complet, du plus jeune au plus vieux, y participait.

C'était un des grands moments de l'année que la fête des récoltes pour la famille Tremblay. Le rassemblement était prévu pour le jour précédant la fête du Travail, soit le dimanche 2 septembre. Monique accepta avec joie l'invitation de Paul. Peut-être devraient-ils en profiter pour s'en faire eux-mêmes ? Ils se quittèrent sur cette note et reprirent le chemin vers leurs maisons respectives.

La réunion des Tremblay se déroulerait moins de deux semaines plus tard. Déjà, ce serait la rentrée scolaire pour Jacques et Jean-Pierre, sûrement pour Daniel, mais probablement pas pour Nicole. Monique voyait sa propre famille se transformer à un rythme accéléré. Elle avait l'impression qu'elle s'étiolait sans qu'elle puisse intervenir auprès des membres qui la composaient. Cependant, Elle n'avait pas l'intention de laisser sa mère aux prises avec cette tribu complètement désorientée.

C'était sans doute l'exemple de la famille Tremblay qui avait donné naissance à ce sentiment de désolation qui, la veille encore, n'existait pas dans ses pensées. Il y avait bien eu des signes qu'elle avait volontairement ignorés quand elle pensait à sa mère, Lauretta. Ces petits malaises qui étaient apparus soudainement et qui se répétaient chaque fois que quelque chose la contrariait. Monique savait fort bien que ces malaises en cachaient un plus profond, de nature psychologique. C'était un appel au secours. Le proverbe qui disait qu'à se comparer on se console ne s'appliquait pas quand on comparait les Robichaud aux Tremblay.

Le temps passa, et Monique reçut finalement une lettre de Marcel. Il avait joint une note et un peu d'argent pour sa mère. Il la félicita pour ses fiançailles et s'excusa de ne pouvoir assister à ses noces, vu la distance qui les séparait. Il s'était habitué à la vie là-bas. Il souffrait de l'absence de la gent féminine, mais il survivait et gagnait de l'argent. Il demandait à Monique si la police s'était manifestée à son sujet et si Lucie avait demandé de ses nouvelles. Pour le reste, il mentionnait qu'il faisait beaucoup de sport et qu'il était champion de billard.

Ce qu'il ne disait pas dans sa lettre, c'est qu'il se livrait aux prêts usuraires et qu'il faisait fortune avec cette seule activité.

LES NOCES DE MONIQUE

De plus, il voyait l'infirmière, celle-là même qui avait levé le nez sur ce nouvel arrivant quelques mois plus tôt. À présent qu'il avait acquis une discrète notoriété, elle était toujours prête à modifier son horaire pour l'accommoder. Elle avait même annulé un rendez-vous galant avec un major qui était son supérieur à l'infirmerie militaire où elle travaillait.

Monique remit la missive de Marcel à sa mère ainsi que l'argent. Elle vit sur le visage de Lauretta un air de satisfaction à l'idée que son fils exilé ne l'avait pas oubliée. Elle aperçut Nicole par l'embrasure de la porte de chambre, étendue sur son lit un roman à la main. Elle décida de lui parler.

— Allo, Nicole, je me demandais si tu étais sérieuse quand tu parlais de ne pas retourner à l'école?

— Je suis vraiment tannée d'avoir moins d'argent que mes amies. Elles ont toutes commencé à travailler dans des usines de textile et, comparé à moi avec ma livraison de journaux, elles sont riches.

— Oui, mais si elles avaient continué leurs études, elles auraient pu faire plus d'argent avec des emplois plus intéressants et moins durs physiquement. Je peux t'en parler, car c'est mon cas. Je les vois les femmes qui travaillent dans les *shops* depuis vingt ans! Elles ont mal aux jambes, elles ont des varices à force de travailler debout.

— As-tu regardé les secrétaires? Elles ont tous des gros derrières!

— T'exagères, Nicole! T'es de mauvaise foi quand tu parles comme ça. Tu devrais voir les visages étirés et en sueur des filles de la *shop*. Compare-les avec les secrétaires qui sortent de leur bureau comme si elles revenaient de vacances, fraîches et disposes. Penses-y!

Elle laissa sa sœur réfléchir à cette réalité qui était la sienne quotidiennement. Avoir une spécialité paraissait essentiel à Monique, et l'avenir lui prouverait sûrement qu'elle avait raison, pensait-elle. Elle était retournée avec Nicole à son logis pour prendre les mesures des fenêtres et des pièces. Sa mère, Lauretta, était devenue experte dans la fabrication de tentures et de rideaux tellement elle en avait fait pour les gens plus fortunés. Monique attendait avec impatience la longue fin de semaine de la fête du Travail qui débutait le vendredi suivant. Le dimanche serait une grosse journée de labeur, mais les efforts ne lui faisaient pas peur et, de plus, elle serait avec son fiancé et sa famille si sympathique.

Enfin dimanche! Monique était tout excitée. Paul lui avait dit de porter des vêtements de travail, car elle risquait de les tacher en cueillant les fruits et les légumes. Elle avait malgré tout ajouté un brin de coquetterie, elle qui ne s'en préoccupait jamais avant de rencontrer Paul. On vint la chercher vers sept heures le matin pour se rendre jusque dans le rang de la Barbue, près de Saint-Césaire. Déjà, chemin faisant, l'atmosphère était à la fête. Tous les occupants de l'auto chantaient et chahutaient. Une fois parvenus chez Alexandre et Marie-Laure, ils furent accueillis par ceux qui étaient déjà arrivés. Alexandre avait accroché une voiture à foin derrière son tracteur. La voiture était pleine de caisses à pommes vides qui seraient remplies par les tomates, les concombres, les oignons, les poivrons et les cornichons. Tout ce chargement serait apporté à la cabane à sucre où la mise en conserve se tiendrait. Les tonneaux pour les cornichons salés étaient déjà arrivés à la cabane.

La journée était magnifique pour ce genre d'activités, ni trop chaude ni trop froide et sans vent. Marie-Laure dirigea ceux qui étaient présents vers le champ de tomates. Elle enverrait les retardataires cueillir des concombres ou des cornichons. Comme tous étaient volontaires, la journée commença à un rythme agréable. Il fallut toutefois rappeler à tous que ce n'était pas juste une partie de plaisir, mais une fois cette question réglée, la cueillette fut pratiquement terminée à midi.

Les sandwiches, agrémentés d'une belle salade de légumes, purent satisfaire les appétits les plus féroces. Il y en avait en quantité suffisante, et les mères de famille avaient prévu des tartes et des gâteaux. Les hommes avaient chacun une fonction différente. Il y en avait un qui désinfectait les petits barils de bois pour les cornichons salés, un autre qui allumait le feu dans le four de la cabane, un autre qui alimentait le feu et, finalement, un dernier qui se préparait à utiliser la canneuse.

Monique avait rarement vu un travail se dérouler aussi harmonieusement. Personne ne râlait; au contraire, tous cherchaient à s'entraider. Paul vint la rejoindre et l'invita à venir visiter l'érablière. Elle n'avait pas fini son travail, mais il lui répondit qu'ils nuiraient plus qu'autre chose. Elle semblait savoir ce qu'il avait en tête et l'idée la séduisait assez.

— Tes petits neveux peuvent être dans l'érablière en ce moment, Paul !

— Je connais un p'tit coin tranquille que mon frère m'a montré ce printemps en faisant les sucres. C'est très joli, tu verras !

— D'accord ! Si tu m'assures qu'on ne manquera à personne…

— On ne sera pas parti assez longtemps pour qu'on remarque notre absence. Ne t'inquiète pas, mon amour.

Paul la prit par la main et l'entraîna sur un chemin aux ornières profondes et encore remplies de l'eau de la dernière pluie. Monique le suivait en sautillant pour éviter de se mouiller les pieds. Rapidement, le chemin se transforma en un sentier bien sec envahi par les herbes sauvages. Ils arrivèrent au bout de l'érablière où Monique put admirer une clairière ensoleillée. Un ruisseau leur barrait la route.

— Touche à cette eau, Monique ! Elle est vraiment glaciale, non ?

— Attends ! Je me déchausse et je me trempe les pieds.

Pour l'occasion, Monique avait revêtu une simple robe de coton qui se boutonnait sur toute la longueur. Elle la releva en haut des genoux et se trempa les deux pieds jusqu'au fond du ruisseau. L'eau était fraîche, mais loin d'être glaciale comme Paul le prétendait.

— T'es juste une poule mouillée, Paul Tremblay! Elle est tout à fait délicieuse pour mes pieds, cette eau. Si je pouvais, je me baignerais, mais le ruisseau n'est pas assez profond. Sens! Tu vois bien qu'elle n'est pas si froide que ça…

Elle l'aspergea d'eau et c'était exactement ce que Paul attendait. Il se pencha au-dessus du ruisseau pour l'arroser à son tour, mais glissa malencontreusement dans l'eau. Tous ses vêtements étaient trempés et Monique s'approcha de lui pour l'aider, mais il en profita pour la faire tomber à son tour. C'était désormais deux corps entremêlés dans le fond du ruisseau qui riaient follement.

— Grand fou! Qu'est-ce qui t'as pris de m'entraîner comme ça? Je suis toute trempée maintenant. Ça va prendre au moins une heure à sécher.

— Je vais accrocher mon pantalon et ma chemise à une branche et ça va sécher en un rien de temps. Veux-tu que j'accroche ta robe en même temps?

— Paul, franchement! Si quelqu'un arrivait au moment où je suis nue?

— Tu ne seras pas nue, Monique, tu auras toujours tes sous-vêtements!

— Oui, mes sous-vêtements sont blancs et comme ils sont mouillés, ils sont transparents.

— Je te protégerai avec mon corps des regards indiscrets.

— Je n'en doute pas une seconde, mais je n'aime vraiment pas la tournure des événements, répliqua-t-elle.

— Sortons du ruisseau pour commencer, que je puisse enlever mes chaussures. Elles sont foutues, mais elles l'étaient déjà, répondit Paul.

Ils sortirent du ruisseau et Paul trouva le moyen de glisser encore une fois. Monique ne put s'empêcher de s'esclaffer, ce qui permit de détendre l'atmosphère qui s'était légèrement tendue quand il fut question d'enlever sa robe. Elle aida Paul à sortir du ruisseau, mais cette fois, il se laissa aider sans l'entraîner de nouveau.

Une fois sur la berge, Paul la prit dans ses bras et l'embrassa passionnément sur la bouche puis dans le cou. Il huma son odeur naturelle mêlée de sueur et de l'eau du ruisseau. C'était enivrant et Monique sentait qu'elle perdait le contrôle de ses sens. Tout en l'embrassant, Paul avait entrepris de détacher sa robe pour pouvoir continuer ses baisers en descendant lentement vers sa poitrine si ronde. Il sentait ses pointes hérissées sur son torse. D'un geste rapide, sans cesser de l'embrasser partout, il enleva sa chemise pour pouvoir sentir sa peau contre la sienne. Monique émettait des soupirs de satisfaction qui l'encourageaient à poursuivre sa descente vers le paradis. Bientôt, Paul atteignit les mamelons qui se dressaient fièrement, au comble de l'excitation. Il chatouilla de la langue une des pointes et, après quelques instants de ce manège, Monique, qui n'en pouvait plus, pressa la bouche de Paul sur son sein. Il lécha le mamelon, le prit dans sa bouche en le suçant délicatement. Elle pressa sa tête plus fortement et son amant comprit qu'elle désirait plus de force dans ses caresses. Elle réagit aussitôt avec un cri de jouissance.

Monique ouvrit complètement sa robe et dégrafa son soutien-gorge qui faisait obstacle à son plaisir. En amorçant ce geste, elle s'offrait à Paul. Il la contempla quelques instants et la trouva encore plus belle que jamais. Il laissa sa bouche courir sur son corps et il la sentait frétiller d'anticipation. Il s'attarda sur son ventre, sur son nombril, comme s'il attendait qu'elle ouvre le chemin vers son sexe. Comme elle ne semblait pas comprendre, il continua ses baisers par-dessus sa petite culotte. Il voyait son pubis au travers de la culotte encore trempée. Il ne résista pas longtemps à l'envie d'embrasser son mont de Vénus. Monique perdit complètement la tête. Jamais personne ne l'avait caressée de la sorte et cela la rendait complètement folle. Elle descendit elle-même sa culotte pour sentir la langue de son amant directement sur sa peau. Quand Paul toucha son sexe avec sa bouche, elle explosa dans un délire de jouissances retenues depuis fort longtemps.

Ils firent l'amour et Monique pleura de joie tellement son plaisir avait été intense. Paul la serrait dans ses bras, lui jurant qu'il l'aimait, qu'il l'aimerait toujours. Il n'avait jamais connu une femme qui jouissait avec une telle intensité. Il était heureux d'avoir choisi une femme avec un si chaud tempérament. Cela promettait des années de plaisirs pour leur couple.

Il fallait rejoindre le groupe et, tant bien que mal, ils essayèrent de mettre un peu d'ordre dans leur tenue, mais sans grand succès. Ils préférèrent en rire. Tout le monde sauf les enfants sauraient qu'ils avaient batifolé sur le bord du ruisseau.

— Qu'est-ce qui vous arrive, les jeunes ? Vous êtes tombés dans le ruisseau ?

— Justement ! Je m'étais trempé les pieds dans l'eau du ruisseau et je la trouvais fraîche et non pas glaciale comme Paul le prétendait. Il a voulu vérifier mes dires et il a glissé dans l'eau. Je n'ai pu m'empêcher de rire et Paul, pour se venger, m'a entraînée dans l'eau avec lui. Il est plutôt mauvais perdant, vous ne trouvez pas ?

— Ouais ! Ton histoire se tient Monique, je vais te donner le bénéfice du doute pour cette fois… lui lança Aimé. N'oublie pas que je connais Paul depuis un sacré bout de temps ! C'est un ratoureux, le Paul !

Monique ne put s'empêcher de rougir. Elle savait qu'elle avait sauvé les apparences, mais personne n'était dupe. Une aura de bonheur rassasié flottait autour d'eux. Aimé fut le seul à faire allusion à leur absence prolongée. La plupart des femmes avaient un petit sourire de connivence ; elles semblaient heureuses pour elle. La journée se termina vers cinq heures, car Alexandre devait aller faire son train. Paul et Monique eurent amplement le temps de faire sécher leurs vêtements et descendirent ensuite chez les Robichaud. Ils rapportaient soixante boîtes de conserve variées pour une fraction du prix en magasin. Monique était certaine de trouver un espace pour ces cinq caisses. Elle avait pensé les glisser sous son lit.

Chapitre 10

L'automne était bien installé et la nature revêtait ses teintes folles dans des tons d'or et de rouge. Le sol était jonché de feuilles mortes, la température s'était rafraîchie et descendait maintenant sous zéro occasionnellement. Jacques, Jean-Pierre et Daniel étaient les seuls à fréquenter encore l'école. Quand ils rentraient de l'école, il faisait presque noir.

Nicole travaillait à la Miner Rubbers comme son père et son frère Gérald. Elle travaillait sur la chaîne de montage à coller des semelles à longueur de journée et à respirer de la colle. Monique trouvait très regrettable la décision de sa sœur d'aller travailler en usine, mais c'était son choix et elle devrait l'assumer jusqu'au bout. Nicole s'y plaisait bien pour le moment puisque cela ne faisait qu'à peine un mois qu'elle occupait ce poste. Sa pension était la bienvenue dans l'escarcelle de Lauretta.

Yvan avait finalement obtenu son avancement tant désiré. Il avait été muté dans une petite ville près de la frontière américaine qui se nommait Ormstown. La population était majoritairement anglophone, mais cela ne lui faisait pas peur. Il était directeur adjoint et habitait sans frais en haut de la succursale. Il était au septième ciel, à présent qu'il pouvait garder la totalité de son salaire juste pour lui. Ses seuls frais se limitaient à se nourrir. Il investissait beaucoup dans les actions et suivait quotidiennement leurs cotes dans le journal qu'il lisait au casse-croûte du coin. Il n'envoyait pas beaucoup d'argent à sa mère. Il avait commencé à s'intéresser à la numismatique. C'était pour lui une belle occasion de se monter une magnifique collection d'argent. À titre de directeur adjoint, c'était lui qui fermait la banque. Il pouvait donc fouiller dans les pièces de monnaie autant qu'il le désirait en toute impunité et bâtir sa collection tant que la caisse balançait en fin de journée.

Marcel était toujours à Goose Bay au Labrador. Bien qu'il ait appris que la police n'était pas à ses trousses, il avait décidé d'y rester. Il se trouvait très bien là-haut, dans le Nord, et il y gagnait beaucoup d'argent en outre.

Gaétane mettait de la pression sur Gérard pour qu'ils se marient au plus vite, mais lui était très réticent. Sa relation était dominée par la passion charnelle bien plus que par l'amour. Il aurait bien aimé une histoire à l'image de sa sœur et de Paul, mais cela ne lui semblait pas accessible. Sans cesse, Gaétane et Gérard se disputaient puis se réconciliaient.

À présent que le seuil de la chasteté avait été franchi, Paul et Monique avaient beaucoup de difficultés à résister à la tentation de recommencer. C'était devenu une habitude irrésistible. Paul louait une chambre à l'hôtel Windsor. Ils soupaient dans la salle à manger, puis montaient dans la chambre, arrachaient leurs vêtements avec frénésie et se livraient à leurs ébats. Ni Monique ni Paul ne ressentaient le moindre sentiment de culpabilité.

Ils faisaient l'amour librement en se protégeant, sauf la première fois qui n'avait pas été prévue. C'était justement cette fois-là qui la tracassait de plus en plus. Ses menstruations tardaient et, pour Monique qui était régulière comme une horloge, cela devenait angoissant.

Elle en parla à Paul un soir où ils venaient de faire l'amour.

— Paul, je suis très inquiète ! J'ai du retard dans mes règles et ça commence à m'inquiéter sérieusement.

— Normalement, es-tu régulière ?

— Comme une horloge !

— Penses-tu être enceinte ?

— Oui !

— Ouais ! Ça ne nuira pas aux commères, mais pour nous, ça ne change rien, mon amour. Il faudra planifier différemment, c'est tout ! Ne t'inquiète pas, tout ira bien. Je suis content ! Et toi ?

— Ouf ! Tu me soulages tellement en adoptant cette attitude, si tu savais… Oui, je suis contente de porter ton enfant, Paul ! Par contre, j'appréhende la réaction des gens. Deux fois enceinte en dehors des liens du mariage, tu comprends que personne ne va se réjouir de l'événement.

J'aurais tant préféré pouvoir annoncer que je suis enceinte en entendant les cris de joie de tous. Si on se marie début décembre, je serai grosse de trois mois. J'espère que ça ne paraîtra pas trop.

— Viens ici, ma chérie, que je te serre dans mes bras. Cesse de t'en faire autant! Si nous sommes solidaires, nous passerons au travers de la situation sans tracas.

— C'est mal connaître mon père... Il va faire toute une histoire en l'apprenant, crois-moi!

— J'en ai rien à faire de ce vieux fou antipathique!

Paul était sur le point de se mettre en colère et Monique ne l'avait jamais vu ainsi. Il était comme un lion défendant son clan. Sa réaction, au lieu d'horrifier Monique, la remplit de joie. Elle faisait désormais partie d'un cercle composé de Paul, du fœtus qu'elle portait en elle et d'elle-même. Elle sentait ce cercle indestructible et, ainsi armée, elle pourrait affronter son père sans crainte.

— Je t'aime tellement, Paul! Si tu savais à quel point... Tu me donnes de la force. Je me croyais forte, mais je le suis beaucoup plus avec toi. Je n'ai plus peur!

— Moi aussi je t'aime, Monique! Je suis fou de toi et quiconque t'attaque m'attaque aussi.

— J'ai une meilleure idée de ce qu'est le bonheur maintenant. C'est tellement bon à ressentir, mon chéri. Merci!

— C'est à moi de te remercier, mon amour ! Je t'ai trouvée et tu as dit oui. Donc, merci !

— Embrasse-moi encore, mon chéri !

Ils refirent l'amour avec la fougue de la jeunesse et oublièrent temporairement leurs soucis. C'était tellement bon d'oublier la réalité, ne serait-ce que pour se laisser bercer quelques instants par le rêve et le plaisir. Bientôt, il fut temps de ramener Monique chez elle. Ils s'habillèrent à regret, car ils auraient aimé passer la nuit, juste une nuit ensemble, et se réveiller blottis l'un contre l'autre. Ils auraient peut-être refait l'amour le matin, qui sait ?

— As-tu moyen d'être sûre à cent pour cent que t'es enceinte ?

— Le médecin pourra me le dire, mais il y a des signes qui ne trompent pas. Tu n'as pas remarqué que mes seins étaient plus gonflés que d'habitude ?

— Écoute, Monique, tes seins sont des objets d'adoration et non pas d'inspection. Pour moi, tes seins sont tout simplement magnifiques et je ne vois rien d'autre que leur beauté. Désolé !

— Pas surprenant que je sois tombée en amour avec toi, Paul Tremblay ! Toujours le bon mot pour me faire sentir belle et désirée. Ne change jamais, mon amour !

— Mais qu'est-ce que j'ai dit qui me vaut ces paroles ?

— Rien, mon chéri! Reste comme tu es, c'est tout!

— Presque rendu chez toi! Comme ces soirées passent vite! Ne trouves-tu pas?

— Beaucoup trop vite en effet! Tu as réveillé un volcan qui était en dormance en moi. Je ne veux plus jamais te quitter, Paul. Il faut trouver une occasion pour se sauver une fin de semaine. Qu'en dis-tu?

— Laisse-moi y penser! Je vais sûrement trouver un moyen… Nous sommes rendus chez toi. Crois-tu que ta mère soit encore debout?

— S'il y a autant de lumière dans la maison, c'est qu'elle est encore debout! Tu veux venir la saluer?

— Non! Je vais retourner chez moi. On se voit demain? On pourrait aller jouer au bowling.

— Oui, j'aimerais ça! Appelle-moi demain, je ne prévois pas sortir, car je veux donner un coup de main à ma mère demain matin.

Ils s'embrassèrent de nouveau avant de se séparer. Paul marcha dans l'obscurité de la nuit en réfléchissant à la possibilité que Monique soit enceinte. Cela changerait le budget qu'ils avaient planifié, ce qui le tracassait un peu, mais pas au point de le décourager. Au contraire, il faudrait qu'il fasse preuve de créativité et qu'il soit économe pour l'année qui se dessinait devant lui. Il aurait aimé pouvoir faire des heures supplémentaires, mais à titre de cadre de l'entreprise pour laquelle il travaillait, il avait un salaire annuel fixe.

Il devrait chercher ailleurs et, en consultant le journal local *La Voix de l'Est*, il trouverait certainement un petit travail d'appoint. De toute façon, il n'y avait pas d'urgence puisque Monique n'accoucherait pas avant le printemps. Il attendrait le bon moment pour trouver un revenu supplémentaire avec lequel ils seraient tous les deux à l'aise pour les années à venir.

Paul, à la lueur de ce que Monique venait de lui révéler concernant sa grossesse, jugea qu'ils avaient agi précipitamment en louant le logement de la rue Saint-Jacques. Celui-ci pourrait suffire au moins pour la première année. De plus, il aurait préféré déménager à un autre moment qu'en décembre, mais il pensait bien pouvoir négocier avec le propriétaire pour déménager en mai 1953. Tout en réfléchissant, il n'avait pas vu le temps passer et s'était retrouvé chez lui sans s'en apercevoir.

Il n'y avait aucune lumière dans le logis. Ses parents dormaient donc et Lise n'était sûrement pas rentrée. Il se dirigea directement vers sa chambre, se déshabilla en prenant le temps de ranger ses vêtements avec soin. Il s'étendit sur son lit, prit un essai de Bertrand Russell, *L'éloge de l'oisiveté*, qui était posé sur sa table de chevet, et se mit à lire en attendant le sommeil.

Monique était entrée chez elle et avait trouvé sa mère Lauretta toujours derrière son moulin à coudre. Elle ne put s'empêcher de la sermonner.

— Maman! Tu n'es vraiment pas raisonnable. Je t'ai dit qu'on t'aiderait le temps qu'il faut, Nicole et moi, pour que tu puisses livrer à temps ta commande de rideaux. Alors, qu'est-ce que tu fais à travailler si tard? Il est onze heures.

— Ah tiens, Monique! Je ne t'ai pas entendu arriver. As-tu passé une belle soirée, ma fille?

— Très belle soirée, maman! Lâche ton moulin s'il te plaît. Je veux te parler pendant qu'on est tranquille. Paul et moi, on a pensé au premier décembre pour se marier, mais ça peut aussi être samedi le 8 décembre parce qu'en principe, on prend possession de l'appartement le 1er décembre.

— Peut-être que votre logis va être disponible avant?

— Oui, mais il faut être sûr! Je ne veux pas me ramasser le soir de mes noces à retourner coucher chez ma mère ou ma belle-mère.

— Vous n'allez pas faire un p'tit voyage de noces?

— On n'en a pas parlé, je ne sais pas, maman!

— Mais oui, mais oui! Paul est un tel gentleman qu'il va sûrement faire un voyage, ne serait-ce que t'amener à Québec pour quelques jours.

— Il faut que je te parle de quelque chose, maman !

— Que tu es enceinte ? Pensais-tu que je ne le savais pas, ma grande ? Tes seins qui grossissent subitement, ça ne trompe pas, tu sais. J'attendais que tu m'en parles.

— Tu n'es pas choquée ?

— Pourquoi le serais-je ? Ça donnerait quoi ? Je n'y peux rien et, de toute façon, vous vous mariez dans moins de deux mois. Ce qui m'inquiète le plus dans tout ça, c'est le jour où ton père va l'apprendre, et tu sais qu'il va l'apprendre…

— Oui, mais si on se tait toutes les deux ?

— Tu sais bien que ce sera difficile à cacher pour les deux prochains mois, Monique ! Tu devras constamment surveiller ton habillement plus le temps avancera. Il faudra aussi le prévoir pour ta robe de mariée.

— Je ne veux pas me marier en blanc, maman ! Je ne veux pas dépenser de l'argent pour une robe que je ne porterai qu'une fois. Tu pourrais me faire une belle robe de sortie dans les tons de beige, par exemple.

— Oui, ma fille ! Ça peut se faire et j'espère que les langues de vipères vont se taire.

— Je m'en fous, maman. Allons nous coucher, veux-tu ?

Monique craignait plus la réaction de son père qu'elle ne le laissait paraître. En réalité, elle était terrorisée par la hargne dont il pouvait faire preuve par moment. Elle en fit même un cauchemar cette nuit-là. Dans son rêve, son père, Émile, la traînait sur la place publique et la dénonçait comme étant une femme impudique qui vivait dans le péché et qui finirait en enfer. La foule tentait de lui arracher ses vêtements et lui crachait dessus. Sa mère la réveilla pour la calmer quand elle l'entendit crier.

— Monique, réveille-toi ! Tu fais un mauvais rêve et tu vas réveiller toute la maisonnée en criant aussi fort.

— Oh, maman, c'était affreux ! Papa me traînait vers un bûcher devant une foule agressive qui voulait me lyncher, comme les Noirs aux États-Unis.

— Calme-toi, Monique ! Calme-toi ! Rendors-toi, ce n'est qu'un mauvais rêve…

Monique se blottit tout contre sa mère et étouffa un sanglot. Elle avait beau être adulte, la chaleur de sa mère la rassurait encore. Elle se rendormit rassérénée par la présence maternelle à ses côtés. Au matin, elle ne se souvenait plus de son mauvais rêve. Elle se réveilla en forme. Nicole dormait toujours, mais sa mère était déjà debout. Une bonne odeur de café se répandait dans la cuisine qui était attenante à sa chambre. Elle s'habilla en vitesse, car l'air était frais en ce matin d'octobre. En entrant dans la cuisine, la douce chaleur du poêle à bois, un rayon de soleil pénétrant par la fenêtre et l'arôme du café vinrent lui chercher un sourire.

— Un bon café, une toast, un brin de toilette et je réveille Nicole. Qu'en penses-tu, maman ?

— Je vais commencer et vous viendrez me rejoindre quand vous serez prêtes.

— Où est papa ?

— Il est déjà parti faire sa tournée au marché. Il va sûrement revenir pour le dîner.

— Bon ! Je me dépêche.

Monique se fit une tartine à toute vitesse, y déposa une tranche de fromage cheddar qu'elle coupa à même la meule que son père tenait à retrouver sur le comptoir de la cuisine en tout temps. Normalement, personne ne touchait à sa meule de fromage, mais en son absence, tout le monde lui prenait une tranche de temps à autre. Après avoir avalé sa tartine et bu son café, elle alla faire sa toilette, mais prit soin de réveiller Nicole avant de disparaître dans la salle de bain.

Lauretta et ses deux filles travaillèrent une bonne partie de la journée à confectionner les rideaux de cette riche cliente qui en avait besoin à temps pour le mariage de sa fille qui aurait lieu le samedi suivant. Ni Monique ni Nicole ne comprenaient le lien qu'il y avait entre le mariage et les nouveaux rideaux. Lauretta dut le leur expliquer :

— C'est parce que vous n'avez pas d'argent que vous pensez ainsi, mais quand il vous sort par les oreilles comme c'est le cas de ma cliente, vous vous payez des petites fantaisies.

— Tu appelles ça des petites fantaisies, toi maman, alors qu'elle dépense presque cinq cents piastres pour des rideaux ? Mon loyer va me coûter douze piastres par mois et mes rideaux environ dix piastres. C'est fou !

— Il y a toujours eu des riches et des pauvres, ma fille, mais tu as eu le malheur de naître dans une famille de fermiers devenus ouvriers dans les manufactures. Penses-tu que les femmes des patrons ont le même genre de vie que toi ?

— Je le sais, maman, mais avoue que c'est dérangeant malgré tout ! Autant d'argent pour certains et rien pour d'autres.

— C'est comme ça, mes filles ! Peut-être que vos enfants seront plus à l'aise financièrement que vous allez l'être. Si vos enfants peuvent faire des études, ils ont peut-être une chance.

— Y'en a qui n'ont pas d'instruction pis qui réussissent pareil, maman, objecta Nicole qui se sentait visée parce qu'elle venait d'abandonner l'école.

— Nomme-moi un seul premier ministre qui n'a pas fait des études supérieures ?

— Toi, maman ! C'est parce que ton père a travaillé pour le premier ministre Taschereau que tu dis ça.

— Justement, tu vois ! Il était avocat avant de devenir député puis premier ministre. Nous étions ses employés.

— Il y a des gens riches qui n'ont pas d'instruction, maman, voyons donc!

— C'est l'exception! Ce sont de petits commerçants ou des héritiers. Ça n'a rien à voir avec les gens puissants qu'on voyait régulièrement à la propriété de monsieur Taschereau.

— Moi, je ne rêve pas de devenir riche, maman! J'aimerais d'abord être heureuse avec Paul, puis fonder un foyer, éduquer mes enfants le mieux possible. J'aimerais que mes enfants aillent à l'université et deviennent des notables.

— On veut tous ça, Monique! Qu'est-ce que tu penses?

— Oui, mais toi, Nicole, tu avais la chance de pouvoir poursuivre tes études et tu ne l'as pas fait.

Tout en travaillant, les trois femmes parlaient de sujets qui les tracassaient, les fascinaient, les faisaient rêver, mais toujours, Lauretta les ramenait à la réalité avec ce qui était atteignable raisonnablement et ce qui pouvait l'être au prix d'efforts extraordinaires pour une femme. En 1951, les possibilités pour les femmes étaient plutôt limitées, à moins d'avoir reçu une éducation particulière qui les prédestinait à une carrière bien précise. Une fille d'avocat pouvait devenir avocate et une fille de médecin devenir médecin elle-même, plus facilement qu'une fille d'ouvrier. C'était du moins ce que croyait Lauretta.

Le téléphone sonna et Nicole se précipita pour y répondre. Elle revint, la mine déçue. L'appel était pour Monique et c'était Paul. Elles avaient presque terminé le travail. Monique prit l'appel de Paul avec un plaisir évident si l'on en jugeait par son visage radieux et l'éclat plus intense de ses yeux.

— Bonjour, mon chéri! Comment vas-tu?

— Merveilleusement bien quand je te parle. Et toi, mon amour, qu'as-tu fait aujourd'hui?

— J'ai aidé ma mère et nous avons presque terminé le travail urgent qu'elle avait à finir. Je serai libre après, dans peu de temps, en fait.

— Le bowling t'intéresse toujours? Peut-être préfères-tu qu'on aille au cinéma ou qu'on aille danser?

— Le bowling m'intéresse, mais je ne suis pas très bonne…

— Je vais te montrer. Tu verras, c'est facile! Il suffit d'être détendu et d'avoir ses repères en fonction du lancer. Ça paraît compliqué comme ça, mais tu vas voir, ma technique va améliorer ta performance.

— Ma mère est au courant de ma situation.

— Ne parle pas de ça au téléphone s'il te plaît! Tu me conteras toute l'affaire quand on se verra ce soir. D'accord?

— Tu as raison! On se voit à quelle heure? Tu veux venir souper chez nous?

— Ça ne dérangera pas ta mère?

— Bien sûr que non! Si tu savais comme elle t'aime.

— D'accord! À quelle heure veux-tu que j'arrive?

— Quand tu es prêt! Le temps que tu t'en viennes et j'aurai terminé mon travail.

— Je serai chez toi dans une heure environ si ça te va.

— Je t'attends!

Monique flottait sur un nuage. Sa mère la regarda revenir de la cuisine toute souriante. Elle ne put s'empêcher de lui faire remarquer, avec un petit sourire complice, que le bonheur lui allait bien. C'était vrai que le bonheur lui allait à ravir, et sa grossesse aussi lui donnait un air de tendresse qu'on ne lui connaissait pas.

Paul arriva un peu avant le souper. Jacques et Jean-Pierre jouaient dans des tas de feuilles qu'ils avaient ramassées sur le parterre sous un énorme peuplier. Paul les salua et s'amusa même avec eux pendant quelques minutes. Il était devenu ami avec Jean-Pierre depuis la fois où il l'avait emmené se baigner dans la rivière Mawcook avec Monique. Il entra finalement dans la maison après avoir frappé, même s'il n'y avait pas eu de réponse.

— Allo? Il y a quelqu'un?

— Oui! Entre, Paul. Je crois que Monique est à la salle de bain, lui répondit Lauretta.

Paul se rendit au salon qui servait de salle de couture et il y trouva sa future belle-mère et Nicole encore au travail.

— Comment allez-vous, madame Robichaud?

— Oh, moi ça va toujours sauf quand j'ai mes petits malaises.

— Ça ne passe pas?

— Ils reviennent à la moindre émotion, c'est à n'y rien comprendre! Mon médecin doit me prendre pour une folle parce qu'il est rendu qu'il me donne des pilules pour les nerfs. Je suis pourtant très calme.

— C'est vrai que vous avez l'air très calme! Je ne comprends pas.

— Moi non plus, mon beau Paul! Moi non plus! Quand penses-tu faire publier les bans pour votre mariage?

— Ça peut être n'importe quand! Je suis prêt à rencontrer le curé quand Monique sera prête. Dans votre paroisse, c'est le curé Dubuc si je ne me trompe, n'est-ce pas?

— Oui, c'est bien Monseigneur Dubuc qui est le curé de la paroisse Saint-Eugène. Un saint homme qui nous a beaucoup aidés quand nous sommes arrivés à Granby.

— Traditionnellement, c'est dans la paroisse de la mariée que le mariage a lieu. Elle vous a parlé des dates qu'on a choisies?

— Oui, elle m'en a glissé un mot. Si les dates retenues ne sont pas disponibles, est-ce que ça pourrait être avant ?

— Difficilement, madame Robichaud, à cause du logis qu'on a loué pour le mois de décembre. On peut toujours vérifier, ajouta-t-il en observant l'expression de Lauretta qui essayait de lui dire d'au moins essayer.

Il était évident que sa belle-mère ne voulait pas parler en présence de sa fille Nicole, qui avait la réputation bien établie d'être une commère. Ils reviendraient sur le sujet quand ils seraient seuls ou seulement en présence de sa fiancée. Les parties concernées seraient à même d'éviter toute fuite concernant l'état de Monique. C'était toute cette hypocrisie qui dégoûtait cette dernière. Paul semblait se plier plus facilement à cette réalité. Bien qu'il ne soit pas d'accord avec tous les préceptes de la religion catholique, c'était un fervent croyant. Il était de sa génération, mais l'exil et la guerre avaient allégé ses mœurs. Il respectait les commandements de Dieu selon le petit catéchisme et même ceux de l'Église, mais il y avait un péché capital qu'il commettait. Il ne pouvait ni ne voulait rester chaste. Il trouvait cette règle ridicule et considérait même que c'était de l'ingérence dans sa vie privée. Pour lui, quand il y avait de l'amour, il ne pouvait pas y avoir de péché.

Monique arriva et Nicole s'en alla à son tour prendre possession de la salle de bain. Elle aussi devait se préparer pour sortir. Son nouveau petit ami Gilles Brodeur devait l'amener au cinéma en soirée. Lauretta profita de l'absence de Nicole pour reparler de la situation.

— Monique et Paul! Avec ce qui vous arrive, il serait sage d'aller rencontrer le curé Dubuc le plus tôt possible, ne croyez-vous pas?

— Écoute, maman! On a déjà loué le logis, mais il faut maintenant prendre le temps de se ramasser des meubles. On ne va quand même pas vivre comme des parias parce que je suis enceinte.

— Je respecte vos décisions, mais tu sais bien comment le monde pense! Un p'tit scandale par-ci, un p'tit scandale par-là… Le monde aime ça se réjouir du malheur des autres.

— Ce n'est pas un malheur qui nous arrive, maman, c'est un bonheur!

— Je ne dis pas le contraire, Monique, mais votre bonheur arrive un peu prématurément.

— Je dois reconnaître que tu as raison, mais ce qui est fait est fait. On n'y peut rien!

— Tout ce que je vous demande, c'est d'agir dans les meilleurs délais et d'éviter de faire des vagues. N'oublie jamais que tu peux ne pas t'en préoccuper, mais que d'autres personnes dans ton entourage pourraient se retrouver dans une situation embarrassante.

— Tu parles de toi?

— Non! Je parle de tous les membres de la famille. Tu connais tes frères. Gérard, Patrick, Daniel, ils sont bien capables de se battre pour défendre ta réputation. Dieu merci que Marcel ne soit pas là! C'est le plus prompt à réagir. Il a hérité ce défaut de son père.

— Maman, je n'ai pas commis un crime quand même!

— Pense à Jacques et à Jean-Pierre! Tu sais que les enfants peuvent être méchants quand ils le veulent. Imagine-les arriver ici en pleurs parce que des p'tits garnements ont colporté les ragots de leurs parents.

— Arrête, maman, parce que c'est moi qui vais me mettre à pleurer! On va faire ce que tu dis le plus vite possible, d'accord?

— C'est beau, ma grande! Je ne voulais pas te disputer, je voulais juste m'assurer que tu avais mesuré l'ampleur de tes gestes…

Nicole, qui avait terminé de faire sa toilette, avait tout entendu de la conversation. Elle avait tendu l'oreille par habitude et avait découvert que sa sœur était enceinte. Elle était dans le secret des dieux avec une telle nouvelle. Elle ne saurait jamais se retenir de la répéter. C'était un secret trop important pour ne pas le partager. Nicole aurait souhaité ne jamais entendre ces paroles, car elle se sentait désormais coincée entre la nécessité de ne pas trahir sa sœur et son besoin impérieux de confier ce magnifique secret à quelqu'un.

CHRONIQUES D'UNE P'TITE VILLE

Paul et Monique étaient partis en direction du bowling de la rue Dufferin. Ils remontaient lentement la rue Cowie quand Gérard s'arrêta au volant de son auto en compagnie de sa petite amie Gaétane.

— Eille, les amoureux! Voulez-vous un *lift*?

— Salut, Gérard! On est presque rendu. On s'en va juste au bowling de Deslauriers au coin de Principale et Dufferin.

— On s'en va là nous autres aussi! Envoyez, embarquez! Savais-tu que j'avais le plus haut score pour un trio, Paul?

— Écoute, Gérard, on a des choses à se dire concernant notre mariage, mais je te promets d'aller vous rejoindre au bowling. Garde-nous une place, OK?

— OK, les amoureux! Je vous garde une place.

L'arrivée impromptue de Gérard les avait un peu déstabilisés. Monique n'avait vraiment pas envie de passer la soirée avec son frère et sa blonde.

— Je n'ai plus le goût de jouer au bowling! On leur dira que nous nous sommes chicanés. On peut aller au parc Victoria à la place. Qu'en penses-tu?

— C'est un sale tour à jouer à ton frère, mais si t'es à l'aise avec ça, pourquoi pas? Je t'avoue que j'ai un peu de misère avec Gaétane qui est toujours en train de montrer son fond de culotte.

— Tu as remarqué, toi aussi? Une vraie chatte en chaleur, la Gaétane!

— Si ton frère est heureux avec elle…

— Passons, veux-tu? Pour en revenir aux propos de ma mère, elle a raison. Je ne voudrais pas que Jean-Pierre se fasse tourmenter.

— On peut toujours retourner voir les sœurs Martel et prendre arrangement avec la famille de la vieille dame. On pourrait peut-être même acheter ses meubles pas trop chers? Les enfants ne doivent même pas savoir quoi faire avec ça.

— Tu penses qu'on pourrait les acheter? Ce ne sont pas des meubles qui valent bien cher d'après moi, mais ils ont l'air solide.

— On va essayer! On n'a rien à perdre et tout à gagner… Qu'en penses-tu?

— Cent pour cent d'accord avec toi Paul, mon amour. J'aime tellement ta manière de prendre des décisions! Tu me consultes toujours et me fais sentir que ma réponse compte. Embrasse-moi! Là, tout de suite, je t'en prie…

Paul l'embrassa avec passion même s'ils étaient sur la rue Dufferin devant des maisons cossues. Après un baiser prolongé, tout entrelacés, ils se séparèrent tout en continuant à se tenir par la main et éclatèrent d'un rire franc. Ils appréciaient de plus en plus cette complicité qui s'installait entre eux de façon toute naturelle. Ils avaient fait l'amour à maintes reprises, mais désormais ils étaient impatients de vivre le quotidien. Le plaisir qu'ils auraient à bâtir leur petit bonheur serait sans limite !

Paul et Monique prirent rendez-vous avec le curé et avec le fils de madame Thibault pour le logement et son contenu. Ils rencontrèrent Luc Thibault qui parut intéressé par la proposition de Paul. Il en parlerait avec sa mère le soir même. Il ferait sûrement pression sur sa mère pour qu'elle accepte.

L'offre fut acceptée à condition que les enfants puissent prendre ce qu'ils désiraient conserver à titre de souvenirs. Paul et Monique purent prendre possession du logement et de son contenu. Les enfants de madame Thibault n'avaient pris que les effets personnels de leur mère. La batterie de cuisine, la coutellerie dépareillée et les rideaux ne les avaient pas intéressés. Monique avait tout gardé. Elle avait lavé et repassé les rideaux en pensant les apporter au comptoir d'entraide de la paroisse Saint-Eugène. Elle fit de même avec les chaudrons et la coutellerie après les avoir proposés à Nicole d'abord, qui avait levé le nez sur cette offre, sous prétexte qu'ils étaient usagés.

Puis vint le temps d'aller rencontrer le curé. Ils étaient prêts à se marier aussitôt après le délai prescrit par la publication des bans. L'entretien avec le curé fut moins cordial qu'à la dernière rencontre dont se souvenait Monique. Il avait vieilli et paraissait fatigué et malade. Quand il fut question de la date du mariage, l'empressement que démontra Monique à répondre mit la puce à l'oreille au vieux curé. Sans que Paul ni Monique n'avouent quoi que ce soit, le curé leur fit un discours sur le péché de la chair, mais leur accorda quand même une date qui leur convenait.

Le samedi 10 novembre 1951, ils seraient mariés pour le meilleur et pour le pire. Ils avaient moins d'un mois pour s'installer, mais c'était plus que suffisant. En une fin de semaine, Paul, qui était un maniaque de la propreté, avait tout désinfecté et lavé, murs et planchers, armoires et fenêtres. Cela sentait le propre. Ils étaient fin prêts.

Lauretta avait confectionné une magnifique robe à sa fille. Elle mettait en valeur sa poitrine, mais n'était, bien sûr, pas cintrée. Elle tombait librement et descendait du buste en petits plis qui allaient en s'élargissant jusqu'aux genoux. L'encolure était ondulée pour faire oublier l'absence de collier. Elle était très réussie et donnait à Monique des allures de princesse indienne. Le matin des noces, elle était nerveuse, pour ne pas dire angoissée. Elle avait cette peur complètement non fondée que Paul ne se présente pas à l'église et lui fasse faux bond. Elle se voyait entrer dans l'église au bras de son père et le marié qui n'était pas là.

Paul, pour sa part, était d'une élégance soignée, mais n'avait fait aucune dépense vestimentaire pour ses noces. Ses dépenses étaient passées dans les alliances en or rose d'une grande simplicité, mais de bon goût. Il avait aussi un budget secret pour une surprise de taille. Ce matin-là, il avait quelques papillons dans l'estomac, mais se sentait prêt à affronter cette journée qui l'engagerait jusqu'à la fin de ses jours ou de ceux de sa bien-aimée.

Normalement, c'était le père de la mariée qui défrayait les coûts de la noce. Paul et Monique avaient choisi une fête très sobre avec seulement les frères et sœurs des deux familles accompagnés de leurs conjoints. Ils avaient résisté aux pressions de devoir inviter les oncles et les tantes, déjà qu'Émile fulminait à l'idée de sortir son argent pour nourrir cette bande d'étrangers qu'était la famille de son gendre et qui était beaucoup plus nombreuse que la sienne.

Le matin du 10 novembre, Émile mit son habit qui ne lui allait pas du tout, descendit dans la cave et se servit une bonne rasade de vin de blé. Après avoir mis deux pelle-tées de charbon dans le poêle, il se resservit un verre de vin de pissenlits cette fois. Il s'essuya la bouche du revers de sa manche et entreprit de remplir une petite flasque de bagosse au cas où…

Lauretta s'était parée de ses plus beaux atours en revêtant une robe qu'elle s'était fabriquée à partir des restes de matériel d'une de ses clientes bourgeoises. Elle était élégante et sobre. Elle tenait à laisser toute la place à sa fille aînée dont c'était, en principe, le plus beau jour de sa vie. Elle était préoccupée par son mari qui descendait à la cave un peu trop souvent à son goût.

— Émile! Tu pourrais te retenir le jour des noces de ta fille. N'oublie pas que c'est toi qui dois l'accompagner jusqu'à l'autel pour la donner à son mari. Arrange-toi donc pour être capable de faire ce simple geste.

— Mêle-toi de tes affaires, Lauretta Frégeau! Si je descends dans la cave, c'est pour mettre du charbon dans le poêle. On va être parti pas mal longtemps.

— Arrête de chauffer, Émile, tu es déjà pas mal rougeaud!

Lauretta avait remarqué son petit manège. Heureusement qu'il avait déjà sa petite flasque dans la poche intérieure de son veston! Émile était frustré que sa femme ait découvert son manège. La journée serait longue et le col de sa chemise lui irritait déjà le cou. Il sentait qu'il vivrait un calvaire. Il n'était pas question qu'il soit poli avec la famille Tremblay. Il ne leur devait rien! C'était plutôt le contraire. Il trouvait révoltant que ce soit lui qui paye pour tout le monde. Il avait opposé son veto quand il fut question d'offrir du vin aux invités.

— Qu'ils fassent comme moi, qu'ils s'en achètent! Moé, j'paye rien! C'est ben assez de leur payer un repas. Une quarantaine de repas à cinq piastres chaque, ça fait toujours ben deux cents piastres, bâtard de viarge…

Lauretta avait laissé passer cette remarque, car elle s'y attendait. Le fait qu'il soit pingre n'était plus une surprise pour personne. Pour Lauretta, c'était de l'avarice et il ne pourrait jamais s'en guérir.

Yvan était descendu d'Ormstown pour l'occasion. La route était longue pour revenir à Granby. L'autobus empruntait la route 202 qui longeait la frontière américaine. Ormstown, Hemmingford, Bedford, Dunham, Cowansville, Adamsville et finalement Granby, pour ne nommer que les villes les plus importantes. Un trajet de plus de cinq heures. Cependant, le paysage était magnifique, ce qui compensait pour la durée du parcours. Il avait acheté un cadeau de noce à sa sœur. Ce n'était pas grand-chose, mais c'était de bon cœur. Il avait acheté un pot à bines en grès.

Son frère Gérard l'avait récupéré au terminus de la rue Centre. Ce dernier portait une chemise blanche sans cravate avec un pantalon noir sans veston. Il ne portait aucun intérêt aux vestons ou aux cravates et, par conséquent, n'en possédait pas. Gérard était accompagné de Gaétane.

Patrick viendrait seul, lui aussi, tout comme Daniel. Ils auraient pu être accompagnés s'ils l'avaient désiré, mais ce n'était pas encore une priorité pour eux. À titre d'athlète, Daniel avait un fan club de jeunes femmes qui l'auraient accompagné volontiers. Patrick, plus sauvage, aurait pu se débrouiller.

Nicole avait mis une belle robe et s'était maquillée pour l'occasion. Elle serait accompagnée de Gilles Brodeur, son nouveau petit ami. C'était d'ailleurs la seule personne à qui elle avait confié le secret qui expliquait ce mariage précipité.

Les deux garçons, Jacques et Jean-Pierre, portaient des pantalons longs pour l'occasion. Lauretta s'était assurée qu'ils soient bien propres et les avait peignés malgré quelques mèches rebelles. Tout le monde était prêt et attendait l'heure de se rendre à l'église pour la cérémonie.

Lauretta donna le signal du départ. Tout le monde put prendre place, soit dans l'auto de Gérard, soit dans celle d'Émile. Ce dernier sentait l'alcool à plein nez, mais il prit quand même le volant avec Lauretta, la mariée et les deux plus jeunes. Lauretta avait peur quand il buvait et ne serait jamais montée avec lui si ce n'avait été du mariage de sa fille. Elle aurait plutôt préféré se rendre à l'église avec la mariée, marchant tranquillement comme si c'était la chose la plus naturelle du monde. S'il pouvait se limiter à lui faire peur !

Paul et sa famille étaient tous présents à l'église quand Émile se stationna devant le perron. Ils sortirent de la voiture, la mariée d'abord, suivie de sa mère. Émile était sorti de son côté, puis finalement Jacques et Jean-Pierre. Lauretta s'assura que la tenue de sa fille était impeccable avant d'entrer dans l'église. Émile pensait à sa petite flasque dans la poche intérieure de son veston. Il se demandait quand il aurait le temps d'en prendre une lampée sans se faire remarquer.

Quand ils firent leur entrée, la mariée au bras de son père, l'orgue entama la marche nuptiale. Finalement, on ne remarquait pas trop qu'Émile avait déjà trop bu à moins de bien le connaître ou de sentir son haleine alcoolisée. N'étant pas très à l'aise dans les situations protocolaires, il laissa sa fille en plan au pied de l'autel et alla s'asseoir aux côtés de Lauretta. Paul sauva la situation en allant au-devant de sa bien-aimée. Monique lui en fut reconnaissante et se détendit sensiblement en découvrant la mine radieuse de son futur époux.

Le mariage fut scellé et ils s'embrassèrent sous les applaudissements de l'assistance. Après les photos traditionnelles sur le perron de l'église, tout le monde s'engouffra dans les automobiles et prit la direction de l'hôtel Windsor où la noce aurait lieu.

En arrivant à l'hôtel, Émile se dirigea vers les toilettes pour se servir un petit remontant. Il ouvrit sa flasque, se pencha la tête en arrière et sentit le feu de son alcool frelaté descendre dans sa gorge. L'effet fut presque instantané. Cette fois, il était vraiment ivre, à tel point que la plupart des invités le remarquèrent. Il se dirigea vers le bar où il commanda une bière pour éteindre le feu qui envahissait son estomac.

Émile avait senti le regard des invités se poser sur lui. Sa hargne augmentait à chaque gorgée. Il avait pris en grippe la famille Tremblay. Aimé Carpentier, le beau-frère de Paul, avait aperçu Émile avec qui il travaillait à la Miner Rubbers. Aimé, très taquin, s'était approché de lui en catimini.

— Mais ma foi, c'est ben «J'ai pas peur de l'dire»?

Émile se retourna rapidement pour voir qui osait se moquer de lui le jour du mariage de sa fille. Il avait reconnu la voix de Carpentier qu'il détestait.

— Ça parle au bout de viarge! Pas toi icitte, Carpentier?

— Ben oui, mon Émile! Ça s'adonne que Paul, c'est mon beau-frère. Ça t'en bouche un coin, hein?

— Tu peux retourner à ta table, Carpentier. J'ai ben assez de voir ta face de fouine cinq jours par semaine!

— Je savais pas qu'un vieil haïssable comme toé pouvait faire des enfants qui ont de l'allure! C'est sûrement pas de ta faute! C'est à cause de ta femme, c'est ça?

— Si t'arrête pas de m'écœurer, Carpentier, tu vas l'avoir! lui dit Émile en lui montrant le poing.

— J'ai pas peur de l'dire moi non plus, Émile Robichaud. N'importe quand, mais aujourd'hui, je ne veux pas faire de peine à ta fille… T'es ben chanceux!

Aimé retourna s'asseoir avec sa femme Simone et Émile, en furie, changea de place et s'en trouva une le plus loin possible de Carpentier. Il était à la même table que sa fille

Nicole, son *chum* Gilles, Daniel et Patrick, tout en étant loin d'eux malgré tout. Il buvait sa bière en grommelant contre Aimé Carpentier. Entre deux gorgées, il saisit une bribe de conversation entre sa fille Nicole et son *chum* Gilles.

— As-tu vu ma sœur comme elle est belle ? Ça ne paraît pas pantoute ! Maman lui a fait une robe qui cache bien son état. Elle a presque quatre mois de faits !

— Qu'est-ce que tu dis là, Nicole ? Es-tu en train de dire que Monique est enceinte ?

La situation vira au cauchemar pour Nicole. Son père l'avait surprise à commérer avec Gilles. Elle ne l'avait dit qu'à ce dernier et voilà que son père le savait, lui aussi. Il allait sûrement faire un scandale et elle en serait responsable. Jamais Monique ne lui pardonnerait si elle l'apprenait.

— Monique est enceinte ? Voyons donc, papa, j'ai jamais dis ça !

— Hypocrite ! Je vais en avoir le cœur net tout de suite.

Émile s'arrêta au bar pour calmer sa rage. Il aurait étripé son gendre et sa fille. On lui servit une grosse bière, alors que tous les invités se préparaient à se faire servir le repas principal. Il ne tenait plus. Il se leva et alla se planter devant les mariés à la table d'honneur. Lauretta le vit venir avec sa grosse bière à la main. Il avait la mine défaite et les yeux pleins de haine. Elle craignait le pire.

— T'es un beau salaud, mon p'tit Tremblay ! T'as un front de bœuf de me mentir en pleine face. «Je la respecte votre fille, monsieur Robichaud.» T'es un maudit menteur, Paul Tremblay ! J'ai pas peur de l'dire. C'est-tu le Saint-Esprit qui l'a mise enceinte ou ben c'est toé ?

Paul l'avait laissé cracher son venin et se préparait à répondre le plus calmement possible malgré sa rage.

— Monsieur Robichaud, je m'attendais à ce que vous fassiez un scandale aujourd'hui, mais j'avais seulement pensé à votre ivrognerie. Vous me surprendrez toujours ! Venir ruiner le mariage de votre fille mériterait que je vous donne une leçon, mais vous êtes trop vieux. Vous êtes le père de ma femme, même si vous n'en êtes pas digne.

— Tu peux ben dire c'que tu veux, Paul Tremblay, mais c'est quand même toé qui l'as mise enceinte. T'es juste un p'tit *frachier* !

— Là, je te l'dis pour la dernière fois, Émile Robichaud ! Si tu fermes pas ta gueule, j'te fais sortir pis j'pense qu'il y aura beaucoup de volontaires pour m'aider.

Patrick, Daniel et Gérard s'étaient levés pensant qu'ils devaient intervenir pour contrôler leur père qui avait désormais les bras en l'air, tenant toujours sa grosse bière d'une façon menaçante. Paul était dans tous ses états, il se contenait pour ne pas frapper son beau-père. Personne ne l'avait jamais vu aussi furieux, même les membres de sa propre

CHRONIQUES D'UNE P'TITE VILLE

famille. Monique pleurait silencieusement pendant que sa mère tentait de la réconforter.

— Viens, papa, on va aller prendre de l'air dehors le temps que tu te déchoques un peu! Viens!

— Lâchez-moé, *gang* de morveux! C'est elle la honte de la famille, c'est pas moé. Lâchez-moé!

Ses fils le tenaient solidement et l'escortèrent sur la galerie de l'hôtel qui donnait sur la rue Principale. Émile se sentit obligé de se calmer quand il se rendit compte de l'endroit où il se trouvait. Dans la salle de banquets, c'était une chose, mais sur la rue Principale, c'en était une autre. Il s'apaisa lentement et rentra de nouveau dans la salle, mais se tint à l'écart de tous. Personne n'osait plus s'approcher de lui.

Paul avait fait le tour des invités pour s'excuser de l'esclandre de son beau-père et tous compatirent avec les nouveaux mariés. Monique s'était remise de ses émotions et Lauretta avait pris un air blessé que personne ne remit en question. Tous se disaient qu'elle était bien mal mariée, ce que, pour sa part, elle savait depuis longtemps. La famille de son gendre ne pouvait imaginer l'enfer qu'elle avait vécu et qu'elle vivait encore à un degré moindre avec, à l'occasion, des situations de honte extrême, comme cette journée-là. Elle ne lui pardonnerait jamais le scandale du mariage de Monique.

Malgré les efforts de la famille Tremblay, l'atmosphère ne put jamais redevenir celle à laquelle on s'attend des réjouissances d'une noce. Aimé eut beau sortir son crincrin, Alexandre ses cuillères et Maurice sa ruine-babines, rien n'y fit. Le cœur n'était plus à la fête. Nicole pleurait dans son coin, se sentant coupable d'avoir ruiné le mariage de sa sœur. C'est Paul qui, en annonçant un court voyage-surprise à New York, rendit le sourire à sa bien-aimée. Ils partiraient de la gare de Granby pour un voyage en train qui les mèneraient dans la Grosse Pomme. Quatre jours à parcourir cette grande ville américaine que Monique n'avait jamais visitée.

Le voyage fut idyllique à tous points de vue. Paul, qui connaissait la ville, entraîna Monique dans Central Park, tout près de l'hôtel qu'il avait réservé. Ils firent de longues promenades, mais ils utilisèrent aussi le métro. Il l'amena au Metropolitan Museum of New York. C'était une réelle découverte pour Monique qui devint une mordue des musées. Que de culture, que de talents elle découvrit regroupés en un même endroit. Le soir, ils soupaient dans la chambre et faisaient l'amour avant et après le repas. Le matin en se réveillant, ils recommençaient, insatiables. Le deuxième soir, ils se rendirent au Radio City Hall voir une comédie musicale, *Show boat*, qui mettait en vedette Ava Gardner. Monique était complètement étourdie par tant de splendeurs et de richesse. Elle prenait conscience que sa campagne et ensuite sa petite ville ne l'avaient pas préparée à tant de faste. Elle se surprit à apprécier se retrouver dans un monde qui lui était totalement inconnu. L'avant-dernier soir, Paul l'avait emmenée dans une boîte de jazz pour aller écouter le Dave Brubeck Quartet.

— Paul, je t'aime tellement que ça fait mal! S'il fallait que je te perde, je crois que j'en mourrais. Tu me fais découvrir un monde dont j'ignorais l'existence ou auquel je ne portais pas attention. Tout ce temps, tu connaissais tout ça et jamais tu ne m'en parlais.

— Je ne voulais pas que tu penses que je voulais te jeter de la poudre aux yeux! Il n'est jamais trop tard pour découvrir le monde. Tu n'as que vingt-et-un ans, Monique. Tu as toute la vie devant toi, mon amour, et toujours tu t'émerveilleras. C'est du moins ce que je souhaite!

— Demain, ce sera déjà fini!

— Mais non, ça ne fait que commencer, ma chérie. Tu vas voir! On va se faire une belle vie.

Ce soir-là, ils firent l'amour comme si c'était la dernière fois de leur vie. Ils se donnèrent sans se ménager. Ils finirent en sueur et complètement épuisés. Le lendemain, ils reprirent le train dans la plus grande gare du monde, la Grand Central Station. C'était un chef-d'œuvre d'architecture avec sa voûte étoilée de laquelle on pouvait admirer la position de chacun des signes du Zodiaque. La grosse horloge ronde avait impressionné Monique qui s'était mise à rêver de voyages lointains sans restriction, seuls, tous les deux. La réalité la rattraperait bien assez vite. Elle n'oubliait pas qu'elle était enceinte et que la question de Jean-Pierre n'était toujours pas réglée. Pouvait-elle sérieusement envisager que son père lui accorderait cette faveur alors qu'il venait pratiquement de déclarer la guerre à son couple ?

Chapitre 11

Pour Paul et Monique, le retour à Granby avait encore une saveur de fête. Ils aménagèrent dans leur nouveau logis. C'était un nid bien humble, mais le plaisir qu'ils ressentaient en se levant le matin pour aller travailler les comblait de bonheur. Ils savaient qu'ils se retrouveraient le soir pour partager un souper en amoureux, lire le journal ou un roman au son de la musique de la radio ou du tourne-disque de Paul. Celui-ci possédait une magnifique collection de soixante-dix-huit tours. Il affectionnait en particulier le jazz et souvent, le soir, il faisait jouer Frank Sinatra, Louis Armstrong, Duke Ellington ou Count Basie. Monique savourait ces petites soirées tranquilles, car elle avait l'impression de découvrir toute la profondeur de son époux. Sa culture l'impressionnait, mais il n'en faisait pas étalage. Elle se plongeait allègrement dans ce bouillon de culture qu'auparavant elle ne faisait qu'effleurer.

Les deux tourtereaux peaufinaient leur nid au gré des occasions. Bien qu'ils aient acheté le ménage de la vieille dame Thibault, il leur restait désormais à se procurer tout ce dont aurait besoin le bébé à venir. Nicole, pour se faire pardonner, acheta beaucoup de patrons de couture pour bébé. Sa mère Lauretta aida Monique à créer un ensemble complet de vêtements. La mère Piton Hamel, qui avait des dons de guérisseuse et de divination, avait déterminé à l'aide d'un pendule que ce serait un garçon. Paul, qui n'était ni superstitieux ni crédule, ne prêtait pas attention à ces balivernes. Peu importe si c'était une fille ou un garçon, pourvu qu'il soit sain, c'était tout ce qui comptait pour lui. Monique croyait que madame Hamel avait sans aucun doute des dons de guérisseuse puisqu'elle arrêtait les saignements et la douleur des brûlures. Des rumeurs disaient qu'elle avait même déjà fait des avortements du temps où elle était sage-femme.

— Je sais que tu trouves ça drôle, mon chéri, mais je t'assure qu'elle arrête le sang et la douleur. Tu n'as même plus besoin de t'y rendre. Tu l'appelles pour lui dire quel est le problème, tu penses à elle, elle fait de même et c'est réglé. Tu imagines? Je suis bien contente de savoir qu'elle existe.

— Écoute, Monique! Tu peux croire ce que tu veux et tant mieux si ça marche. Mais permets-moi d'avoir mes réticences…

— En tout cas, si jamais tu te blesses, sois sûr que je vais l'appeler pour qu'elle te soigne!

— N'oublie pas d'appeler le médecin aussi, au cas où…

— Tu te moques de moi, Paul Tremblay? Oui, mon amour, j'appellerai le médecin aussi.

— Tu me rassures, ma chérie, et viens ici que je t'embrasse. Tu me fais tellement rire avec ta sorcellerie.

— Ce n'est pas de la sorcellerie, mais de la magie. Tu verras le beau garçon qui sortira de mon ventre.

Avec la conviction qu'elle attendait bien un garçon, elle écrivit à Marcel qui était toujours au Labrador. Elle lui annonça que s'il revenait à l'occasion de la naissance de son poupon, elle lui donnerait comme deuxième prénom celui de Marcel. Elle espérait ainsi l'encourager à revenir à Granby, ne serait-ce que pour une semaine ou deux au printemps. Lauretta s'ennuyait beaucoup de son fils préféré.

Pour Paul, les choses allaient bien. Il avait été promu au poste de gérant de la réception et de la distribution de l'usine. Il avait obtenu ce poste grâce à sa connaissance de l'anglais. Ces années de guerre lui avaient au moins permis de perfectionner cette langue à tel point qu'il parlait et écrivait mieux l'anglais que bien des Anglais de souche.

Granby, comme la plupart des villages des Cantons-de-l'Est, avait été fondé par des anglophones loyalistes, à l'époque de l'exode rural et de la revanche des berceaux prônée par l'Église catholique. Il faut croire que ces deux actions combinées finirent par vaincre la majorité anglophone. Déjà dans les années cinquante, l'exode avait commencé, mais les cadres d'entreprises étaient presque exclusivement des anglophones. Paul figurait parmi les premiers francophones à accéder à un poste plus intéressant que celui de simple opérateur ou de mécanicien des équipements. Dès lors, son salaire, sans être mirobolant, était presque satisfaisant. Ce n'était cependant pas assez, d'autant que Monique cesserait de travailler juste avant d'accoucher et le temps des relevailles. Ils en discutèrent un soir alors que la date de l'accouchement approchait.

— Écoute, Monique ! Il reste à peine un mois avant l'accouchement. J'aimerais que tu arrêtes de travailler à l'usine. Tu ne peux plus rester debout toute la journée. Le soir, je dois te masser le bas du dos en utilisant des crèmes analgésiques.

— On a besoin de l'argent que je rapporte, Paul ! C'est un peu normal d'avoir mal au dos dans les derniers temps de la grossesse, tu sais ?

— Non ! Un petit mal de dos, je veux bien croire. Tu t'assois ou tu t'étends et ça passe, mais pas ce que tu vis là. Je ne croirai jamais ça !

— Toutes les femmes de l'usine qui ont eu des bébés pendant qu'elles travaillaient n'attendent même pas un mois avant de retourner au travail.

— Voyons donc, Monique, c'est pas humain ! Je ne suis pas d'accord que tu fasses la même chose. Tu pourrais peut-être travailler pour ta mère. Elle disait qu'elle était débordée et ça te permettrait de gagner un peu d'argent.

— C'est vrai, je n'ai pas pensé à ma mère ! Je vais lui en parler pas plus tard que demain. Pourquoi te préoccupes-tu autant de ma santé, mon chéri ? Je suis faite forte !

— Si je dois passer ma vie avec toi, je suis aussi bien de m'assurer que tu ne t'esquintes pas trop dans les premières années de notre mariage, lui répondit Paul d'un air taquin.

— Moi qui pensais que tu faisais tout ça par amour! Je crois que je vais demander pour accoucher pendant la pause, comme ça, je pourrai reprendre le travail sans perdre de temps… Hi! Hi!

— Tu le sais que je t'aime, ma chérie! Je veux que tu restes belle et en forme. Je veux que tu gardes ton beau sourire qui illumine mes journées.

— Blablabla! Je sais que tu veux abuser de mon corps juste à la façon dont tu me masses. Tu ne me trouves pas trop laide, grosse comme je suis?

— Tu seras toujours belle, ma chérie, et je peux te le prouver à l'instant, si tu le désires…

— Je ne dirais pas non à toute proposition malhonnête qui t'inspirerait.

Paul l'embrassa suavement, mais lui demanda d'attendre le temps qu'il se dégraisse les mains de la pommade à forte odeur de camphre. Il revint rapidement s'étendre à ses côtés en la couvrant de caresses susceptibles de l'exciter encore plus. La grossesse avait eu un effet particulier sur sa libido. Au lieu de réduire son appétit sexuel, elle l'avait exacerbé pour le plus grand plaisir de Paul qui se faisait un devoir de l'assouvir. Ce dernier était devenu très inventif pour trouver des positions confortables. Tous deux s'endormirent peu de temps après avoir joui.

Le lendemain, qui était un vendredi, était la dernière journée de travail de la semaine pour Monique. Paul, lui, travaillait le samedi matin. Non satisfait, il lisait les petites annonces à la recherche d'un emploi supplémentaire. Il repéra une annonce qui proposait un poste de secrétaire chez un encanteur. Comme il était à peine six heures du matin, il se demanda s'il n'était pas trop tôt pour appeler au numéro qu'il avait sous les yeux. Il décida d'appeler quand même. Après seulement une sonnerie, une voix masculine et dynamique lui répondit.

— Allo?

— Bonjour, j'aimerais parler à monsieur Petit, s'il vous plaît!

— Lui-même, en quoi puis-je vous aider?

— Mon nom est Paul Tremblay. En lisant le journal ce matin, j'ai vu votre annonce et j'ai décidé de vous appeler tout de suite malgré l'heure matinale. C'est que je commence à travailler à sept heures et je ne voulais pas prendre de chance de vous manquer.

— Vous êtes enthousiaste, monsieur Tremblay, c'est le moins qu'on puisse dire! Qu'est-ce qui vous attire dans le poste que j'annonce?

— J'ai toujours aimé les encans et je connais le poste que vous voulez combler. Je suis sûr d'avoir les compétences pour la tâche.

— Qu'est-ce que vous faites à part solliciter ce poste de secrétaire?

— Je suis contremaître de la réception et de l'expédition à la Thor Mills. C'est un travail assez comparable à ce que je fais que vous proposez. C'est certain que pour tenir une caisse, je n'ai pas d'expérience, mais ça ne me paraît pas sorcier et je sais très bien compter. Ah oui, j'oubliais de mentionner que je suis bilingue.

— Vous m'intéressez! À quelle heure finissez-vous ce soir?

— À cinq heures!

— Je vous attendrai à la sortie. Vous reconnaîtrez mon auto, c'est une Cadillac blanche. Ça vous va?

— Oui! Oui! Je vous trouverai bien. À ce soir, donc!

Paul raccrocha le téléphone. Il regarda sa femme qui avait écouté toute la conversation et lui dit:

— Il semblerait que je sois à deux doigts d'avoir un nouvel emploi, mon amour.

— Je suis contente pour toi, mais tu ne m'as jamais parlé d'un autre emploi.

— J'y pensais depuis un certain temps, mais quand j'ai vu la petite annonce ce matin, j'ai senti qu'il était pour moi ! Une petite entrée d'argent de plus ne nuira pas. C'est le samedi après-midi et je suis certain que je vais trouver des aubaines pour rendre notre logis encore plus confortable.

— Tu me jures que ce n'était pas planifié quand tu me parlais d'arrêter de travailler hier soir ?

— C'est le hasard, juste le hasard, je te le jure !

— Allez, tout le monde au travail ! Ma marche est un peu plus lente qu'elle l'était avec quinze livres en plus.

— Prends soin de toi, ma chérie, et ne m'attends pas à la même heure que d'habitude.

Ils partirent chacun de leur côté avec beaucoup de sujets de réflexions en tête. Pour Paul, tout allait pour le mieux. Il était confiant de décrocher l'emploi de secrétaire pour l'encanteur. Pour Monique, c'était plus compliqué. Quitter ses compagnes de travail après tant d'années de camaraderie s'avérait plus difficile qu'elle ne l'aurait cru. Elle voulait également s'assurer qu'elle n'avait pas droit à l'assurance-chômage en tant que femme mariée. Il fallait qu'elle vérifie cette information.

Si c'était vrai, c'était carrément révoltant, mais l'idée de travailler avec sa mère l'enchantait. Elle serait près des siens et connaîtrait de nouveau le quotidien de son clan. Il n'y avait que son père Émile qui apportait de l'ombre au tableau. Ils ne s'étaient pas parlé depuis le scandale des noces. Elle tenterait de le fuir le plus possible pour éviter de créer des tensions familiales.

La journée fut longue pour Monique tellement elle était impatiente de discuter avec sa mère. Elle avait élaboré mentalement différentes possibilités qui pourraient être avantageuses pour sa mère et pour elle si elles s'associaient dans l'atelier de couture. Quand quatre heures arriva enfin, mettant fin à son interminable journée de travail, elle prit la direction de la maison familiale en pressant le pas du mieux qu'elle le pouvait compte tenu de son état. Soudain, en marchant, elle ressentit une douleur qui l'inquiéta et qui la poussa à ralentir. Elle poursuivit son chemin en soutenant son gros ventre et la douleur disparut aussi soudainement qu'elle était apparue. Cela faisait peut-être trop de marche dans une même journée après huit heures passées debout au travail. La vitesse de son pas était sûrement la cause de cette douleur, se dit-elle pour se rassurer. Enfin, elle aperçut la maison, à bout de souffle.

— Mon Dieu, Monique! Qu'est-ce qui se passe? Tu es toute pâle, assieds-toi!

— J'ai tenté d'accélérer et j'ai ressenti une douleur dans le bas du ventre. J'avais l'impression qu'il voulait sortir!

— Il faut que tu fasses attention, ma pauvre fille. T'es vraiment pas prudente, tu sais.

— Je le sais, maman ! C'est justement de ça que je voulais te parler et c'est aussi la raison pour laquelle je me dépêchais. J'ai pensé à quelque chose dont je voudrais te parler.

— Prends le temps de boire un verre d'eau et raconte-moi ça, ma grande.

Monique prit le verre d'eau que sa mère lui tendait et le but à petites gorgées. Elle ne se souvenait plus de son huitième mois de grossesse, quand elle était enceinte de Jean-Pierre. Elle habitait à Montréal chez sa tante Françoise dans un troisième étage à ce moment-là. Elle ne devait pas bouger beaucoup. Monter et descendre des escaliers était probablement ce qui était le plus exigeant.

Quand elle eut repris ses forces, elle expliqua à sa mère qu'elle aimerait beaucoup travailler avec elle, mais qu'elle devait d'abord s'assurer qu'elle pourrait en retirer un salaire sans pour autant que ce soit au détriment des revenus de sa mère. Elle espérait même que cette collaboration permettrait à Lauretta de faire de meilleures recettes hebdomadaires qu'auparavant. Elle lui expliqua qu'elle y voyait également un avantage pour la période qui suivrait son accouchement. Elle pourrait profiter de l'expérience de Lauretta pour aplanir les difficultés qui pourraient survenir après la naissance tout en continuant de rapporter un peu d'argent à la maison. Monique se sentirait beaucoup mieux si elle pouvait éviter de laisser toute la charge financière à Paul.

Sa mère trouva très noble de la part de Monique de vouloir participer aux dépenses familiales. Lauretta était devenue féministe grâce au soutien de sa fille quand elles avaient réussi leur putsch contre Émile. Cela faisait presque cinq ans que Lauretta gérait avec succès le budget de sa famille avec l'aide de Monique. C'était à son tour désormais d'aider sa fille. Elle connaissait trop bien le prix à payer pour être autonome et elle ferait en sorte que sa fille aînée demeure autonome, elle aussi.

Paul, de son côté, avait eu une journée tellement occupée qu'il ne la vit pas passer. Quand l'alarme de l'usine émit son cri strident pour annoncer la fin du quart de travail de jour, il sursauta. Il se rappela qu'il avait rendez-vous avec Léopold Petit, l'encanteur, et que, par conséquent, il devait se dépêcher. Comme il était cadre, il n'était pas obligé de pointer. Il gagna un temps considérable en empruntant le quai de chargement pour se diriger vers la façade de l'usine. Il repéra tout de suite la rutilante Cadillac blanche. Monsieur Petit portait bien son nom, car il était très petit, mais avait un énorme nez et une tête disproportionnée par rapport au reste de son corps. Paul frappa à la fenêtre et Léopold Petit se tourna vers lui avec un sourire engageant. Ce dernier dégageait un tel charisme qu'il était à peu près impossible de le détester, quoi qu'il fît.

— Monsieur Petit ?

— Entre, Paul, on va être plus confortable pour jaser ! dit-il en lui tendant la main.

Paul la prit et sentit une communication très particulière s'établir entre eux et qui le mit mal à l'aise. Quand Léopold Petit regardait quelqu'un dans les yeux, c'était presque de l'hypnotisme. Paul essayait de résister à cela charme pour garder les deux pieds sur terre. Il ne voyait pas en quoi cela pourrait être négatif pour lui. Au pire, il ferait un encan avec monsieur Petit et saurait assez vite s'il avait envie de travailler avec lui ou non. Il ne se sentait pas en situation de contrôle et c'était un sentiment étrange. L'homme était-il honnête ou malhonnête? C'était là tout son dilemme.

— Je crois que je peux dire sans me tromper que tu es exactement l'homme qu'il me faut, Paul. Voici ce que je peux t'offrir. Quinze piastres par encan et le premier choix dans les morceaux qui t'intéressent. Il arrive que j'en fasse deux dans la même journée. Ça te ferait trente piastres pour une journée de travail. C'est pas si mal, non?

— Écoutez, monsieur Petit, je travaille le samedi matin. Je ne sais pas si je pourrais prendre entente avec mes patrons.

— Appelle-moi Léopold, s'il te plaît! Je suis certain que tu peux t'arranger, Paul. Je connais des gars qui ne font pas trente piastres par semaine et je t'offre la chance de le faire dans une journée. Penses-y, tu ne peux pas passer à côté de ça.

— J'aimerais bien ça, mais il faut que je voie avec mes patrons d'abord.

— Tu restes dans quel coin, Paul?

— Je reste au coin de Saint-Jacques et Laval.

— Je te ramène chez toi, car je ne voudrais pas que ta femme me prenne en grippe avant même qu'on ait commencé à travailler ensemble.

Sur le chemin du retour, Léopold tenta de le convaincre que ce serait un bon choix que de travailler pour lui. Une fois arrivés à son domicile, monsieur Petit insista pour venir saluer Monique qui venait à peine d'arriver. Paul ne pouvait pas refuser et tous deux montèrent au logis, surprenant sa femme en train de préparer le souper en vitesse.

— Excuse-moi, chérie, mais j'amène de la visite. Monsieur Petit, je veux dire Léopold, a insisté pour venir te saluer. Je le soupçonne de vouloir obtenir ton accord pour la proposition qu'il m'a faite. Est-ce que je me trompe, Léopold?

— Tu as raison, Paul, mais je voulais aussi connaître ta très charmante épouse. Bonjour, madame. Paul a déjà fait les présentations. Vous devez accoucher bientôt, je suppose? Vous êtes bien chanceux tous les deux.

— Prenez le temps de vous asseoir, monsieur Petit. Paul dit que vous lui avez fait une proposition? Vous savez, Paul n'a pas besoin de ma permission pour accepter un emploi. J'imagine que c'est un travail honnête.

— Oh, ma brave dame, n'en doutez pas une seconde! Il n'y a rien de plus honnête. Il devra tenir la caisse et le registre des ventes. Je lui offre pratiquement son salaire hebdomadaire sans en connaître le montant. Je lui offre trente piastres par jour, mais c'est toujours le samedi. Ça veut donc dire que je vous l'enlève le samedi après-midi.

— Léopold, dites la vérité ! C'est quinze piastres par encan et les semaines où il y en aura deux, j'aurai trente piastres. Le hic, c'est que je travaille le samedi matin à l'usine.

— C'est vrai que c'est beaucoup d'argent, Paul ! Mon Dieu, c'est plus que mon salaire de la semaine. Penses-tu pouvoir t'arranger avec tes patrons ? Ça apporterait une certaine sécurité, le temps que je retourne au travail.

— Il n'y a pas que ça, ma p'tite dame ! Paul aura le premier choix sur les produits de l'encan. Je vois que vous n'avez pas de laveuse à linge. Si Paul accepte mon offre, je vous donnerai une belle laveuse à tordeurs presque neuve. Qu'en pensez-vous ?

— Une laveuse à tordeurs ! Je ne me suis jamais servi de ça. Ça ne doit pas être si compliqué que ça ?

— Un jeu d'enfant, ma belle dame ! Allez, Paul, c'est oui ?

— Il faut que j'en parle à mes patrons d'abord. Je viens juste d'être promu et déjà, je fais des demandes particulières. Je vais leur proposer de finir une heure plus tard du lundi au jeudi. Comme ça, ça compenserait les quatre heures du samedi. Est-ce que ça te dérangerait de souper à six heures et demie ?

— Mais non, tu sais bien !

— Bon ! Je vais vous laisser là-dessus et j'attends ton appel, Paul. Penses-y comme il faut parce que même si tu perdais ta *job*, tu aurais toujours Léopold Petit pour te soutenir. Bonsoir, madame, et votre laveuse vous attend dans mon entrepôt.

Léopold Petit était reparti aussi vite qu'il était apparu, laissant le couple pantois. L'offre était extrêmement alléchante. Léopold, en quittant, avait touché une corde sensible chez Paul : la sécurité. Ce travail serait une sécurité pour la petite famille en devenir et il était désormais persuadé du bien-fondé de ce choix. Léopold l'avait convaincu.

Monique lui fit un compte rendu de sa discussion avec sa mère et lui fit part de son accord pour qu'elles travaillent ensemble dans l'atelier de couture. Quand elle lui raconta qu'elle avait ressenti des douleurs en marchant dans la rue d'un pas trop alerte, Paul paniqua.

— Monique ! Il faut que tu arrêtes de travailler à l'usine tout de suite. C'est trop pour une femme aussi enceinte que toi. Demain matin, tu téléphoneras pour leur dire que tu as eu des malaises et que tu dois arrêter ton travail jusqu'à nouvel ordre. Prends rendez-vous avec le docteur pour qu'il te signe un papier qui t'interdit de travailler.

— J'ai pensé à tout ça, Paul ! La douleur m'a inquiétée et je voulais aller voir le médecin, mais peut-être pas aussi vite que tu le désires.

— Il n'y a pas de chance à prendre, ma chérie! S'il fallait qu'il t'arrive un accident et que tu perdes le bébé, tu ne t'en remettrais pas. On ne s'en remettrait pas ni l'un ni l'autre!

— Tu as raison! Ce n'est plus juste moi, c'est nous, tous les trois! J'appelle le docteur sans tarder.

Elle composa le numéro du médecin et ce dernier lui donna un rendez-vous pour le lendemain. Paul était satisfait que sa femme se soit ralliée à sa suggestion de quitter son travail. Ils étaient reconnaissants envers monsieur Petit qui avait finalement provoqué ce changement de situation. Ils s'aimaient follement, mais n'étaient pas sereins pour plusieurs raisons, l'argent en étant la source principale. Tout évoluait trop vite. Ils étaient mariés depuis si peu de temps et, déjà, Monique était sur le point d'accoucher. Et voilà qu'un étranger lançait une bouée de sauvetage qui allait leur permettre de se maintenir à flot financièrement.

Paul était bien décidé à faire tout ce qu'il fallait pour convaincre son supérieur de l'importance d'être libéré à l'occasion, les samedis matin. Le lendemain, bien déterminé, le jeune homme attendit le moment propice pour parler à son patron. Il obtint ce qu'il désirait sans difficulté. Sa détermination et son zèle au travail avaient été remarqués par ses supérieurs. Ils n'avaient pas l'intention de décevoir un si bon employé.

Monique se présenta au cabinet du médecin qui était situé à deux pas de chez elle en face de l'église. C'était un jeune médecin au début de la trentaine. Il était dynamique et sensible à la santé des travailleurs. Il n'eut par conséquent aucune objection à lui accorder le congé demandé et la réévaluerait un mois après l'accouchement. C'était donc inscrit sur le billet : *Retour indéterminé. Réévaluation dans deux mois.*

Le printemps la saluait, car il faisait un beau soleil. Elle marcha lentement pour retourner chez elle. Elle se fit à dîner, puis s'étendit pour faire une sieste. Quel bonheur de se reposer ainsi! Si elle avait pu se le permettre, elle aurait aimé se reposer de la sorte jusqu'à l'accouchement tel que recommandé par le médecin. Elle verrait avec Paul et sa mère si c'était possible. Elle savait que son mari ne s'y opposerait pas, au contraire, et sa mère pourrait momentanément se priver de ses services comme elle le faisait depuis le mariage.

Nicole s'arrêtait fréquemment chez sa sœur en finissant sa journée à la Miner Rubbers. Elle faisait un tout petit détour pour s'assurer que tout allait bien avec sa grossesse. L'accouchement de Monique était prévu pour bientôt. Toute la famille était sur le qui-vive.

Cet enfant, qui serait considéré comme l'aîné des neveux du clan Tremblay, commençait bien mal son entrée dans le monde. Il n'était pas encore né que déjà il usurpait le titre d'aîné à Jean-Pierre. C'était un poison qui s'infiltrait pernicieusement dans l'esprit de tous. Jean-Pierre, le fils de Monique, s'effaçait rapidement pour devenir définitivement son frère. Jamais Monique n'accepterait cette situation, mais elle se sentait incapable, au cœur de tout ce bonheur, de raviver la plaie et d'affronter de nouveau son père.

Lauretta reçut une lettre de son fils Marcel. Il voulait descendre de Goose Bay pour fêter l'événement avec la famille et sa sœur Monique, ainsi que son beau-frère Paul qui l'avait si bien aidé. Lauretta était ravie, car la naissance de ce poupon rassemblait ses enfants comme elle le souhaitait depuis longtemps.

Puis vint le grand jour. Le 20 avril 1952, vers dix heures du soir, Monique perdit ses eaux. Sa petite valise était déjà prête pour l'événement. Paul était excité, mais ne paniqua pas. Il appela un taxi même si Monique lui disait d'appeler son frère Gérard. Paul ne voulait déranger personne et se sentait en mesure de répondre à tous les besoins de sa femme. Il l'aida à descendre l'escalier lentement, une marche à la fois. Le taxi attendait devant. Le chauffeur descendit pour ouvrir la portière quand il vit que Paul soutenait sa femme et portait une petite valise.

— À l'hôpital Saint-Joseph, s'il vous plaît !

— Est-ce que ça va, ma chérie ?

— Ça va aller, mais les contractions sont de plus en plus rapprochées et douloureuses. Une contraction aux deux ou trois minutes, ça veut dire que ça s'en vient.

— Essaie de respirer le plus profondément que tu peux et essaie de te détendre entre deux contractions.

Le chauffeur de taxi ne put éviter un énorme nid-de-poule dans la rue qui fit gémir Monique.

— Pouvez-vous éviter les trous, ma femme souffre terriblement?

— Excusez-moi, monsieur, mais je n'ai pas pu l'éviter. Ce n'était pas un nid-de-poule, mais un nid d'autruche tellement il était gros. Je vais mettre la pédale douce si vous me dites que votre femme n'accouchera pas dans mon char.

— Ne vous inquiétez pas, monsieur, je vais attendre d'être rendue à l'hôpital pour accoucher, répondit Monique.

Paul vit enfin l'hôpital se dessiner au loin et il émit un soupir de soulagement comme le chauffeur d'ailleurs. Paul aida sa femme à sortir du taxi et l'escorta jusqu'à un fauteuil roulant où elle put s'asseoir de nouveau. Cela la soulagea de la pression que le bébé créait en poussant pour voir le jour. Pendant que Paul s'occupait de l'inscription, Monique fut prise en charge par une infirmière religieuse. La sœur l'aida à s'étendre sur une civière et l'amena dans une salle attenante à la salle d'accouchement.

Une fois les questions administratives réglées, Paul alla rejoindre Monique dans la salle où quelques femmes attendaient elles aussi pour accoucher. L'espace alloué pour chaque femme en attente était minimal. C'était un simple rideau qui délimitait l'espace à peine plus grand que la civière et une petite chaise droite. La sœur aidait Monique à se déshabiller et à enfiler une fine jaquette. Paul sortit la robe de chambre que Monique avait mise dans sa petite valise. Quand il voulut accompagner sa femme dans l'espace qui lui était alloué, la sœur s'y opposa.

— Monsieur Tremblay, veuillez attendre dans le corridor ou dans le fumoir s'il vous plaît! Je vous appellerai quand vous pourrez entrer.

— D'accord, mais je vous laisse la valise et sa robe de chambre. À tantôt, ma chérie, je serai juste à côté!

— Ce ne sera pas long, mon amour. À tantôt!

Paul partit en reconnaissance des lieux en marchant dans le corridor. Il repéra le fumoir rapidement juste à l'odeur. Il y trouva trois hommes qui attendaient, eux aussi. Un des hommes était au bord de l'hystérie, car sa femme avait eu des complications au moment de l'accouchement. À cette heure-ci, sa femme et son bébé se battaient pour leur survie. Même s'il ressentait beaucoup d'empathie pour cet homme, Paul n'était pas à l'aise d'aborder ce sujet qui ne pouvait que devenir négatif quand il pensait à Monique. Il essayait de se convaincre que tout irait bien pour sa femme et son bébé à lui. Il se remit à marcher dans le corridor, faisant des allers-retours pour tromper son anxiété. Finalement, l'infirmière lui fit signe.

— Monsieur Tremblay, vous pouvez rester aussi longtemps que vous le désirez. L'attente peut être longue, car le col utérin est dilaté d'à peine quatre centimètres et il faut qu'il soit au moins à neuf avant de la transférer dans la salle d'accouchement.

— Très bien, ma sœur, mais si elle ressent beaucoup de douleur, qu'est-ce que je fais?

— Massez les endroits qui la font souffrir, les jambes, les reins… mais ne touchez pas à son ventre à moins que ce soit une caresse. Vous comprenez?

— Oui!

— Je ne serai jamais bien loin et je reviendrai vérifier la dilatation. Vous pouvez toujours m'appeler ou me chercher si vous ne me voyez pas, mais s'il vous plaît, ne me dérangez pas pour rien. Dieu a dit dans la Genèse: «J'augmenterai la souffrance de tes grossesses et tu enfanteras dans la douleur.» Ne soyez donc pas surpris qu'elle souffre, c'est écrit!

Paul l'avait écoutée, mais l'avait trouvée revêche. Cette attitude ne l'avait pas rassuré. Sa femme ne serait pas dorlotée par d'autres que lui. Il veillerait à ce qu'elle souffre le moins possible. Après quelques heures de contractions, Monique était en sueur à force de subir ces douleurs déchirantes. Lors de son premier accouchement, elle n'avait pas ressenti la même chose. Cette fois-ci, elle avait l'impression que quelque chose n'allait pas. Les douleurs étaient trop fortes et elle se mit à saigner.

Sur la recommandation de sa femme, Paul alla chercher l'infirmière en lui mentionnant que son épouse avait des saignements. L'infirmière se dirigea aussitôt d'un pas rapide vers la civière où Monique était étendue. La sœur repoussa Paul, examina Monique, tira le rideau et se mit à pousser la civière vers la salle d'accouchement. Tout en se dirigeant vers la salle d'opération, elle prit le temps d'informer Paul de la situation.

— Monsieur Tremblay! Votre femme fait une légère hémorragie et le docteur Adam, qui est aussi chirurgien, sera à même d'évaluer ce qu'il faut faire pour arrêter ce saigne-ment. Vous ne pouvez pas entrer dans la salle d'opération, évidemment. Allez dans le fumoir et on viendra vous infor-mer quand il y aura du nouveau.

— Je crois que vous ne m'avez pas bien compris, ma sœur. En tant que mari, je veux être informé du moindre change-ment de son état. Je ne me contenterai pas de m'asseoir sagement et d'attendre.

— Monsieur Tremblay! Quand vous avez signé l'admis-sion de votre femme, vous avez aussi signé une décharge nous donnant ainsi le droit de décider du meilleur traitement à lui administrer selon la situation.

— C'est vrai! Mais je n'ai jamais signé quoi que ce soit qui m'empêcherait d'être renseigné sur l'état de ma femme et de mon bébé. Je veux être au cœur des décisions et je veux un compte rendu précis du chirurgien le plus tôt possible.

En lançant cette tirade, il avait retenu la sœur par le bras, l'empêchant de disparaître dans la salle d'opération. La religieuse le regarda dans les yeux et y vit beaucoup de détermination. Elle posa son regard sur la main qui lui retenait le bras et l'empêchait de progresser. Ils bloquaient la porte d'accès.

— Lâchez mon bras, monsieur Tremblay ! J'informerai le chirurgien de vos doléances et il en disposera comme bon lui semble.

Paul ne la lâcha pas tout de suite et rechercha son regard de nouveau. Cette fois-ci, elle y décela du défi et même une sourde menace. Il ne céderait pas et la sœur en était consciente. Elle agirait donc avec diligence pour se mettre à l'abri des reproches. Cet homme sentait les ennuis.

Il était presque trois heures du matin quand le chirurgien sortit de la salle d'opération tenant ses mains gantées bien hautes pour ne pas les contaminer. Il avait baissé son masque pour s'adresser à Paul.

— Monsieur Tremblay, je suis le docteur Adam. Votre petit avait trouvé le moyen de s'enrouler le cordon ombilical autour du cou. Ce ne fut pas une mince affaire ! Plus il s'engageait dans le col, plus il s'étranglait.

— Ils sont sains et saufs tous les deux, docteur ?

— J'ai dû faire une césarienne. Votre femme et votre fils sont affaiblis par l'effort. Votre femme a perdu pas mal de sang et je l'ai mise sous transfusion. Votre fils, quant à lui, est dans un incubateur où il reçoit une bonne dose d'oxygène. C'est une simple précaution au cas où l'étranglement aurait perturbé l'arrivée d'oxygène au cerveau. Tout va bien se passer, monsieur Tremblay, ne vous inquiétez pas !

— Quand pourrai-je les voir ?

— Votre femme est dans la salle de réveil et nous la garderons ici quelques jours. Elle devrait être dans sa chambre d'ici peu. Je vous dirais une heure d'attente encore avant de pouvoir la voir, mais votre fils est déjà dans la pouponnière. Il ne paye pas de mine, car il vient de livrer un gros combat. L'important, c'est qu'il l'ait gagné ! N'est-ce pas ?

— Merci, docteur ! Je suis rassuré et je vais aller voir tout de suite mon p'tit tocson à la pouponnière.

Après avoir écouté ces paroles rassurantes, Paul se sentait déjà beaucoup mieux. Il savait où se trouvait la pouponnière étant passé devant à plusieurs reprises quand il arpentait le corridor pour se calmer. Il chercha son fils du regard à travers la vitre. Il lisait les fiches qui identifiaient les poupons. Il n'y avait qu'un bébé dans un incubateur. C'était sûrement le sien. Mais non ! C'était inscrit Fortin...

Un vent de panique le traversa et son regard s'affola jusqu'à ce qu'il aperçoive une infirmière poussant un petit incubateur. Hourra ! C'était le sien. Le pauvre petit ne payait vraiment pas de mine. Le docteur l'avait préparé, mais Paul n'avait aucune expérience avec les nouveau-nés. Déjà qu'il ne trouvait rien de beau chez un poupon, mais celui-ci était le sien. Le bébé était tout fripé et ses cheveux hirsutes. Paul ne put s'empêcher de le comparer à un petit poussin qui aurait été malmené. Il avait des tubes dans le nez et un soluté planté dans son petit bras.

Le jeune père avait envie de pleurer et sentit couler une larme. Plus il regardait son fils, plus il le trouvait beau. Malgré sa peau ratatinée, il pouvait deviner sa petite frimousse. C'était sa chair! Quel étrange sentiment que celui d'être père... Il sentit l'orgueil l'envahir comme une vague déferlante. Cette fois, il ne put retenir un sanglot de joie. Il sortit son mouchoir de poche en coton, s'essuya le visage et les yeux, puis se moucha. Il le regarda encore un moment tout en constatant que son fils luttait. Il le voyait aux contractions de son petit minois. Il se renseignerait plus tard pour avoir des précisions sur ce qu'il avait réellement traversé comme épreuve. Y avait-il des risques de séquelles?

En attendant que sa femme soit ramenée dans sa chambre, Paul avait repris possession de la petite valise et de la robe de chambre que la religieuse n'avait pas daigné apporter. Il monta au troisième étage et trouva le numéro de la chambre. C'était une chambre pour quatre patients, mais deux lits étaient vides. Celui de Monique était le lit D de la chambre 303. Il ouvrit la valise et entreprit de placer son contenu dans l'armoire qui lui était destinée. La trousse de toilette, les pantoufles, de la lecture et des sous-vêtements de rechange.

C'était tout ce qu'elle avait jugé utile d'apporter. Paul aurait aimé que la boutique de cadeaux de l'hôpital soit déjà ouverte. Il aurait voulu égayer la chambre d'un joli bouquet de fleurs, mais il aurait le temps d'y aller plus tard après s'être reposé un peu. Il attendait sa femme avec impatience. Il n'était pas complètement rassuré par les propos du chirurgien. Ce dernier avait laissé entendre que l'opération avait été ardue, mais couronnée de succès. Est-ce que succès signifiait comme auparavant ?

Tout à coup, il entendit le bruit d'une civière qui roulait dans le corridor avec ses cliquetis de bouteilles de soluté et de sang qui se cognaient. C'était sa femme ! Il se leva d'un bond pour regarder Monique. Elle était toujours dans les vapes. Son joli teint foncé avait viré au gris.

— Je veux voir mon bébé ! ordonna-t-elle dans son délire. Je veux voir mon bébé ! Il est mort, c'est ça ?

— Mais non, ma chérie. Je l'ai vu et il est mignon comme tout. Il est à la pouponnière. Il a livré un dur combat tout comme toi, mon amour. Vous avez besoin de repos.

Monique sembla sortir de sa torpeur pendant un bref moment et elle regarda Paul, droit dans les yeux.

— Tu me dirais la vérité, n'est-ce pas ?

— T'ai-je déjà menti, ma chérie ? Regarde-moi et dis-moi si j'ai l'air d'un père qui vient de perdre son premier-né ? J'ai eu peur, je te l'avoue, mais c'est du passé. Tu es là et tu es forte. Tu vas te relever de ton accouchement et tu t'occuperas de ton bébé. Dans quelques jours, vous serez en pleine forme.

— Je te crois, mon amour, parce que j'ai confiance en toi. J'ai des souvenirs...

Et elle sombra de nouveau dans un sommeil profond.

L'infirmière s'approcha de Paul et lui dit :

— Vous devriez aller vous reposer, monsieur Tremblay. Votre femme et votre fils sont en santé. Ils ont besoin de repos tout comme vous. Revenez plus tard !

Elle avait raison. Une fois que l'adrénaline eut cessé de le soutenir, il sentit une masse de plomb l'envelopper. Il avait besoin d'air frais, de marcher pour reprendre ses esprits. Quand Paul sortit de l'hôpital, il était six heures trente du matin. Tout en marchant et en respirant l'air frais de ce matin de printemps, il sentit de nouvelles forces prendre vie. Il avait dorénavant de grandes responsabilités. Ils avaient créé un lien qui serait là pour la vie. Peu importe ce qui arriverait dans le futur, ce lien serait toujours là, indénouable.

Paul revint dans la réalité et pensa à ce qu'il devait faire. D'abord, il devait appeler son patron pour lui annoncer la nouvelle et l'avertir qu'il serait absent pendant quelques jours. Son fils était né à trois heures moins le quart du matin, le 21 avril 1952, c'était un lundi. Il devait appeler sa belle-mère qui était sûrement debout à cette heure matinale. Sur le chemin du retour vers son logis, il décida de s'arrêter chez ses parents pour leur annoncer la nouvelle. Lise devait déjà être partie pour travailler ou sur le point de le faire.

— Bonjour, maman, on a eu un fils ! J'ai pensé à vous l'annoncer en premier.

— Ils sont en santé ?

— Ça n'a pas été facile, mais ils sont sains et saufs, c'est le principal.

— Je suis bien contente pour vous autres, mon garçon ! Tu as bien le temps de prendre un bon déjeuner ? J'ai des bonnes bines qui ont cuit toute la nuit. Dieudonné ! C'est Paul ! Il a de bonnes nouvelles.

Paul perçut de l'activité dans la salle de bain. C'était son père qui se rasait et faisait sa toilette. Quand Dieudonné sortit de la salle de bain, il portait une chemise blanche et une cravate. Ses manches étaient retenues par des élastiques en métal argenté. En sortant, il finissait de relever ses bretelles et son visage était illuminé par un sourire rempli de satisfaction.

— Félicitations, mon gars ! Ça prend un homme pour faire un homme ! Tu prendrais bien un p'tit coup de brandy pour souligner l'événement ? Eugénie, sors donc la bouteille de brandy pis deux p'tits verres, Paul a besoin d'un p'tit remontant. Pas vrai ?

— Écoutez, papa, il faudrait d'abord que j'appelle à l'usine pour avertir mon patron que je ne rentrerai pas au travail pour quelques jours. Je dois aussi appeler ma belle-mère et après ça, je prendrai volontiers un p'tit brandy pis un bon déjeuner, si votre offre tient toujours?

Paul appela son patron, puis sa belle-mère et fut enfin disponible pour son père qui avait déjà versé deux petits verres de brandy. Dieudonné voulait boire à la postérité, car son fils venait de poser un autre jalon dans l'arbre généalogique de sa descendance. Il se sentait rasséréné de voir ses racines se prolonger.

— C'est incroyable quand on y pense! Un p'tit couple d'amoureux comme mon Eugénie et moi. As-tu pensé comment c'est fort la descendance, mon Paul? C'est ça l'éternité! J'va être mort depuis cent ans pis mon sang va continuer à vivre dans tout' vous autres.

— C'est vrai que vous avez eu une grosse famille, mais c'est en train de changer, papa. Je ne pense pas que je vais avoir une grosse famille comme Simone, Gaston ou Alexandre. Trois, quatre enfants dans les années cinquante, c'est suffisant à moins de vivre sur une terre.

— J'pense que t'as ben raison, Paul! J'ai fini de vous élever en ville pis j'peux t'dire que ç'a pas été facile. Faut dire que c'était la Grande Dépression…

Paul, qui était né en 1925, l'avait vécue, mais entre 1929 et 1939, il n'était qu'un enfant qui n'avait pas encore le sens des valeurs matérielles. Presque tout le monde se trouvait dans la même situation. C'était la grande misère, sauf pour certains bourgeois et bien nantis. Il se rappelait vaguement les récriminations populaires. Pour lui, cela lui avait semblé comme un jeu. Il se souvenait d'avoir sorti de la rivière Yamaska une énorme carpe noire de trente-cinq livres. Il avait eu besoin de l'aide de son frère Maurice pour la sortir de l'eau. La famille avait mangé de la carpe pendant plus d'une semaine. Rien n'avait été perdu de cette carpe, même si c'était un poisson quelconque et plein d'arêtes. Toute la population survivait du mieux possible.

Dieudonné voyait sa vie à travers la lunette du souvenir qui embellissait tout. Il avait l'impression d'avoir vécu une bonne vie malgré quelques malheurs qui s'étaient acharnés sur sa famille et sur lui. Il n'avait perdu qu'un seul enfant et s'estimait chanceux. Une belle jeune fille qui partit à l'âge de seize ans entraînée dans la mort par une péritonite. En 1952, on mourait rarement d'une péritonite, alors que dix ans auparavant...

Paul avala d'un coup sec le petit verre de brandy que son père lui tendait. Sa mère lui avait préparé un déjeuner de bûcheron avec une assiette de fèves au lard, des patates rissolées, des œufs et du pain de ménage arrosé d'un bon café. Quand il eut terminé, il était repu. Il fallait désormais qu'il rentre chez lui pour dormir un peu et être en forme pour l'heure des visites à l'hôpital. Il supposait que sa femme aurait récupéré, elle aussi.

Paul salua et remercia ses parents et partit à pied. Il n'habitait pas très loin et l'air frais lui fit du bien. Il avait mangé trop copieusement et la marche fut laborieuse. Il tombait de sommeil et n'avait que cinq heures pour récupérer avant l'heure des visites. Quand il arriva chez lui, il régla son réveil et s'alloua trois heures de sommeil. Il tomba comme une poche dans son lit dans un sommeil profond. Quand le réveil sonna, il avait l'impression qu'il venait juste de fermer les yeux. Il se leva, se rendit dans la salle de bain et se rasa. Quand il eut terminé, il tira la cuvette, mouilla sa débarbouillette dans une des cruches remplies d'eau à température de la pièce. Il se versa le contenu d'une cruche entière sur la tête en se tenant au centre de la cuvette. Il se lava les cheveux et tout le corps tout en frissonnant. Il prit la deuxième cruche et la vida tranquillement en se rinçant soigneusement la tête. Il s'essuya, vida l'eau usée dans la toilette et remplit les deux cruches pour permettre à l'eau de tiédir.

C'était déjà l'heure de retourner à l'hôpital. Il refit le chemin inverse et avait hâte de retrouver Monique. Il n'était pas inquiet, mais voulait se rassurer malgré tout. Il acheta un bouquet de fleurs et monta à la chambre. Monique allaitait son fils et l'incubateur sur roulettes était à côté du lit. Le visage du jeune père s'éclaira à la vue de cette scène.

Chapitre 12

Durant son hospitalisation, Monique reçut beaucoup de visites. Sa famille était venue avec des cadeaux plein les bras. Paul était toujours là en soirée, car il avait repris le travail le mercredi suivant l'accouchement. Il avait acheté des cigares White Owl qu'il distribuait généreusement comme le voulait la tradition. Monique avait accouché le lundi et, déjà le jeudi, elle devait retourner chez elle, faute de places à l'hôpital. Elle avait subi une césarienne et la plaie était encore sensible.

Émile refusa d'aller à l'hôpital puisqu'il n'avait toujours pas reparlé à sa fille aînée depuis son mariage, il y avait plus de cinq mois. Il était têtu et rancunier. Il en voulait à sa fille et à son gendre d'avoir amené la honte sur sa famille une fois de plus. Un enfant né du péché n'avait aucun intérêt pour Émile, et il n'éprouvait que du mépris pour cet le petit. Son absence fut très remarquée.

Nicole eut l'idée d'organiser une petite fête dans leur logis, mais Paul s'y opposa parce qu'il jugeait que sa femme avait plus besoin de repos que d'une fête. Il fut alors proposé que Monique aille se reposer chez sa mère, mais Paul n'était pas d'accord. Il n'était pas question que sa femme se retrouve en convalescence dans une maison où se trouvait son père. Il envisagea plutôt de l'emmener chez ses parents à lui. Elle y serait tranquille et traitée aux petits soins par sa douce mère

Eugénie. Il en glissa un mot à cette dernière qui fut aussitôt enthousiaste à l'idée de dorloter sa belle-fille pour trois ou quatre jours, et plus s'il le fallait.

— Bien sûr, Paul! Amène ta femme et j'en prendrai grand soin. N'aie crainte. J'ai aidé Simone, Annette et bien d'autres à se relever de leur accouchement. Je suis encore bien capable de m'occuper de ma plus jeune bru et de mon petit-fils.

— Merci, maman! Ça me rassure qu'elle vienne chez vous.

— Il faut que tu viennes, toi aussi. Ta femme aura besoin de réconfort et de ton épaule pour sentir que tu l'aimes encore plus. Tu dois la remercier de t'avoir donné un fils.

— Dans ce cas-là, je vais aller remplir un panier d'épicerie pour compenser un peu les efforts que vous faites pour nous.

Il en parla à sa femme et elle en vint à la conclusion que c'était la meilleure option pour trouver de la tranquillité et de la sécurité en même temps. C'est Marcel qui se chargea d'amener sa sœur chez les Tremblay le jeudi matin, à la sortie de l'hôpital. Monique était contente que le logement de ses beaux-parents soit au rez-de-chaussée, car elle éprouvait de la difficulté avec les marches d'escalier à cause de la césarienne.

Paul trouva curieux de se retrouver de nouveau chez ses parents qu'il avait quittés si peu de temps auparavant. Il retrouvait les arômes familiers de la cuisine de sa mère, l'odeur du tabac à pipe de son père. Il regardait les volutes de fumée à travers les rayons de soleil qui éclairaient la chaise berçante de son père. Il retournait dans son passé alors qu'il n'était pas plus haut que trois pommes. Voilà qu'il était à son tour père et il se demandait si son fils aurait la chance de partager de tels moments de quiétude.

Marcel, qui était revenu de Goose Bay pour l'occasion, proposa à Monique de l'accompagner pour de courtes promenades dans le parc ou dans le quartier. Il avait bien changé en si peu de temps. Il n'avait pas cherché à revoir Lucie qui, il y avait à peine six mois, était l'amour de sa vie. Galipeau était toujours en prison, mais sur le point de sortir. Marcel ne tenait pas à le revoir.

Il avait tourné la page pour de bon sur son passé. Il retournerait à Goose Bay pour amasser un pécule, mais il ne reviendrait jamais à Granby pour y vivre. Il ne pouvait pas supporter l'idée de voir Lucie heureuse avec un autre. Il regrettait de l'avoir autrefois respectée pour qu'un autre profite aujourd'hui du sacrifice qu'il avait fait en ne lui faisant pas l'amour. Il repensait aux fois où il aurait pu la déflorer, mais ne l'avait pas fait… Pour cette raison, il était plein de regrets et d'amertume.

Le jeune homme, qui essayait de s'occuper de sa sœur, se retrouva à la recherche de son ancienne confidente. Monique, qui aimait beaucoup son frère Marcel, le trouvait cynique. Elle ne tolérait pas que son frère souhaite du mal à Lucie et, s'il ne l'avait pas dépucelée, c'était tant mieux puisque c'était le vœu de Lucie de rester vierge jusqu'à son mariage. Une bonne action était toujours récompensée et Monique y croyait fermement.

— Marcel! Plus tu avances en âge et plus tu ressembles à ton père. J'espère que ce n'est pas ton but dans la vie de lui ressembler. Tu sais qu'il va finir tout seul, aigri et malheureux comme une pierre. Regarde-le et regarde-toi, et dis-moi ce qui est différent? Tu ne sais pas? Je vais te le dire, car c'est tout simple. La seule différence, c'est l'âge. Toi, tu as dix-huit ans et lui cinquante-sept. Dis-moi que tu ne veux pas finir comme lui!

— Tu es méchante, Monique, de me comparer à lui. Comment peux-tu arriver à cette conclusion?

— Parce que c'est la haine qui te domine en ce moment et non la bonté. C'est ton héritage et tu devras te battre toute ta vie pour vaincre ton hérédité. Tu es encore assez jeune pour combattre ton aigreur et la remplacer par de l'amour. La vie est tellement plus belle.

— Tu flottes sur un nuage, Monique, parce que tu viens d'accoucher et que tu es en amour à ne plus voir clair.

— Non, je ne flotte pas sur un nuage comme tu dis... ou plutôt oui, finalement je te donne raison. C'est un nuage d'amour bâti sur la vérité. Tout est clair entre Paul et moi. Il n'y a pas de zone grise, tout est limpide. Pas de cachette ni de mensonge!

— Je vous souhaite d'être heureux aussi longtemps que vous vivrez…

— Ne prends pas ce ton suffisant avec moi! C'est encore ton père que j'entends quand tu parles comme ça.

— Bon! J'ai eu ma dose pour la journée. Je t'appellerai demain. Salut, sœurette!

— Salut, frérot!

Marcel n'avait vraiment pas apprécié les remontrances de sa sœur. Il devait cependant reconnaître qu'elle n'avait pas complètement tort. Il ne vivait ni dans l'harmonie ni dans la bonté. Il vivait de prêts usuraires et, à l'occasion, il y avait toujours quelqu'un qui ne voulait pas payer son dû. Il devait employer la manière forte et il avait un gorille à son service qui s'occupait des basses besognes. Parfois, le sbire faisait un peu trop de zèle et le client se retrouvait à l'infirmerie. Cela le laissait complètement froid. Il n'avait qu'à payer, répondait-il à ceux qui se plaignaient de la force utilisée.

Monique avait décidé d'appeler son fils Maxime si Paul acceptait. Elle adorait ce fils comme si elle voulait compenser pour l'amour maternel qu'elle ne pouvait offrir à son fils aîné, Jean-Pierre. Elle pouvait enfin étaler son affection au grand jour sans restriction. Elle se sentait bien chez ses beaux-parents, elle était dorlotée au-delà de ses attentes, mais elle aurait quand même préféré se retrouver chez elle dans son petit nid tranquille. Sa belle-sœur n'était pas souvent là, mais quand elle y était, elle éprouvait beaucoup de plaisir à discuter avec elle. Malgré tout, elle avait hâte de rentrer chez elle. Chez ses beaux-parents, elle tenait absolument à ce que sa tenue soit toujours impeccable, alors que chez elle, elle pourrait allaiter librement son fils sans avoir à se réfugier dans sa chambre chaque fois.

Il avait été convenu que le dimanche suivant sa sortie de l'hôpital, elle rentrerait chez elle avec l'aide de son frère Gérard et de Paul. Ce dernier avait deux encans le samedi. Il empocherait trente piastres. Cet argent était un cadeau du bon Dieu et, pour cette raison, Monique acceptait volontiers de prolonger d'une journée son séjour dans sa belle-famille. Paul aussi était impatient de se retrouver seul avec sa petite famille.

Quand le dimanche arriva finalement, Monique avait tout préparé pour le retour. Ils déjeunèrent, puis Paul et ses parents allèrent à la messe de neuf heures. Monique avait une bonne excuse pour ne pas se joindre à eux. Elle devait allaiter et, de toute façon, sa belle-famille n'avait pas besoin de savoir qu'elle n'était pas pratiquante. Gérard arriva peu de temps après dix heures. Il chargea les bagages et les cadeaux accumulés et se déclara prêt à les amener chez eux. Il s'excusa d'être aussi pressé, mais il était attendu pour le dîner domini- cal chez sa petite amie.

Enfin chez eux ! Libres de s'étreindre, de s'embrasser, de se cajoler sans risque de déplaire ou de déranger. C'était un tout petit logis, mais c'était chez eux. Quand Monique entra dans la chambre, elle aperçut le joli lit d'enfant qui avait remplacé le petit moïse. C'était sûrement Paul qui l'avait acheté à un des encans de la veille.

— Comme elle est jolie cette bassinette! Tu penses vraiment à tout, mon chéri. Si tu savais à quel point je t'aime, mon amour.

— Cette fois, ce n'est pas moi, c'est un cadeau de Léopold!

— Il est vraiment gentil! Notre bébé sera beaucoup mieux que dans son petit moïse.

— Je crois que cette bassinette pourra accueillir tous nos enfants! Qu'en dis-tu, ma chérie? J'espère que tu en veux d'autres et que ton expérience avec ce petit gredin ne t'a pas trop traumatisée.

— Un accouchement est un accouchement, Paul! Ce n'est jamais facile. Heureusement que notre bébé est né à notre époque, car je crains fort que s'il était né vingt ans plus tôt, il n'aurait pas survécu, ni moi selon le chirurgien. Quelle drôle d'idée que de naître en s'étouffant avec son cordon ombilical! Hi! Hi!

— C'est un chenapan qui ne paye pas de mine pour le moment, mais je suis confiant qu'il va se remplumer en l'allaitant. Tes seins sont lourds d'un élixir qui guérira tous ses maux et le traumatisme de se sentir étranglé. Crois-tu qu'il soit traumatisé?

— Je ne sais pas, mais je souhaite que non. L'amour de ses parents devrait lui faire oublier sa naissance catastrophique.

— Ce que je vais te demander pourra te sembler étrange, mais est-ce que je pourrais goûter à ton lait maternel? Juste un peu! Je suis vraiment curieux de savoir ce que ça goûte.

— Là, tout de suite? Au sein? Pourquoi pas? Juste un peu!

Elle souleva son gilet, dégrafa son soutien-gorge et lui tendit un sein. Paul prit le mamelon dans sa bouche et téta doucement. Rien ne coula.

— Tire plus fort mon chéri et il coulera. Tu devrais voir ton fils comme il boit goulûment. Il tire tellement fort que ça fait mal.

— Je réessaie!

Paul téta le mamelon plus fermement et sentit un liquide lui envahir la bouche. Il n'aurait pu dire si cela avait le goût du lait ou non, mais il ressentit une drôle de sensation. Il éprouva une sorte d'ivresse mêlée à de l'érotisme. Il avait l'impression que sa tête tournait et une frénésie à peine contrôlable s'empara de lui. Il aurait bu jusqu'à satiété.

En cet instant de grande intimité, les deux jeunes parents avaient libéré la tension accumulée par l'accouchement, le séjour à l'hôpital et chez les Tremblay. Enfin chez eux, ils pouvaient reprendre leur vie en main, satisfaire leurs besoins et ceux de leur fils. Ce petit intermède avait provoqué une montée de lait chez Monique et elle dut l'extraire comme on le lui avait montré à l'hôpital.

La vie reprit un rythme plus normal. Paul était à l'usine ce lundi-là quand Monique reçut la visite de sa mère qui était venue à pied. Quand elle frappa à la porte, Monique pensa qu'il s'agissait d'un colporteur ou d'un marchand quelconque. Quelle ne fut pas sa surprise quand elle aperçut sa mère tenant un paquet sous le bras.

— Mon Dieu, maman ! Qu'est-ce que tu fais ici ? C'est la première fois que tu viens me visiter depuis que nous avons emménagé. Entre, maman ! Viens prendre un bon café.

— Je ne dirai pas non à un bon café chaud ! Le fond de l'air est plutôt frisquet ce matin. Je voulais te voir et savoir comment tu t'en tirais. C'est joli chez vous.

Monique alluma le petit poêle électrique à deux ronds (cadeau de son beau-frère Gaston) et y déposa son percolateur après l'avoir rempli d'eau et de café. Bientôt, on entendit le bruit régulier du percolateur et l'arôme du café emplit rapidement le petit logis. Sa mère avait, ô miracle, mis de côté son travail pour venir voir sa fille. C'était exceptionnel et sûrement important. Monique versa le café, déposa le lait et le sucre sur la table avec les petites cuillères.

— Tiens ! Je t'ai fabriqué une douzaine de couches dans le meilleur coton. Comment ça va avec le bébé ?

— Je le trouve un peu maigrichon, mais j'espère qu'il va prendre du poids dans les semaines à venir. Il boit bien, mais régurgite beaucoup. Le docteur veut nous revoir chaque semaine pendant un certain temps. J'ai l'impression qu'il me cache quelque chose.

— Voyons, Monique! Pourquoi le docteur te cacherait-il quelque chose? Il n'a aucune raison d'agir comme ça.

— Il veut peut-être éviter de m'énerver pour rien. Je sens, je vois qu'il est inquiet pour une raison que j'ignore. Il semble avoir des doutes, mais à quel sujet? Ça, je ne le sais pas. Ça m'inquiète un peu, mais c'est peut-être juste dans ma tête… Arrête de t'inquiéter pour rien, Monique, parce que tu vas faire une dépression! Rappelle-toi après la naissance de Jean-Pierre dans quel état tu étais.

— Ce n'est pas pareil maman! Papa me harcelait tout le temps et m'insultait aussitôt que tu avais le dos tourné. Pour lui, je suis une traînée et je n'ai jamais cessé de l'être. Avec le scandale qu'il a causé à mes noces et le fait qu'il ne soit pas venu à l'hôpital, c'est clair!

— Tu sais pourtant que ton père est un homme très borné! À quelles autres réactions t'attendais-tu de sa part? J'aimerais tellement que tu viennes travailler avec moi! Il me semble que je serais moins seule et que je pourrais t'aider avec ton petit dernier. J'ai quand même pas mal d'expérience avec les enfants.

— Ça ne sera pas avant quelques semaines, maman! Je veux que ma coupure soit parfaitement guérie avant d'entreprendre quoi que ce soit.

— Ça veut donc dire oui?

— Je t'avais dit oui, il me semble, la première fois qu'on en avait parlé, juste avant l'accouchement. Je crois que c'est même moi qui te l'avais proposé. Non?

— Ah, Monique, ma santé m'inquiète! J'ai des malaises de plus en plus fréquemment. Le docteur dit que ce sont mes nerfs. Je veux bien, mais mon cœur ne bat pas régulièrement. J'ai des étourdissements et je gère mal mes émotions. Quand je m'affole, je fais une syncope. C'est pas normal, ma grande…

— Qu'est-ce qui peut bien t'énerver comme ça?

— Patrick n'arrête pas de faire des mauvais coups! C'est pas un mauvais diable, mais la police pense que c'est un voleur en plus d'être un braconnier. Je ne peux pas croire que ce soit un voleur et, comme ton père ne s'occupe jamais de rien, c'est moi qui suis aux prises avec tout ça. Je pense que je m'en viens vieille.

— Ne dis pas ça, maman! Tu n'es pas vieille à quarante-six ans quand même. Je vais venir t'aider, je te le promets! Je vais essayer de comprendre ce qui t'arrive. Est-ce que ça pourrait être des signes de ménopause?

— J'ai encore mes règles, mais c'est moins régulier qu'avant. C'est peut-être le problème, mais il me semble que le docteur devrait voir à ça ? En tout cas, j'ai bien hâte que tu viennes travailler avec moi.

Monique avait compris le message. Sa mère lui lançait un cri de détresse. Elle ne pouvait pas l'ignorer, mais en même temps, elle aurait aimé vivre son petit bonheur tranquille. Elle n'échapperait pas à son destin ! Toujours, sa vie passée reviendrait la surprendre. Elle serait obligée de vivre dans l'environnement immédiat de son père, Émile Robichaud, qu'elle abhorrait au plus haut point. Comment ferait-elle pour exposer son nouveau-né aux mauvais sentiments de son aïeul ?

Après le dîner, Monique allaita son bébé et changea sa couche. Elle l'allongea dans son lit et s'étendit sur le sien qui se trouvait juste à côté. Le sommeil s'immisça subtilement dans une rêverie qui lui faisait entrevoir ce que serait une vie idéale. Il y avait toujours la question de Jean-Pierre qui la taraudait. Elle ressentait un mélange de culpabilité et de fatalisme. Elle s'endormit sur ces pensées.

Dans son rêve, Paul, Jean-Pierre, Maxime et elle vivaient dans une belle maison. Ils possédaient un grand terrain qui leur permettait de se faire un grand potager. Elle voyait une petite fille qui gambadait et Maxime, âgé de trois ou quatre ans, qui la poursuivait en riant. Jean-Pierre était son homme de confiance quand Paul n'était pas là. Dans son rêve, il devait avoir dix ou onze ans et il était adorable avec son frère et sa sœur. Tout le monde était heureux jusqu'au moment où les pleurs de son bébé se glissèrent dans son rêve qui se transforma en cauchemar. Émile, son père, venait lui enlever son fils avec l'aide des forces de l'ordre. Jean-Pierre criait et pleurait en refusant de les accompagner.

Monique se réveilla en sursaut, dévastée par son cauchemar. Les cris de son bébé la ramenèrent rapidement à la réalité. Le pauvre petit avait faim. Elle regarda l'heure et trois heures s'étaient écoulées depuis qu'elle s'était endormie. Paul serait de retour d'ici peu et elle n'avait pas préparé le souper. Il n'y avait pas grand-chose dans la glacière et ils étaient sur le point de manquer de glace. Paul n'avait pas fait d'épicerie et tout ce qui restait, c'était du boudin et une pomme de salade Iceberg qui venait des États-Unis. Elle fouilla dans le garde-manger et y trouva des patates et des carottes ; sinon, il y avait toujours du cannage. C'était suffisant pour préparer un repas frugal et Paul serait quand même satisfait.

Monique n'était pas encore assez en forme pour transporter son bébé dans le landau et se rendre à l'épicerie qui ne se trouvait pourtant qu'à un coin de rue de chez elle. Le médecin lui avait formellement interdit de lever des poids supérieurs à celui de son bébé ou de plus de dix livres. Elle avait hâte d'essayer le beau landau que son frère Yvan lui avait offert. Ce dernier était mal jugé par ses frères et il le leur rendait bien. Avec eux, il était d'une rigueur extrême. Malgré son jeune âge, il avait acquis une logique supérieure à celle de ses frères. Il vivait seul dans une plus petite ville encore et jamais il ne s'en plaignait. Mais pour sa sœur qui l'avait toujours respecté et encouragé, c'était différent. Il lui avait offert le landau le plus luxueux qu'on ne voyait que dans les quartiers riches de la petite ville. Et il lui avait dit : « Tu pourras élever tous tes enfants et il sera toujours le nec plus ultra… »

Monique ne connaissait pas cette expression : « nec plus ultra ». Yvan était de toute évidence le plus cultivé de la famille. En ayant choisi le milieu bancaire, il avait plus que les autres un métier propice à la culture. Il côtoyait quotidiennement les mieux nantis et ne pouvait pas se permettre d'être ignare. Pour cette raison, il lisait les journaux francophones et anglophones comme son mentor, monsieur Goyette. Par sa rigueur et son entregent dont il avait toujours fait preuve, il était devenu un collègue et un employé intéressant. Il constituait aussi un bon parti pour les demoiselles en quête d'un mari.

Yvan n'était pas pressé, car il avait un plan. Pour lui, devenir riche était primordial. Avec de l'argent, il pourrait se permettre de choisir parmi les meilleures candidates. Il la voulait riche par héritage et il fallait que le père l'aime aussi. La beauté serait bien secondaire si elle possédait les autres qualités qu'il privilégiait. La beauté pour lui paraissait bien éphémère, alors que la culture et la richesse bien gérées ne pouvaient que se bonifier avec le temps.

Monique se gardait bien de le juger. À dix-huit ans, bientôt dix-neuf, Yvan aurait bien le temps d'évoluer ou de changer d'idée. Elle l'aimait tel qu'il était, lui qui n'avait jamais cherché misère à personne. Paul et Monique se promettaient de l'inviter pour lui montrer à quel point ils l'appréciaient. Tout en réfléchissant, elle avait préparé son souper. Ce n'était pas facile de cuisiner avec un petit poêle à deux ronds seulement. Paul lui avait promis une cuisinière à quatre ronds et four intégré. C'était nouveau pour elle. Elle n'avait jamais vu de cuisinière électrique, sauf dans les magasins.

Parfois, Paul l'amenait dans les magasins pour voir ce qu'il y avait de plus moderne dans les appareils électroménagers. C'était incroyable comme la science évoluait rapidement. Les Américains étaient imbattables dans ce domaine, mais il y avait également de petites entreprises québécoises qui faisaient aussi bien sinon mieux. Il pensait au réfrigérateur Racine qui était fabriqué localement, mais aussi à la cuisinière Bélanger qui était produite à Montmagny. Léopold Petit avait dit que s'il était patient, il lui trouverait ces appareils à un bon prix. Pour Monique, c'était un rêve et Paul en avait déjà réalisé plusieurs qu'elle croyait pourtant inaccessibles.

— Bonsoir, mon amour ! Comment s'est passée ta journée ? lui dit-il en l'embrassant.

— Imagine-toi que ma mère est venue seule pour me visiter ! Je n'en croyais pas mes yeux qu'elle ait lâché sa machine à coudre pour venir ici. Elle m'a apporté une douzaine de couches de coton qu'elle a fabriquées elle-même.

— Elle n'était jamais venue auparavant et ça fait quand même presque six mois que nous avons emménagé ici.

— Tu sais bien que ce n'était pas par malice ni par indifférence qu'elle ne venait pas. Elle avait trop de travail, tout simplement.

— J'ai faim! Il n'y avait pas grand-chose dans la glacière. Je m'excuse de ne pas y avoir pensé.

— Je me suis débrouillée avec ce qu'il y avait. Des patates, des carottes, du boudin et une salade… Est-ce que ça ira?

— C'est parfait, ma chérie!

— Demain, je vais appeler le marchand de légumes, le boulanger et le laitier pour qu'ils reprennent le service. Qu'est-ce que tu aimerais comme viande? Du poulet? Un rôti ou des steaks?

— Si tu veux, je peux m'arrêter en revenant du travail? Je pourrais ouvrir un compte et, comme ça, tu pourrais te faire livrer sans te préoccuper de l'argent. Et je pourrais aussi te rapporter ce que tu préfères.

— Tu crois qu'il nous fera crédit?

— Bien sûr! Quand il me demandera si je travaille et que je lui répondrai que je suis contremaître à la Thor Mills, je ne crois pas qu'il fera de chichis bien longtemps.

— Parfait! Il faut que je te dise. Tout de suite après le dîner, j'ai allaité mon p'tit pou et je me suis étendue sur notre lit. J'ai dormi tout l'après-midi et je me suis réveillée à quatre heures.

— Tu récupères et c'est tant mieux! N'hésite jamais à te coucher en même temps que le bébé. Refais le plein d'énergie, car on ne sait jamais ce qui peut arriver…

— Ma mère a bien hâte que j'aille l'aider dans son atelier de couture. Je lui ai dit que d'ici quelques semaines, je serais sûrement assez en forme pour y aller. Tu es toujours d'accord?

— Bien sûr! Il n'y a que ton père qui m'énerve. J'espère que je n'aurai pas à m'en mêler, le vieux tabarnouche!

Monique ne lui raconta pas le cauchemar qu'elle avait fait, et se contenta de lui parler de son beau rêve. Paul lui répondit que son rêve n'en était pas un, mais bien un projet qui se réaliserait d'ici cinq ans, si tout allait bien.

— Dans mon rêve, il y avait Jean-Pierre! Y crois-tu toujours?

— Ce ne sera pas facile! J'ai beau étudier la situation sous tous ses angles, tout dépend du bon vouloir de ton père. Il a la loi et l'Église de son bord. On pourrait toujours lui intenter un procès qui coûterait une fortune en frais d'avocat et qui durerait dix ans, mais ce n'est pas ce qu'on veut.

— Non! Il n'y a pas de justice et ça me dégoûte.

— Il ne faut pas se décourager, Monique. Le temps arrange souvent les choses. Il faut être patient, ma chérie.

— Je ne sais pas si j'aurai cette patience, Paul.

— Tu n'as pas vraiment le choix, Monique. Tant que ton père ne changera pas d'idée ou qu'il ne sera pas mort, il a le gros bout du bâton et il le sait très bien !

— Changeons de sujet, veux-tu? Ça me déprime telle-ment d'y penser que j'en pleurerais.

— On n'en parle plus jusqu'à ce qu'on voie l'ombre d'une solution. Qu'en penses-tu? On ne peut pas ruiner notre bonheur pour sortir Jean-Pierre d'une situation où il n'est pas malheureux et où il est bien traité.

— Excuse-moi, Paul, de t'accabler avec une situation qui ne te concerne en rien. Tu connais la vérité et le fond de mon âme. Je ne pourrai jamais l'oublier, mais je suis d'accord pour ne plus en parler tant qu'il n'y aura pas de solution.

Monique se leva et Paul eut le même élan pour l'enlacer et la serrer très fort sans rien dire. Il était vrai que ce dilemme lui appartenait, mais pour lui, quand il l'avait épousée, il l'avait acceptée dans toute sa complexité. Paul débarrassa la table et mit la bouilloire à chauffer afin d'avoir de l'eau chaude pour laver la vaisselle. Monique fit mine de l'aider, mais il lui fit signe de se rasseoir et de boire son thé tranquillement.

Elle le regardait s'affairer à des tâches ménagères et ne put s'empêcher de le comparer à son père qui n'avait jamais levé le petit doigt pour aider sa mère d'aussi loin qu'elle s'en souvînt. Paul avait lavé et essuyé la vaisselle, puis il avait tout rangé.

Il lâcha un soupir de satisfaction en constatant l'ordre et la propreté. Monique avait remarqué cette tendance obsessive pour l'ordre et la propreté. Il était revenu de la guerre avec ces habitudes et cette discipline qui lui donnaient un charme particulier. C'était un homme moderne, un peu en avance sur son époque, et cela plaisait énormément à Monique.

Les jours passaient et une routine confortable s'était installée dans le couple. Le prénom de Maxime fut accepté et la date du baptême fut décidée. Trois semaines après sa naissance, ce fut le grand jour et Monique, ne pouvant y échapper, s'y plia de bonne grâce. Jamais Paul ne lui avait fait de reproches. Pour lui, la religion appartenait à chacun. Lui-même était un ardent catholique et respectait à la lettre les règles de l'Église, à l'exception peut-être de la chasteté.

Le baptême de Maxime eut finalement lieu à l'église L'Assomption. Émile brillait par son absence, mais tous les autres membres de la famille étaient présents. Marcel avait attendu jusqu'à la dernière minute. Il devait prendre un avion militaire à Saint-Hubert le lendemain matin à six heures. Le bébé s'appelait Maxime Joseph Marcel Tremblay. Ce fut l'occasion d'une petite fête à la manière des Tremblay. Paul avait obtenu du curé la permission de se servir de la salle au sous-sol de l'église, à condition que celle-ci soit remise dans son état original.

Chaque famille avait apporté une partie des victuailles néces-saires pour nourrir tout ce beau monde. L'absence d'Émile fut très appréciée. Les Tremblay et même les Robichaud respiraient mieux, ne craignant cette fois aucun scandale. Les deux familles se mêlèrent beaucoup plus facilement que lors du mariage. Les Robichaud purent découvrir une famille harmonieuse qui savait s'amuser à la moindre occasion. La seule chose qui manquait à la fête, c'était l'alcool, mais le curé avait été formel sur ce point. Pas d'alcool! Et Paul avait respecté la consigne.

Il y avait bien quelques délinquants qui allaient dans le stationnement pour boire. Aimé avait entraîné des Robichaud et des Tremblay sans distinction pour venir tester sa bagosse qu'il avait laissée dans le coffre de sa voiture. Ils revenaient tous les yeux un peu plus brillants et avec un sourire de connivence au coin des lèvres. Fidèle à son habitude, Aimé sortit son crincrin et ce fut le signal pour les Tremblay de sortir les cuillères, les ruine-babines et même un accordéon.

Le baptême fut un succès qui resterait dans les annales des Robichaud. Pour les Tremblay, c'était chose courante. On fêtait tout le temps et les occasions ne manquaient pas. Monique commencerait dès le lendemain à travailler à l'atelier de couture.

Chapitre 13

Monique pouvait enfin reprendre une vie normale. Le médecin lui permettait désormais de lever certains poids. La plaie de la césarienne avait bien guéri, mais demeurait une vilaine attaque à sa beauté. Cette cicatrice verticale partant du pubis pour se terminer près du nombril la dérangeait beaucoup. Paul l'aimerait-il autant? Une partie de cette cicatrice serait cachée par les poils de son pubis, mais il y aurait quand même une portion qui demeurerait apparente au-dessus de son sous-vêtement. Elle devrait dire adieu au bikini pour toujours, même si elle n'avait jamais été adepte de ce costume de bain auparavant.

Ce lundi matin-là, Monique prit son bébé et le déposa dans le landau qu'Yvan lui avait offert. Elle l'emmitoufla dans une courtepointe qui était un autre cadeau de sa sœur Nicole. Le soleil brillait et les dernières traces de neige avaient disparu depuis quelques semaines. Les bourgeons grossissaient à vue d'œil au point de créer un semblant de feuillage dans les arbres. Les oiseaux gazouillaient et se faisaient la cour dans une parade perpétuelle. Monique avait le cœur léger et joyeux en écoutant la nature en éveil. Elle se rendit chez sa mère en un rien de temps. Comme tout le monde était déjà parti au travail ou à l'école, Lauretta était seule dans la maison. La ruche était vide, il ne restait que la reine concentrée sur sa couture. Monique se pencha pour embrasser sa mère.

— Bonjour, maman! Comment vas-tu? Il fait si beau que j'ai le goût de chanter. Que dirais-tu si j'allumais la radio?

Le visage de Lauretta s'illumina d'un charmant sourire en constatant que sa fille était là avec son poupon, le petit Maxime.

— Bonjour, ma grande! Comment va ce petit ange? Laisse-moi le voir et le prendre un peu. Il a pris du poids un p'tit peu le gros bébé à sa mamie, hein? Fais une belle risette à mamie!

— Il est trop jeune, maman, mais il a pris une livre en trois semaines et le docteur dit qu'il devrait prendre au moins huit onces par semaine pour doubler son poids dès l'âge de quatre mois. Je ne sais pas s'il l'atteindra, mais on s'en fout s'il est en santé. Pas vrai?

— Tu as raison! Il n'y a pas un enfant de pareil et le tien est unique. Si on veut qu'il dorme, il faut lui trouver une place pas trop loin de nous. Si on le laissait dans la chambre de ton père avec la porte ouverte? C'est juste en face de l'atelier et il ne sera pas dérangé par les clients ou le bruit de nos machines.

— La porte presque fermée, ce serait mieux!

Monique alla déposer son fils, couché dans un moïse, dans la chambre de son père. L'idée ne l'enchantait guère, mais c'était la meilleure solution pour le moment. Elle croyait aux vibrations négatives qui devaient émaner de cette pièce. La jeune mère ferait un essai pour voir comment son fils réagissait et, au moindre soupçon, elle le transférerait dans la chambre des femmes.

Elles se mirent au travail. Monique découpait les patrons pendant que sa mère complétait l'ajustement d'une robe sur un mannequin pour madame Riendeau. Ensuite, Monique terminait les coutures de la robe, posait les fermetures éclair ou faisait les boutonnières et fixait les boutons. Lauretta avait une clientèle très fidèle. Il y avait beaucoup d'avantages à cela. Elle prenait en note les mensurations et préférences des clientes et pouvait au besoin ajuster légèrement les patrons en cas de prise ou de perte de poids. Habituée à travailler seule, Lauretta s'était fabriqué des gabarits qui lui simplifiaient la vie et augmentaient sa capacité de production.

Monique avait déplacé le poste radio de la cuisine au salon pour agrémenter l'atmosphère de l'atelier. Sa mère avait pris l'habitude de travailler dans un silence monacal entrecoupé seulement par le bruit du moulin à coudre. Monique pensait que cette habitude était malsaine et trop propice à la mélancolie. La présence de sa fille apporta à Lauretta un vent de fraîcheur. Elle se sentait revivre, elle qui s'enterrait tranquillement dans la résignation d'un destin sans lumière et sans joie. Avant la fin de la première journée de complicité retrouvée, elle s'était surprise à rire de bon cœur.

Monique avait adoré sa première journée de travail à l'atelier. Elle avait ressenti une impression de liberté qu'elle n'avait jamais vécue en usine. Elle pouvait gagner sa vie tout en s'occupant de Maxime. C'était le bonheur et, de plus, sa mère avait paru ragaillardie par sa présence. En retournant chez elle, Monique était impatiente de raconter sa journée à Paul. Elle était partie à quatre heures avant que son père ne revienne du travail. Elle ne tenait pas à croiser son regard méprisant. Elle voulait savourer sa journée remplie d'ondes positives et de lumière.

Jean-Pierre avait croisé Monique sur le chemin du retour de l'école. Son visage s'était illuminé quand il l'avait reconnue. Il s'était mis à courir comme une gazelle à sa rencontre en criant son nom. Monique avait senti un élan du cœur irrépressible en l'apercevant. Son sourire radieux la rendait aussi irrésistible qu'avant sa grossesse. Un vieillard, qui déambulait dans la rue en sens inverse, se retourna sur son passage comme s'il avait croisé la madone.

— Allo, Monique! dit Jean-Pierre en lui enserrant la taille. Je m'ennuie de toi. Maman m'a dit que tu revenais à la maison?

— Allo, mon grand! Je travaille avec maman, mais j'ai ma maison avec Paul et Maxime maintenant. Je m'ennuie beaucoup de toi, moi aussi! Pourquoi ne viendrais-tu pas passer les samedis avec moi? Paul travaille toute la journée et je suis bien seule. Mais tu as sûrement mieux à faire de tes samedis que de t'occuper de ta grande sœur et de l'aider à faire l'épicerie?

— Je peux venir avec ma voiturette pour transporter les sacs si tu veux? Pat m'a fabriqué des côtés que je peux enlever et remettre quand je veux. Je peux même transporter une balle de foin pour les lapins à papa.

— Ouais! T'es vraiment bien équipé avec ta voiturette. Je t'engage pour transporter mes commissions et je vais te donner dix cents et t'acheter un cornet de crème glacée. Est-ce que ça te va?

— Wow! Tu me donnes des idées. Papa aimerait ça que je me trouve un travail. Je pourrais demander aux voisins s'ils veulent que je fasse leurs commissions?

— T'es bien jeune pour commencer à travailler, mais si tu y tiens vraiment, tu pourrais livrer des journaux. Il faudrait que Pat te patente des skis qui pourraient embarquer sur tes roues en hiver. Parles-en à Nicole ou à Daniel, ils en ont livré longtemps.

— Je vais y aller pour pas que maman s'inquiète! On va peut-être se croiser souvent *asteure*? Bye!

Après l'avoir embrassé, Monique le regarda gambader nonchalamment avec l'insouciance de la tendre jeunesse. Il n'avait, en tout cas, pas l'air malheureux. Bien au contraire! Elle ressentit un petit pincement au cœur. Jean-Pierre était heureux sans elle et cela l'attristait un peu. Pourquoi le plonger dans un possible cauchemar qui risquait d'effriter ce qui restait de solidarité dans cette famille dysfonctionnelle? Elle poursuivit sa route avec moins de soleil dans son ciel bleu. Cette réalité la rattrapait toujours. Elle avait l'impression qu'elle ne pouvait savourer son bonheur qu'au compte-gouttes et qu'elle ne trouverait la sérénité qu'en subissant une lobotomie qui lui ferait oublier cet épisode de sa vie.

Monique essaya de retrouver un peu de sa gaieté et elle y parvint en pensant aux aspects positifs de la situation : son fils était heureux. Il lui suffirait de ne pas le perdre de vue pendant toute sa croissance et même après. Il lui faudrait parvenir à se rapprocher suffisamment de Jean-Pierre sans s'exposer aux foudres de son père. Cela méritait une plus grande réflexion et elle se promettait d'y revenir.

Quand Paul arriva du travail, il la trouva pimpante et souriante. Monique lui sauta au cou et l'embrassa, provocante. Elle lui raconta dans le détail sa journée, ses joies, le travail, le réapprentissage, le réconfort qu'elle avait senti chez sa mère ainsi que leurs éclats de rire. Elle évita volontairement d'aborder la rencontre avec Jean-Pierre. Monique avait cru percevoir des signes d'impatience chez Paul, concernant le sujet rabâché de Jean-Pierre. Paul et elle ne s'étaient jamais querellés ni reproché quoi que ce soit jusqu'à ce jour, et elle n'avait pas l'intention que la situation change sur un sujet aussi délicat.

— Dis-moi, Paul ! Lors de tes encans, est-ce que tu vois des radios qui sont à vendre pas trop cher ? J'aimerais en offrir une à ma mère pour l'installer dans son atelier. Pas de musique, ça peut devenir lugubre par moment à ruminer ses malheurs. J'ai pris la radio de la cuisine et je l'ai installée temporairement dans l'atelier. J'ai surpris ma mère à fredonner de la

304

chansonnette des Joyeux Troubadours qui entre en onde juste avant le dîner à Radio-Canada.

— Si ça peut lui remonter le moral, la pauvre femme, samedi prochain, j'en rapporte une. Pendant que j'y pense, Léopold m'a demandé lequel des appareils tu veux en premier : la cuisinière ou le réfrigérateur ?

— T'es pas sérieux, Paul ! Déjà ? As-tu l'argent qu'il faut ?

— Ne te préoccupe pas de ça ! Lequel tu veux ?

— J'aimerais bien le réfrigérateur, mais la cuisinière serait plus utile pour te préparer des bons p'tits plats. Deux ronds et pas de fourneau, ça limite. Pas de rôtissage ! Un bon pâté chinois, un poulet bien rôti ou un roast-beef que tu aimes tant, ça m'apparaît plus important.

— D'accord ! Je vais en glisser un mot à Léopold après le souper. Tu sais qu'avec la chaleur qui s'installe, je suis pas mal sûr qu'on va faire deux encans par semaine assez régulièrement.

— J'ai le goût de m'occuper de Jean-Pierre le samedi quand tu ne seras pas là. On pourrait faire les commissions ensemble et il pourrait m'aider à des petites tâches. Qu'en penses-tu ?

— Écoute, Monique, tu connais mon opinion là-dessus ! Fais attention de ne pas trop rêver. Je sais que Jean-Pierre est très attachant, mais qui dit attachement dit dépendance…

— Je ne peux pas m'en passer, Paul, c'est plus fort que moi !

— C'est ce que je disais ! Attention ! Tu l'amèneras à l'encan samedi prochain. S'il fait beau, on va pouvoir le faire dehors. Léopold aime bien s'installer sur la galerie avec moi à ses côtés. On contrôle mieux le déroulement.

— Je suis sûre qu'il aimerait te voir travailler. Est-ce que c'est vous deux qui sortez les items de la maison ?

— Il a généralement deux hommes qui sortent les morceaux au fur et à mesure. Léopold aime bien ça parce que ça tient le monde en haleine, et celui qui attend pour une chaise doit attendre qu'elle sorte. Le monde attire le monde, et un attroupement, c'est toujours fascinant.

— T'en sais des choses, mon amour ! Je suis tellement chanceuse de t'avoir dans ma vie que j'ai peur de me réveiller comme la Belle au bois dormant.

— C'est quoi le problème ? Elle se réveille quand le prince l'embrasse… Est-ce qu'on tente le sort, ma chérie ? Laisse-moi t'embrasser ! Humm… Ils firent l'amour et eurent beaucoup d'enfants.

— Es-tu certain que c'est la version officielle ? C'est sûrement la version pour adultes que t'as en tête, mon beau prince.

— Est-ce qu'on pourrait retarder le festin et se concentrer sur le dessert à la place, princesse ?

— Et c'est quoi ton dessert, beau prince ?

— Je vois deux jolis fruits qui veulent sortir de ton corsage et qui ne demandent qu'à être cueillis.

— Ces fruits servent temporairement à nourrir ton fils, mon prince. N'as-tu point d'autres visées ?

— Je pourrais toujours me rendre dans la forêt et cueillir le fruit secret qui garde l'entrée de la source où coule un doux nectar encore plus enivrant. Qu'en penses-tu, princesse ?

— Je sens que le nectar sera abondant si tu oses t'y aventurer, mon prince.

— Soit ! Je n'en peux plus d'attendre et mon appétit est trop grand. Je te suis dans tes appartements pendant que le dauphin dort.

Ils s'arrachèrent leurs vêtements, excités par cette parodie. Tous deux avaient développé un certain intérêt pour les jeux de rôle érotiques. C'était leur façon de se dépasser, d'oser aller plus loin sans ressentir de gêne. Ils firent l'amour doucement. Paul était très doué pour initier Monique à des plaisirs inédits, mais ô combien savoureux. Chaque fois qu'ils faisaient l'amour, Paul apportait des éléments nouveaux pour éviter la routine. Monique avait elle-même innové en trouvant quelques petits trucs qui rendaient son amant déchaîné.

La vie était belle et facile dans le nouveau cocon familial qu'ils avaient créé. L'avenir s'annonçait prometteur. Paul faisait preuve d'une ambition contrôlée par des objectifs réalisables à court, à moyen et à long terme. Ils étaient, tous les deux, travailleurs et créatifs. C'était là la vision du bonheur que Paul essayait d'instiller chez sa compagne. Celle-ci était tellement volontaire que Paul avait la conviction profonde que Monique était la femme idéale pour lui. Une seule ombre au tableau : le côté querelleur de son beau-père, Émile Robichaud. Il avait une bonne raison de lui en vouloir, ne serait-ce que parce qu'il était intraitable quand il était question de Jean-Pierre. C'était la pierre angulaire, mais aussi la pierre d'achoppement de Monique. L'enfant était son salut, mais aussi sa perte. Elle ne pourrait jamais être parfaitement heureuse tant que la question de Jean-Pierre ne serait pas réglée à son avantage.

La vie continuait, douce et nonchalante. Le travail à l'atelier était plus facile qu'à l'usine, mais restait exigeant. Il fallait être attentif au moindre petit détail pour qu'une robe destinée à être élégante ne ressemble pas à de grossières hardes. La réputation de Lauretta n'était plus à faire. Elle était reconnue comme une des meilleures couturières de confection. Elle ne faisait presque plus d'altération, sauf à ses bonnes clientes qui grossissaient et maigrissaient au gré des saisons. Elle semblait avoir repris le dessus sur son atelier.

Lauretta allait enfin prendre le temps de mettre un peu d'ordre dans sa famille. Elle commencerait par ceux qui vivaient encore sous son toit. Et il en restait plusieurs. Elle s'attendait à ce que Gérard quitte la maison incessamment. Il atteindrait bientôt sa majorité et il menait déjà sa vie comme bon lui semblait. Il était volontaire et généreux. Il ne lui causait aucun ennui sinon de l'inquiétude. Mais n'était-ce pas quelque chose de normal pour une mère, se disait-elle. Elle n'avait donc rien à redire de ce côté-là, à part se faire du mauvais sang à cause de la vie amoureuse tumultueuse du jeune homme.

Il y avait encore Nicole et Patrick, Daniel et Jacques, et puis Jean-Pierre. Ses plus grands tracas venaient de Patrick, et c'était de lui qu'elle voulait parler avec Monique. Si quelqu'un pouvait réussir à le raisonner, c'était bien elle.

Patrick, dix-sept ans, bientôt dix-huit, finissait l'École des arts et métiers, mais échouerait sûrement à l'examen final au rythme où les choses allaient. Il n'étudiait pas, mais sur le plan pratique, il s'en sortait mieux que quiconque. C'était comme si son esprit se rebellait à la vue d'un document écrit. Il fallait qu'il réussisse pour assurer son avenir et éviter la délinquance. Lauretta craignait vraiment qu'il finisse en prison. C'était, du moins, ce que les policiers lui disaient.

— Je suis bien découragée quand je pense à Patrick. Je ne sais bien pas ce qu'on va faire avec lui !

— Pat, c'est comme un virtuose du piano qui ne sait pas lire la musique. Il est bien bon, mais il ne fera jamais partie d'un orchestre symphonique. Il va finir manœuvre s'il continue à s'obstiner comme ça.

— Je pense que tu as très bien compris, Monique. *Asteure*, es-tu capable de lui faire rentrer ça dans la tête?

— Écoute, maman! Pat ne retient pas des voisins…

— Il a hérité de la tête de cochon de son père et c'est bien de valeur. Pauvre enfant!

— Ne t'énerve pas tant, maman, ce n'est pas si pire que ça! C'est sûr qu'il faut qu'il réussisse l'examen du ministère s'il veut arriver à quelque chose dans la vie. Je vais lui parler et si ça ne suffit pas, je demanderai de l'aide à Paul.

— J'espère que tu vas réussir, ma grande, parce qu'à chaque fois que la police vient ici, je m'attends toujours au pire.

— Chasse ces mauvaises pensées et écoutons de la musique à la place si tu veux, maman?

— T'as ben raison, et puis ce n'est pas le travail qui manque non plus!

Elles se mirent au travail tout en écoutant de la musique. Quand Lauretta abordait un sujet qui la ramenait dans de sombres pensées, Monique s'efforçait de la ramener vers la lumière en lui rappelant les côtés positifs. La jeune femme s'étonnait que sa mère soit encore capable de trouver du positif dans la vie après en avoir passé la majeure partie auprès d'un être frustré et mesquin.

Monique était heureuse d'avoir trouvé chez Paul de l'amour et de la bonté. Jamais elle n'aurait pu supporter l'enfer de sa mère. Au moment même où elle prononçait ces paroles, elle se remémora la misère qu'elle avait elle-même subie pendant près de sept ans. Son monde avait basculé dans un gouffre qui lui avait paru sans fond.

La matinée fila sans que ni l'une ni l'autre ne la voient passer. C'est l'émission des *Joyeux Troubadours* qui leur fit prendre conscience de l'heure. À onze heures et demie, Monique mit à mijoter un reste de bouilli. Soudain, elle prit peur. Elle avait oublié son bébé dans la chambre de son père. Il se trouvait dans cette pièce depuis son arrivée à huit heures ce matin-là. Elle s'y précipita, ouvrit la porte et regarda son petit Maxime. Il montrait des signes de réveil et s'étirait en ouvrant et en fermant les yeux. Ouf ! Pendant un instant, elle avait pensé au syndrome de mort subite chez les nouveau-nés. Elle avait vraiment eu peur et pensa à installer un réveil qui sonnerait toutes les deux heures. Après mûre réflexion, elle se trouva bien folle d'avoir paniqué autant. La prudence avait sa place, pas la panique !

Monique allaita son nourrisson, changea sa couche, le reposa dans son moïse et l'amena avec elle dans l'atelier. À midi, Lauretta et sa fille cessèrent leur travail pour dîner. Monique mangea rapidement pour pouvoir câliner son fils avant de reprendre le travail. Elle réfléchissait à la façon d'aborder son frère Patrick sans l'effaroucher. Elle en parlerait à son mari durant la soirée. Paul serait sûrement de bon conseil, et entre hommes, ils se comprenaient.

C'était une autre journée qui se terminait et Monique reposa Maxime dans son landau. Le retour à la maison était un réel plaisir et, en même temps, un exercice nécessaire pour maintenir son tonus musculaire. Elle tenait vraiment à demeurer désirable pour son amoureux de mari. Il était trop beau pour qu'elle se laisse aller. Il se désintéresserait d'elle et la concurrence le lui volerait. Il n'en était pas question !

Jean-Pierre apparut à l'horizon, la saluant énergiquement de loin. Un sourire s'esquissa sur le visage de Monique. Plus il se rapprochait et plus elle distinguait le sourire éclatant de son fils.

— Allo, Monique ! Il fait encore très beau aujourd'hui, trouves-tu ?

— C'est vrai qu'il fait très beau et pas trop chaud. C'est parfait ! Et toi, comment s'est déroulée ta journée ?

— J'aime beaucoup ma maîtresse, elle est très gentille. Elle m'a mis une étoile dans mon cahier d'écriture. Je vais te la montrer !

Jean-Pierre retira son sac à dos. Il l'ouvrit et en sortit son cahier Canada. Il le feuilleta et trouva l'étoile. Ses lettres étaient bien faites et sa maîtresse avait écrit : *Bravo !* Et elle avait apposé son tampon en forme d'étoile avec de l'encre rouge. Le garçon était tellement fier. Monique feuilleta le cahier à son tour. C'est la seule étoile qu'elle trouva dans tout le cahier qui avait été utilisé presque en entier.

— Bravo, mon champion! Je vais te donner cinq cents pour te récompenser.

— Oh merci! Je vais pouvoir m'acheter un bun, demain.

— Tu aimes ça les buns?

— Oui! C'est tout tortillé et plein de cannelle. C'est cher! Ça coûte trois cents.

— Continue à bien travailler et peut-être que je te ferai d'autres cadeaux… As-tu eu l'occasion de parler avec Nicole ou Daniel pour la distribution de journaux?

— Non! Daniel avait une pratique de baseball, et Nicole est partie tout de suite après le souper. Son *chum* est venu la chercher avec un nouveau char.

— Tu devrais dire auto ou automobile au lieu de char. C'est plus beau, tu ne trouves pas?

— Ouin! Il faut que je me sauve, j'ai promis d'aller jouer aux billes avec les gars.

— Vas-y! File et à demain!

Le contact avait été bref, mais agréable. Au fond, c'était peut-être mieux ainsi. Monique commençait à douter qu'il soit malheureux sans elle. C'était peut-être l'inverse, au fond? C'était elle qui était malheureuse sans lui.

Paul arriva du travail. Il avait appelé Léopold sur l'heure du dîner et quand il avait parlé de cuisinière, ce dernier lui avait demandé s'il avait une prise de courant de deux cent quarante volts. Dans ce vieux logis, il n'y avait pas d'autre courant que le cent vingt volts. Monique et lui pouvaient dire adieu à la cuisinière tant qu'ils resteraient dans ce logement-là. Paul était déçu, mais semblait mijoter quelque chose dans son cerveau. Il mangea distraitement et but son thé assis dans sa chaise berceuse en lisant son journal.

Quand Monique se leva de table pour aller laver la vaisselle, Paul la suivit. Il ramassa un linge et se mit à essuyer les plats à mesure que Monique les lui tendait.

— Dis-moi, Monique! Que dirais-tu si on déménageait cette année plutôt que d'attendre une autre année?

— Est-ce qu'on a les moyens? Si vite? C'est certain que ce serait agréable d'avoir une chambre d'enfant. Ce serait moins gênant quand on fait l'amour…

— Ce n'est pas tant la gêne que le fait qu'on se retienne de s'exprimer librement pour ne pas réveiller Max.

— Je savais que tu finirais par l'appeler Max, mais son nom c'est Maxime. Mais je dois admettre que tu as raison: c'est plus la crainte de le réveiller qui me retient, avoua Monique.

— C'est décidé. Je me mets à la recherche d'un logis dès demain. Je vais éplucher les p'tites annonces. Veux-tu une rue en asphalte ou non?

— Moi, ce que je veux, mon chéri, c'est un logement pas trop loin dans la paroisse de L'Assomption ou Saint-Eugène. J'aime mieux une rue en terre, il y a moins de trafic. C'est moins dangereux pour les enfants.

— On peut regarder chacun de notre côté et on éliminera les logis qui ne font pas l'affaire. Si j'étais plus sûr de mes revenus avec Léopold, on ne chercherait pas un logis, mais on irait s'asseoir avec mon frère Jean-Claude pour se bâtir une maison.

— Arrête de me faire rêver, Paul! J'ai peur, tu vas trop vite pour moi. J'angoisse!

— Dis-toi une chose, mon amour, jamais je ne mettrai votre sécurité en péril! Vous êtes ce qu'il y a de plus important pour moi! J'ai des rêves, j'ai des projets, mais je suis aussi très réaliste. Tu peux te fier à mon jugement, Monique.

— Tu le sais que j'ai confiance en toi, mon chéri, mais je suis peureuse! J'ai peur de perdre ce que tu m'as déjà donné. J'ai l'impression que je n'avais rien avant vous deux. Même mon fils m'avait été enlevé. Maintenant, j'ai beaucoup et j'en suis reconnaissante à la vie.

— Arrête de t'énerver pour rien, Monique! J'ai besoin de pouvoir exprimer à voix haute mes rêveries, mes pensées secrètes. Je ne veux rien te cacher, mais il faut que je sente que tu es capable de les entendre.

— Je comprends! Excuse-moi d'être aussi nerveuse. C'est peut-être mes hormones qui me jouent des tours. Ne t'en fais pas pour moi! Tu as la capacité de me rassurer en un rien de temps. Que dirais-tu de me masser le bas du dos, c'est sûrement le p'tit banc sur lequel je passe mes journées qui en est la cause.

— Je suis toujours volontaire quand il est question de te caresser, mais on devrait commencer par donner le bain à Maxime. Après, il ne resterait qu'à s'étendre et à se caresser après une bonne journée de travail. Que dis-tu de mon programme?

— Je suis toujours partante quand il s'agit de te caresser ou de me faire caresser. L'un ne va pas sans l'autre!

Monique mit à chauffer l'eau pour le bain de Maxime. Paul alla se rafraîchir à la débarbouillette avec l'eau froide du robinet. Il avait pris cette habitude dans l'armée et trouvait son effet extrêmement revigorant. Il réapparut vêtu de sa belle robe de chambre en soie. L'atmosphère était feutrée et sensuelle. Monique lava le bébé et Paul l'essuya délicatement. Il lui mit sa couche et le glissa dans son pyjama. Ensuite, il se dirigea vers la chambre et le coucha, puis l'abria chaudement. Monique avait fait une halte à la salle de bain pour se rafraîchir à son tour. Elle essaya la méthode de Paul, mais poussa un petit cri quand l'eau froide entra en contact avec son aisselle. Chaque fois qu'elle touchait une nouvelle partie de son corps avec sa débarbouillette froide, elle émettait un petit ricanement puis un petit cri. Quand finalement elle entra dans la chambre, elle paraissait frigorifiée et sautillait devant Paul qui s'était déjà glissé sous les couvertures.

— Quelle torture! Quelle barbarie! Je ne sais pas comment tu réussis à endurer ce supplice quotidiennement.

— C'est une question d'habitude! Je développe mon côté masochiste.

— C'est quoi le masochisme, mon amour?

— Le masochisme, c'est d'aimer la douleur jusqu'à la jouissance.

— C'est fou, non?

— C'est pas mal fou en effet! Dis-moi où tu as mal que je commence à te masser.

— Je pense que j'ai mal partout, mais tu peux commencer par mes reins et après, tu suivras ton imagination…

— Tu es coquine, ma chérie! Tu ouvres la porte aux pires sévices. D'autant plus que depuis que tu nourris ce galopin, je suis privé d'une source de plaisir quand même importante. Je pourrais considérer vos suggestions si vous avez la moindre idée des supplices qui vous attendent.

— Monsieur, je n'ai jamais senti votre imagination faillir à la tâche, mais si jamais c'était le cas, je vous guiderais sur les chemins de mon plaisir!

— Diantre, madame! Que votre langage m'est agréable. Seriez-vous une courtisane à la cour du roi?

— Mon Dieu! Je me suis trompée. Je croyais que vous étiez le roi.

Quand Paul eut terminé de lui masser les reins, il fut très tenté de toucher ses seins qu'il trouvait magnifiques. Il aurait aimé goûter à son lait de nouveau, mais il se sentait comme un voleur qui enlevait le pain au démuni. Il opta plutôt pour la cicatrice de sa césarienne. Il l'enduit avec de l'huile pour bébé Baby's Own, puis la massa doucement jusqu'à ce que Monique soupire de plaisir.

La jeune femme se tortillait pour que les doigts de son amant effleurent des zones jusque-là ignorées. Paul le faisait exprès. Il voulait qu'elle lui demande explicitement ce qu'elle désirait. Comme elle ne semblait pas disposée à exprimer ses désirs, il s'aventura à caresser les zones qu'il jugeait les plus susceptibles de lui arracher des cris. Sa bouche prit le relais de ses doigts quand il fut certain qu'elle atteindrait l'orgasme. Il ne prit rien pour lui. Il se contenta de l'embrasser et de lui souhaiter bonne nuit.

Il était à peine huit heures quand Paul remit sa robe de chambre et retourna dans la cuisine. Il reprit *La Voix de l'Est* et la feuilleta de nouveau à la recherche des petites annonces. Il cherchait des hauts ou des bas de duplex qui seraient à louer dans le secteur que sa femme aimait. Il en trouva quelques-uns avec l'eau chaude et un bain. Il en déduisit qu'ils avaient aussi l'installation électrique pour la cuisinière. Il appellerait le lendemain.

Après avoir encerclé les petites annonces qui l'intéressaient, il retourna se coucher. Les bras derrière la tête, il se mit à calculer la faisabilité financière de ses projets. Quand il eut la certitude que c'était possible sans affoler son épouse, il se tourna sur le côté et s'endormit.

Monique ne se leva qu'une seule fois durant la nuit pour allaiter Maxime, puis de nouveau à l'aube. Elle se trouvait bien chanceuse d'avoir un bébé qui fasse déjà presque ses nuits. En fouillant dans ses souvenirs, elle se rappela les coliques de Jean-Pierre quand il était nouveau-né. C'était facile d'associer ces coliques au stress de la situation. Peut-être que Maxime l'épargnerait? Elle l'allaita assise dans la chaise berceuse, lui fit faire son rot, puis changea sa couche. Elle le recoucha dans le moïse installé sur le coin de la table et prépara le dîner de Paul. Normalement, il s'occupait de son repas du midi lui-même, mais Monique était certaine qu'il serait sensible à cette petite attention.

À six heures, le réveille-matin sonna pour s'arrêter aussitôt. Çela signifiait que Paul était déjà réveillé. Son café l'attendait.

— Bon matin, mon amour, tu es bien matinale ce matin! As-tu bien dormi?

— Très bien! Je me suis endormie comme un bébé grâce à ton excellent massage, merci. Donne-moi mon baiser!

— Voilà pour ton baiser et les massages, c'est à volonté ou à la carte. C'est selon…

— J'aime bien l'idée du menu à la carte. J'ai donc toute la journée pour y penser ? C'est bien ça ?

— Tu comprends vite quand ça sert tes intérêts. Merci pour le *lunch* ! Je commence à comprendre pourquoi je t'ai mariée. Oh ! Pendant que j'y pense, regarde dans le journal, j'ai encerclé quelques logements dans les p'tites annonces. J'aimerais que tu me dises ce que tu en penses.

Paul se sauva à la salle de bain pour se raser et faire sa toilette. Quand il en sortit, il sentait bon l'eau de Cologne. Il s'habilla rapidement. Sa tenue était sobre, mais impeccable. Il pressait tous ses vêtements, un autre vestige de ses années dans l'armée. Il embrassa sa femme de nouveau et lui demanda :

— Puis, les logements ? Qu'est-ce que t'en dis ?

— C'est cher !

— Monique ! Qu'est-ce que je t'ai dit à ce sujet-là, pas plus tard qu'hier soir ? Il faut que tu me fasses confiance concernant les finances. Je sais ce que je fais ! On n'a aucune raison d'attendre encore une année avant d'entrer dans l'ère moderne. Penses-y et on en reparlera ce soir si tu veux.

— Bonne journée, mon chéri !

Paul lui proposait d'accéder à son rêve plus rapidement. Elle aurait l'eau chaude comme sur la rue Sainte-Rose, mais en plus, une cuisinière électrique. Quelle folie, mais quelle belle folie! Paul était tellement plein de ressources qu'elle n'avait aucune idée de ce qui était accessible et de ce qui ne l'était pas. Avait-il seulement une limite? Elle en doutait. Jusqu'alors, elle avait obtenu bien plus que ce qu'elle avait désiré.

La température du mois de mai était exceptionnelle. On se serait cru en été et les enfants s'en donnaient à cœur joie. Monique poussait son landau et humait le parfum des lilas, des églantiers et des rosiers rustiques qu'elle croisait sur sa route. Si jamais elle avait un jour une maison, elle aimerait avoir de ces énormes rosiers sauvages qui parfumaient l'air durant tout l'été. Elle aimerait aussi avoir un grand lilas au fond du terrain. La floraison ne durait pas longtemps, mais cela demeurait un très bel arbre.

Monique se retrouva encore une fois devant la maison dans laquelle elle avait mis tant d'efforts. Rallier la famille n'avait pas été une mince affaire. D'autant plus qu'à cette époque, c'était son père le maître d'œuvre, jusqu'à ce qu'il soit déchu de son titre de chef de famille. Cela n'avait donc été facile pour personne. Chacun avait dû mettre de l'eau dans son vin et, pour la plupart, c'est l'orgueil qui en avait pris un coup. Lauretta avait été exemplaire en lançant l'ultimatum qui avait mobilisé les forces de la famille.

Non ! Jamais plus elle ne mettrait autant d'efforts dans une action de cette envergure, sauf pour son nouveau foyer. Elle sentait que si leur rêve se réalisait, Paul ne l'entraînerait jamais dans des difficultés pareilles. Couper les cheveux en quatre, redresser des pleines chaudières de clous rouillés et tirer le diable par la queue, c'était le propre de son père. C'était son avarice bien plus que son alcoolisme qui avait causé sa perte. Elle se souvenait de son père quand elle était petite. C'était un homme fier et austère, mais juste et volontaire. Dorénavant, il ne lui restait que le côté volontaire.

— Bonjour, maman ! Bien dormi ?

— Ah mon Dieu, oui ! J'ai pris une tisane de verveine en soirée et j'ai dormi comme un bébé. Je crois que je vais recommencer à en prendre une tasse dans la journée et une autre avant de me coucher. Ça me détend énormément.

— Très bonne idée, maman ! Moi aussi, j'ai bien dormi. J'ai un bébé en or ! Il me réveille une seule fois durant la nuit pour un boire. Je le recouche et il se rendort aussitôt ou bien il gazouille un peu. Si ça pouvait durer…

— Ça existe des bébés faciles, tu sais ? Prenons toi, par exemple, tu étais douce comme une soie et c'est pour cette raison que tu as si bon caractère.

— Bon caractère, moi ? Caractère, oui ! Mais bon… Je ne crois pas, maman.

— Tu as le cœur plus grand que n'importe qui que je connais. Si tu n'avais pas été là, ma grande, je ne sais pas ce qui serait advenu de moi!

— C'est toi qui as mis un frein à ses agissements! Moi, je n'ai rien fait d'autre que de t'aider.

— Bon! Assez de placotage, on a beaucoup de travail aujourd'hui.

Chapitre 14

Paul était revenu un peu plus tard que d'habitude. Il avait fait un petit détour avec son ami Léopold pour repérer les logements qu'il avait identifiés. Ce dernier avait de l'expérience et du flair pour percevoir les avantages et les inconvénients des immeubles qu'il remarquait. Il voyait ce que le commun des mortels ne sentait pas.

— Qu'est-ce que tu penses de celui-là, Léopold? Il est pas mal beau! Il a l'air neuf!

— Il a juste l'air, Paul! Ça, c'est plus vieux que le chemin de Sorel. Ça te donne-tu une idée? J'étais p'tit gars que déjà, c'était là! En plus, il y a eu un feu dans le temps de la guerre si je me rappelle bien. Touche pas à ça, mon homme!

Ils se dirigèrent vers une autre adresse que Paul avait notée. Léopold se contenta de modérer l'enthousiasme de son ami et continua son chemin.

— Tu veux pas élever tes enfants dans ce coin de la ville, crois-moi, Paul! Des poux, des maisons en terre battue, pis des miséreux… Donne-moi une autre adresse!

— J'en ai une autre sur la rue Décelles, puis une dernière sur la rue Sainte-Rose.

— Y'a rien de neuf sur la rue Décelles à l'exception d'un six-logis au coin de Saint-Jacques, mais l'environnement est pourri. La cour arrière donne sur une compagnie de transport.

— T'as ben raison, Léopold, même que je leur donne pas mal d'ouvrage. C'est Bergeron Transport! On oublie celui-là. Il reste seulement celui de la rue Sainte-Rose. C'est ma femme qui va être contente si ça fait l'affaire. Sa mère habite rue Sainte-Rose...

— Allons-y, on va en avoir le cœur net!

Le duplex était neuf, en brique, et possédait une grande galerie en bois en façade. Il y avait un escalier en fer forgé et, à l'arrière, un autre escalier fermé en déclin de bois. L'immeuble disposait aussi d'une corde à linge, mais pas de stationnement, ce qui n'était pas une priorité puisque le ménage n'avait pas d'automobile. C'était plus grand et plus cher que ce que Paul avait pensé payer. Il s'agissait d'un grand cinq-pièces avec salle de bain complète. Le jeune homme savait que Monique adorerait ce logement et lui-même le trouvait très attrayant. L'ennui, c'était le prix.

— C'est trop cher pour mes moyens, Léopold!

— Combien est-ce qu'ils demandent pour?

— Vingt-huit piastres!

— C'est pas cher pantoute, ti-gars, si on compare avec ton logement. OK! Quinze piastres par mois, c'est pas cher, mais c'est tout juste si t'as l'eau courante, mon pauvre vieux.

— Je n'ai pas besoin de tout ça, Léopold! Un quatre-et-demi serait bien suffisant. Monique va me tuer quand je vais lui dire le prix!

— L'argent! C'est ça ton problème? Juste avec moi, tu vas faire entre douze cents et quinze cents piastres claires et nettes. Ça paye ton loyer! Il te reste ton salaire et l'argent que ta femme gagne pour vous nourrir, sortir et économiser. Bout de viarge, Paul! Qu'est-ce que tu veux de plus que ça?

— Vu comme ça, c'est vrai qu'on n'est pas si mal! Je dirais même qu'on est mieux que la moyenne, et c'est ce que je veux, rester au-dessus du lot. Tu sais que c'est quand tu commences à manquer d'argent dans un couple que tout se met à aller de travers.

— Bon! Je te ramène chez toi avant que ta femme m'assassine parce qu'elle a l'air pas mal méchante quand je t'écoute parler…

— Je ne veux juste pas de problème avec elle. Elle est un peu nerveuse et insécure avec un nouveau bébé, tu comprends?

— Si tu as besoin d'aide pour la convaincre, je suis là! Bonne chance, mon Paul! On se voit samedi au plus tard. On a deux gros encans. Il ne faudra pas que ça traîne.

— Merci, Léopold! J'apprécie vraiment ton aide.

Il était presque six heures quand Paul rentra chez lui. Monique était assise dans la chaise berçante et chantait une comptine à Maxime qui avait les yeux grands ouverts et semblait écouter sa mère. Paul trouva la scène attendrissante et alla caresser les cheveux de sa femme, puis ceux de son fils.

— Je suis passé devant les logis que j'avais identifiés. J'y suis allé avec Léopold. Il était plus excité que moi. J'en ai vu un beau à deux pas de chez ta mère. C'est curieux que je ne l'aie pas remarqué auparavant!

— Je ne sais pas duquel tu parles, mais il y a eu deux duplex qui ont levé l'automne passé au bout de la rue et qu'ils ont complétés cet hiver.

— Au bout de la rue en allant vers Saint-Urbain, il y a un terrain vacant et les deux duplex sont côte à côte. C'est l'avant-dernier. Il est vraiment beau de l'extérieur, mais c'est un grand cinq-et-demi.

— T'es pas rentré juste pour voir?

— Je me suis dit que d'aller le voir sans toi, ça ne valait pas vraiment la peine.

— C'est neuf! C'est certain qu'il y a de l'eau chaude et l'installation électrique pour la cuisinière. Ça se chauffe comment ces logements-là? Pas avec une annexe à l'huile?

— Je ne sais pas, mon amour, mais si tu veux, on pourrait aller faire un tour juste pour voir ?

— J'aimerais ça voir une belle maison neuve ! Appelle avant pour prendre rendez-vous.

— OK ! J'appelle tout de suite. La ligne n'est pas occupée. «Oui, bonjour ! Je vous appelle concernant votre logement. Est-il toujours disponible ? Oui ! On se demandait quelle était la source de chauffage. Des plinthes électriques, je ne connais pas ça, c'est nouveau ? Est-ce qu'on pourrait le visiter ? Bon, d'accord. On sera là à sept heures et demie. Paul Tremblay, et j'ai des références si vous en voulez. »

— Monique ! Tu as entendu ? Il nous attend à sept heures et demie. J'ai hâte de voir ça des plinthes électriques pour se chauffer.

Ils soupèrent en vitesse et embarquèrent Maxime dans le landau. Ils prirent la direction de la rue Sainte-Rose et discutèrent tout en marchant. Monique pensait à sa mère et aux avantages de vivre à proximité de chez elle pour aller travailler. Cela représentait à peu de chose près la même distance pour Paul. Ils ne parlèrent pas de prix et Paul préférait éviter le sujet. Si Monique avait un coup de cœur pour l'endroit et s'ils écoutaient les conseils de Léopold, ils seraient bientôt les voisins de la famille Robichaud. Paul savait que la proximité de sa famille compterait beaucoup dans leur décision.

L'appartement était magnifique. Si on entrait par l'avant, on arrivait dans le salon et tout de suite à droite se trouvait la chambre des maîtres. Ces deux pièces étaient séparées de la cuisine et du reste de l'appartement par des portes vitrées. Ensuite, il y avait la cuisine et deux chambres attenantes. Au fond de la cuisine se trouvaient les armoires et le comptoir rouge en Arborite, et un emplacement était prévu pour le réfrigérateur et la cuisinière. Monique était déjà folle de joie alors qu'elle n'avait pas encore vu la salle de bain. Les planchers étaient en érable vernis comme des miroirs. Les fenêtres étaient grandes et l'appartement lumineux par le fait même.

Paul avait expliqué à Monique qu'elle ne devait pas se montrer trop enthousiaste devant le propriétaire, car cela pourrait nuire aux possibilités de négociation. Quand elle se rendit dans la salle de bain et qu'elle vit non seulement un bain, mais une douche et de la céramique blanche qui protégeait les murs, Monique n'avait plus aucune hésitation. Elle voulait ce logement quitte à se démener au travail pour se l'offrir. Elle était certaine qu'il n'y avait pas de plus beau logement dans cette petite ville de banlieue et que c'était elle qui l'aurait. Elle avait conscience de ne pas être très raisonnable, mais c'était comme le coup de foudre qu'elle avait ressenti pour Paul. Cela ne servait à rien de lutter, la bataille était perdue d'avance. Elle n'avait jamais rien vu de si beau.

Comment Paul pouvait-il résister en voyant renaître l'éclat de lumière des premiers jours dans les yeux de sa dulcinée? Il était figé devant cette détermination farouche. Il essaya de négocier le prix de quelques dollars, mais le propriétaire resta ferme. En revanche, il était prêt à lui promettre de ne pas augmenter le loyer pour une période de cinq ans si Paul s'engageait jusque-là. Le bail serait transférable à un tiers si Paul voulait s'en défaire. Après une brève hésitation qui se termina quand il croisa le regard de Monique, il plongea.

Oubliant toute prudence, Paul signa le bail pour cinq ans et ils prendraient possession de l'appartement le 1er juillet, ce qui leur laissait cinq semaines pour sous-louer leur logement actuel et organiser le déménagement. Le propriétaire leur remit les clés de l'appartement au cas où ils désireraient apporter des meubles, prendre les mesures des fenêtres pour les rideaux, etc. Il était presque neuf heures quand ils eurent terminé et qu'ils reprirent le chemin du retour.

— Merci, mon amour! Je suis tellement heureuse, tu ne peux pas savoir à quel point! Viens que je t'embrasse et j'ai bien peur que tu doives te coucher un peu plus tard que d'habitude ce soir.

— C'est vrai que normalement, à cette heure-ci, je suis déjà couché.

— N'essaie pas de me faire croire que tu ne sais pas à quoi je fais allusion, Paul Tremblay! Je suis tout émoustillée! Je me sens tellement vivante que j'ai l'impression de vivre un conte de fées. Tu es vraiment mon prince à moi, le plus beau, le plus intelligent et le plus généreux.

— Arrête, mon amour, ma tête ne passera plus dans les portes! Est-ce que tu t'es posé la question pourquoi il n'a pas été loué pour le premier mai au moment où tout le monde déménage?

— Il est beaucoup trop beau pour un quartier ouvrier, Paul! La rue est en gravier. La Ville vient juste de finir les trottoirs et il n'y a personne dans le coin qui a les moyens de payer un loyer de ce prix-là.

— T'as ben raison! Tu vois, ma chérie, je n'avais pas vu ça. Tu penses comme Léopold. Je suis certain que tu ferais une excellente femme d'affaires.

— N'exagère pas! J'ai juste une neuvième année.

— Les années d'école n'ont rien à voir là-dedans à moins que tu penses aux professions libérales. C'est d'avoir l'œil pour saisir les opportunités qui compte.

— On en reparlera! On arrive à la maison. J'allaite Maxime, ne t'endors pas, car j'aimerais bien que tu me régales moi aussi. Je me sens toute chaude.

— Ça t'a fait de l'effet tout ce luxe, princesse! Est-ce que c'est la vue des thermostats qui a fait monter ta température?

— As-tu pensé à tout ce confort, mon chéri? Comme la vie sera plus facile! Bon, j'allaite Maxime et je te rejoins. Attends-moi sinon je te réveille sournoisement…

Paul fit sa toilette et alla s'étendre en attendant sa femme. Pour passer le temps, il prit le roman d'Ernest Hemingway *Pour qui sonne le glas* et se plongea dans sa lecture. Monique arriva peu de temps après, amoureuse et cajoleuse. Elle l'embrassa avec passion, le feu couvant sous la surface de sa peau. Elle était en période d'ovulation et Paul le sentit tout de suite.

Il sortit une capote anglaise pour éviter une nouvelle grossesse qui serait désastreuse pour leurs finances et leurs projets. L'étreinte fut brève, car la tension était trop grande à la suite des décisions et des engagements qu'ils venaient de prendre. Mais faire l'amour tendrement, sauvagement ou rapidement répondait toujours à un besoin. Cela faisait toujours du bien quand c'était fait dans le respect.

Le lendemain matin, Paul sauta sur le téléphone pour appeler Léopold. Il était six heures et quart.

— Léopold! C'est fait! On a loué avec un bail de cinq ans.

— Bravo, Paul! Mais pourquoi cinq ans?

— Pas d'augmentation de loyer et le bail est transférable!

— T'apprends vite! Ça veut dire que la cuisinière et le réfrigérateur deviennent urgents?

— J'ai déjà les clés, mais nous rentrons officiellement le 1er juillet. En attendant, on peut commencer à le meubler. C'est grand, c'est pas possible!

CHRONIQUES D'UNE P'TITE VILLE

— Inquiète-toi pas, mon Paul, on va te meubler ça au complet. Je vais te les prêter et, si jamais tu décides de les acheter, je vais te faire un bon prix. Tu gardes les morceaux que tu veux et ceux que tu ne veux pas, on les changera. Ils sont aussi bien chez vous que dans mon entrepôt à l'humidité. Qu'en penses-tu ?

Paul était satisfait de l'offre de Léopold. Il avait l'impression d'être dans une période de chance inouïe. Tout allait bien pour lui depuis qu'il avait rencontré Monique. Il avait mis de côté sa vie un peu dissolue et s'était engagé pour les beaux yeux de sa femme à une vitesse vertigineuse. Tout allait vite, très vite, mais il se fiait à sa bonne étoile et à sa lucidité. Il avançait d'un pas sûr avec un minimum de risques, car il faisait confiance à son destin.

Monique nageait dans le bonheur, elle aussi. Elle avait envie de chanter, de crier sa joie de vivre. C'est donc le cœur léger qu'elle se dirigeait vers la maison familiale en poussant son landau. Les parfums, les odeurs, les couleurs : tout paraissait amplifié à ses sens exacerbés. Elle jubilait d'impatience à l'idée d'annoncer la nouvelle à sa mère.

Quand elle arriva chez Lauretta, elle la trouva en pleurs. Patrick avait été pris en flagrant délit de vol. Son complice avait réussi à s'échapper. Ils s'étaient fait repérer au moment où ils forçaient le cadenas d'un entrepôt de caisses de bières chez l'épicier au coin des rues Saint-Charles et Cowie. Son complice s'était enfui en direction de la rivière qui se trouvait à proximité. Les policiers qui le poursuivaient l'avaient laissé s'échapper en se disant qu'ils feraient parler son complice. Patrick s'obstinait à ne rien révéler. La police avait appelé sa mère, Lauretta, pour lui dire qu'il était détenu au poste, qu'ils le garderaient toute la nuit et qu'il serait transféré le lendemain matin au palais de justice de Sweetsburg, qui était aussi la prison du district de Bedford.

— Il va finir par me faire mourir, Monique, je te le dis, je n'ai pas dormi de la nuit. J'en ai parlé à Émile ce matin quand il s'est levé et il m'a dit que ça lui ferait du bien de passer quelque temps en prison. Vieux sans-cœur!

— Il faudrait peut-être appeler un avocat pour le défendre? Je vais appeler Paul à l'usine, il va sûrement avoir des suggestions.

Ce dernier lui suggéra d'appeler Fred Mélançon, avocat criminaliste. Il lui conseilla de demander à l'opératrice son numéro de téléphone. C'est ce qu'elle fit. Monique s'arrangea pour que son frère fut représenté et libéré sur parole. Il n'avait pas encore dix-huit ans, mais était sur le point de les atteindre. La secrétaire de l'avocat l'informa qu'il était déjà à la cour à rencontrer ses prévenus. Elle lui mentionna qu'il appellerait au bureau avant l'ouverture du procès et se chargerait de ce nouveau dossier.

Monique passa la journée entre sa mère inconsolable et Maxime qui pleurait, ressentant sûrement la tension chez les deux femmes. Elles essayèrent de travailler, mais la besogne exigeait trop de concentration pour Lauretta. Par souci de professionnalisme, elle confia quelques travaux légers à sa fille et se contenta de découdre quelques morceaux. Pour elle, la journée serait gâchée tant qu'elle ne reverrait pas son fils. Elle l'accueillerait comme un enfant prodigue, un fils perdu qui revient se réfugier dans les bras de sa mère.

Patrick revint en milieu d'après-midi, l'air penaud. Comme Monique l'avait prévu, Lauretta se limita à lui reprocher qu'il allait la faire mourir un de ces jours, tout en le cajolant. Monique observait la scène et aperçut le sourire frondeur de son frère par-dessus l'épaule de sa mère. Elle fut prise d'une rage presque incontrôlable envers son frère et aussi vis-à-vis de sa mère qu'elle trouvait d'une mièvrerie incroyable.

— Ça va faire, maman! Qu'est-ce que tu fais là? Il se retrouve en prison, il va y avoir des frais que tu paieras telle que je te connais. Et lui, l'escogriffe, il va continuer à t'empoisonner l'existence sans que tu dises rien d'autre que: «Ah Patrick! Tu vas finir par me faire mourir.»

— De quoi tu te mêles, la grande, tu restes plus icitte à ce que je sache?

— Là, Pat, je ne te le dirai pas deux fois! Si tu ouvres la bouche encore une fois, je ne réponds plus de moi. Des p'tits *toughs* comme toi, j'en ai vu d'autres! Que tu rates ta vie, c'est tes affaires. T'es assez grand et insignifiant pour réussir à la rater! Mais que tu empoisonnes celle de maman, là, ça me regarde!

Patrick resta figé de se faire invectiver de la sorte, mais il savait qu'il valait mieux ne pas s'en prendre à sa sœur. Il l'avait surnommée colonelle un jour et il avait l'impression qu'elle reprenait du service.

— OK! OK! J'ai pas tué personne. On voulait juste y prendre une caisse de bières pour se faire du *fun*!

— C'est pas mal le *fun* de se retrouver en prison, hein?

— C'était pas la première fois qu'on lui faisait le coup, mais on ne lui a jamais pris plus qu'une caisse de bières! On n'a pas été assez vite, c'est toutte!

— Si j'étais juge, je te condamnerais à deux ans parce que tu n'as même pas une goutte de repentir et que tu es vraiment stupide. Maman! Mets-le dehors! C'est un égoïste et c'est vrai qu'il n'arrêtera pas avant que tu sois morte.

— Arrête, Monique! Je suis pas un monstre, quand même!

— Tu es tellement écervelé qu'on dirait que tu ne te rends pas compte de la peine que tu fais à maman. Comment veux-tu qu'on te voie? Les prisons sont remplies d'écervelés qui croupissent là pendant des années...

Les paroles de Monique commençaient à porter fruit. Sa mère semblait redresser l'échine, et sur Patrick, l'effet semblait contraire. Elle avait réussi à capter leur attention. La jeune femme sermonnait Patrick tout en laissant une petite place à son ego. Elle ne voulait pas l'écraser, mais l'aider à se ressaisir.

Elle avait l'impression qu'il s'ouvrait au dialogue. Puis, elle lui tendit une perche en mentionnant que Paul pourrait l'aider à se trouver un emploi s'il réussissait son examen final.

Patrick indiqua que devant n'importe quel test, encore plus un examen, il paniquait. Sa vue se brouillait et il finissait par étouffer. Dans ces conditions, ce ne serait pas facile de régler le problème. Monique croyait que sa délinquance pouvait découler de sa frustration et de sa peur d'échouer à l'examen final. Elle retrouvait de la graine de son père. Elle y voyait un aspect toxique dans sa relation père-fils. La pauvre Lauretta était dépassée mais, surtout, elle ne se sentait pas à la hauteur pour tenir ce rôle.

Aussitôt qu'ils en avaient l'occasion, les plus vieux s'en allaient. Marcel et Yvan avaient quitté la région. Gérard s'apprêtait à quitter la maison, lui aussi. Monique elle-même l'avait quittée sans remords, pour ne pas dire avec joie. Et désormais, il restait Patrick qui avait besoin d'un encadrement plus solide. Si proche du succès, il ne pouvait pas se défiler et elle y veillerait.

En retournant chez elle, Maxime s'était calmé. Monique était persuadée qu'un enfant hypersensible ne pouvait pas supporter la tension qui régnait comme ce fut le cas chez sa mère cette journée-là. Elle souhaitait qu'il passe une bonne nuit pour le bien-être de tous. Tout en marchant, elle se disait que la vie était quand même étrange. Elle était partie ce matin-là, le cœur léger, en chantant, et voilà que la joie qu'elle voulait partager avec sa mère n'avait même pas été mentionnée.

Plutôt que de céder au découragement, cette occasion d'aider son frère la galvanisa. Son ascension rapide vers un niveau de confort matériel supérieur à celui de tous ceux qu'elle connaissait ne l'avait pas changée. Sa force intérieure, qu'elle avait acquise grâce à son amour partagé avec Paul, était inébranlable. Monique formait un noyau dur avec son mari, son fils Maxime, et avec Jean-Pierre, même si son statut n'était pas clair. Elle y puisait son dynamisme. Elle sauverait son frère Patrick, qu'il le veuille ou non. Elle n'avait aucunement l'intention de le laisser tomber.

En arrivant chez elle, Monique prépara le souper tout en continuant à réfléchir à l'approche à adopter avec Paul. Elle avait besoin de son aide, à tout le moins de son opinion. Elle avait foi en son jugement. Il trouverait sûrement une solution à cette énigme qu'était son frère.

Quand Paul arriva après sa journée de travail, il avait un sourire radieux. La journée s'était très bien passée, même si Monique l'avait appelé pour voler au secours de Pat qui s'était encore mis dans le pétrin. Sauf que, cette fois, les forces de l'ordre l'avaient finalement arrêté. Paul avait oublié l'incident, tellement il avait été occupé. Sa femme ne tarda pas à lui demander son aide pour démêler l'imbroglio. Il y avait non seulement l'arrestation, mais aussi la possibilité qu'il échoue à l'examen du ministère.

L'arrestation était une priorité, et Paul voulut s'y attarder pour aider l'avocat Mélançon. Il devrait le convaincre que si Patrick réussissait son examen, ce serait le point de départ de sa réintégration sociale. Le jeune homme pourrait alors gagner sa vie honorablement comme menuisier dans la construction. Le juge serait facile à convaincre compte tenu de l'explosion immobilière qui sévissait dans ce gros village qui se transformait en une réelle petite ville grâce aux coopératives d'habitation. C'était un bon moment pour entrer dans le métier, pensait Paul.

En revanche, réussir l'examen s'avérait une autre paire de manches. Paul devrait rencontrer Patrick si ce dernier le voulait bien. Il était prêt à le conseiller au meilleur de ses connaissances, mais il n'était pas psychologue. Paul faisait preuve de jugement et ne se laissait pas berner facilement. Si Pat acceptait de parler en toute franchise de ce qui l'empêchait de réussir en mettant de côté son orgueil, Paul essaierait de l'aider.

— Tu ferais tout ça pour mon frère, mon chéri ?

— C'est aussi mon beau-frère et je vais le côtoyer pour le restant de mes jours. J'aimerais mieux qu'il soit heureux plutôt que malheureux dans la vie.

— Tu es vraiment généreux !

— Non ! Je suis heureux avec sa sœur et je ne veux pas qu'elle soit affectée parce qu'il a raté sa vie et que je ne l'aurais pas aidé à s'en sortir. Tu vois ? C'est très égoïste de ma part en bout de ligne…

— Finalement, j'aime beaucoup ton égoïsme, mon amour !

— Enfin, je suis compris ! Je suis tellement égoïste que je ne veux pas te partager avec personne. Je t'aime tellement, je t'aime trop que ça m'oblige à me dépasser tout le temps. Je sens le changement qui s'opère en moi et je n'ai même pas peur.

— Tu es un homme courageux !

— La plupart du temps, oui ! Mais j'ai mon cimetière d'actions pas très glorieuses que je préfère garder pour moi ou pour le confessionnal.

— C'est vrai, j'oubliais que tu étais très catholique !

— Pas très ! Juste catholique parce que ça m'aide à guider mes actions. Je suis croyant, mais pas aveugle. J'en prends et j'en laisse. Il y a la Bible et il y a l'Église…

— Moi, je ne crois plus ! L'Église, c'est une bande d'hypocrites ! Tu me rapproches de Dieu un peu, mais je lui en veux encore tellement.

— Tu es en colère, Monique ! Tu peux en vouloir à l'Église, mais tu ne peux pas en vouloir à Dieu. Il ne t'a rien fait, lui !

— J'aime mieux éviter le sujet, Paul ! Je n'ai pas le goût d'en parler.

— C'est ton droit! Tu sais bien que je te respecterai toujours quand il sera question de religion. Je suis pratiquant et j'ai l'intention de le demeurer. J'aimerais que nos enfants soient élevés dans la foi, même si tu te dis non-croyante. Qu'en penses-tu?

— En autant que je ne sois pas obligée de faire semblant, je respecterai ton choix.

— C'est entendu! Appelle ton frère avant qu'il change d'idée. C'est le temps de crever l'abcès!

Monique appela Patrick et ils se mirent d'accord pour se rencontrer le lendemain soir. Elle l'invita même à souper. Ils feraient enfin le tour du sujet. Il y avait sûrement une solution, ne serait-ce que de réviser la matière d'examen, point par point. Plus il y pensait et plus Paul entrevoyait des bribes de solutions. C'était sur la nervosité de Patrick qu'il fallait travailler avant tout pour qu'il réussisse.

Le lendemain, Patrick arriva chez sa sœur avant Paul. Elle lui offrit un soda qu'il accepta. En attendant son mari, Monique se mit à raconter à son frère les dernières nouvelles concernant son déménagement prochain sur la rue Sainte-Rose. Patrick se proposa de les aider. Paul arriva, joyeux. La bonne humeur et l'optimisme qu'il dégageait rassurèrent immédiatement son beau-frère.

— Salut, Pat! Ça va?

— Ça pourrait aller mieux! répondit le jeune homme, l'air abattu.

— On va essayer de t'aider, Pat! À chaque problème, il y a une solution. N'oublie jamais ça! Je vais t'expliquer comment je vois les choses et les solutions que j'entrevoie. Tu vas me dire ce que tu en penses. Es-tu d'accord avec ça?

— Vas-y, Paul, je t'écoute!

Paul lui exposa la situation comme s'il parlait d'une personne qui n'était pas présente. Comme si c'était le dossier d'un étranger. Cette approche eut l'heur de plaire à Patrick. Il s'ouvrit à ce grand frère qui avait une décennie de vécu de plus que lui.

— Dis-moi, Pat! Est-ce que je suis à côté de la plaque ou bien j'ai visé juste?

— T'es pas mal proche, mais y faut pas que ça sorte d'icitte! Jurez-le tous les deux! Je ne veux pas passer pour un tata…

— Je te le jure, Pat, que ça ne sortira pas d'ici. Où prends-tu l'idée que c'est parce que tu n'es pas intelligent? Tu connais la construction sur le bout des doigts. T'es intelligent en masse, Pat! C'est sûr que t'as un blocage quand vient le temps de transposer tes connaissances sur papier. Es-tu capable de lire un plan de maison?

— Bien sûr, les doigts dans le nez! Je suis le meilleur de la classe!

— Un examen, c'est pareil à un plan! On te pose une question qui fait référence à un détail sur le plan et je suis sûr que tu connais la réponse. Pas vrai?

— Eille, j'avais jamais vu ça comme ça! Eille, c'est facile avec ta méthode. J'ai juste à pas m'énerver et à prendre le temps que ça prend. Est-ce que je vais être capable de pas poigner les nerfs?

— On peut se pratiquer si tu veux! Le prof doit sûrement vous donner des questions qui sont susceptibles d'être posées à l'examen? On cherche les réponses pour qu'elles te viennent à l'esprit automatiquement. Qu'est-ce que t'en penses?

— Ouais, je pense que ça marcherait! Je vous en dois une si je réussis à passer à travers ce maudit examen-là. Il me fait vraiment suer, le sacrament!

— Calme-toi, Patrick! On ne sacre pas dans ma maison, le somma Monique. Il va falloir que tu fasses de gros efforts et que tu arrêtes tes niaiseries avec Ti-Loup. Tu devrais même cesser de le voir jusqu'à l'examen! Après, tu feras bien ce que tu veux, mais perds pas de vue que ta sanction va dépendre de ta réussite à l'examen.

— Oui, ma colonelle! À vos ordres, ma colonelle!

— Niaise pas, Pat! Tu sais très bien ce que je veux dire...

— J'ai compris! Merci ben et j'accepte ton offre de m'aider à m'entraîner jusqu'à l'examen.

Ils mangèrent un bon ragoût de bœuf que Monique avait fait mijoter durant la discussion. Pat se sentait rassuré. Il voyait enfin la lumière au bout du tunnel. C'était pourtant si facile avec la solution que Paul avait trouvée. Il était reconnaissant, mais en même temps, il s'en voulait de ne pas y avoir pensé lui-même. Il avait compris l'importance de la solidarité familiale. Paul ne lui devait rien et, malgré tout, il l'avait aidé sans rien attendre en retour. Patrick n'était pas un ingrat. Il avait une dette d'honneur envers sa sœur et son beau-frère.

Chapitre 15

Le printemps tirait à sa fin et les jeunes étaient excités. Patrick travaillait d'arrache-pied pour vaincre son handicap qui le paralysait littéralement devant une feuille d'examen. Daniel, Jacques et Jean-Pierre étaient certains de réussir. C'était donc avec sérénité qu'ils attendaient la fin des classes et le début de l'été.

Daniel se préparait pour sa dernière saison chez les juniors, à moins qu'il soit repêché lors du camp d'entraînement des Red Sox de la ligue provinciale. Il était bien entouré par Lefty Auger et son beau-frère Paul. Ses deux sœurs étaient ses plus grandes admiratrices. Nicole était toujours, de façon officieuse, la présidente de son fan club. Un soir de juin, juste avant la fin des classes, Daniel décida d'aller s'amuser au parc Miner. Une bande de jeunes sportifs s'y retrouvaient régulièrement et il était très connu dans ce milieu.

L'esprit compétitif régnait en maître dans ce groupe et les défis fusaient de toutes parts. La dernière folie qu'ils avaient en tête était de se balancer avec suffisamment de force pour faire un tour complet, soit trois cent soixante degrés. C'était périlleux et les balançoires avaient douze pieds de hauteur. Personne n'avait encore réussi cet exploit, mais plusieurs s'en approchaient dangereusement.

— T'as peur de l'essayer, Daniel? lui demanda Sam Aubin, un athlète accompli.

— L'as-tu réussi, Sam?

— Pas encore, mais il n'y a pas personne qui l'a réussi jusqu'ici! Essaye-toi! Tu vas voir que c'est pas facile. Entre cent soixante-dix et cent quatre-vingt-dix degrés. C'est ça qu'il faut réussir à passer, mais si tu manques ton coup, tu peux te casser solidement la gueule.

— Je vais l'essayer juste pour évaluer le degré de difficulté! Je me prépare pour le camp d'entraînement des Red Sox. C'est pas le temps de me casser la gueule!

Daniel s'installa debout sur le siège de la balançoire et commença à se balancer avec force. Avec un minimum d'efforts, il se retrouva parallèle au sol. Il montait toujours plus haut et les jeunes qui se tenaient autour se mirent à scander:

— Daniel! Daniel! Daniel!

Plus il approchait du but et plus la bande répétait son nom. C'était enivrant de les entendre crier. Il pouvait sûrement réussir ce petit tour de force et il s'y appliqua. Quand il eut atteint la zone de danger qui se situait autour de cent quatre-vingts degrés, il comprit qu'à cette hauteur, il y avait une force d'inertie qui aurait pu l'attirer et le faire chuter sur le sommet de la balançoire.

Daniel se donna un autre élan en y mettant toute l'énergie qu'il avait en réserve. Il dépassa le point critique et fit un tour de trois cent soixante degrés. Sous les hourras du groupe qui s'était assemblé autour de lui, il tenta de renouveler son exploit en faisant un autre tour de trois cent soixante degrés qui ferait de lui un champion indétrônable. Ce qui devait arriver arriva. Au moment où il s'apprêtait à répéter son exploit, quand il eut atteint le point critique entre le retour en arrière et le coup de reins qui lui permettrait de passer le point de non-retour, il évalua mal son élan et tomba d'une hauteur de vingt-quatre pieds pour frapper l'arête de la balançoire située à douze pieds du sol.

Sa cuisse frappa violemment le tube d'acier de douze pouces de diamètre et le fémur de sa jambe droite se brisa net. Il poursuivit sa chute, pris entre les chaînes. Daniel avait réussi à tenir sa prise autour des deux chaînes. La douleur avait été intense, mais il avait tenu bon malgré tout. Il s'était probablement évité des blessures encore plus sérieuses. Il avait senti sa tête heurter quelque chose, mais il n'aurait pu dire ce que c'était. En fait, il s'agissait du siège qui lui était tombé sur la tête, laissant une vilaine ecchymose sur le côté de son visage, mais son cuir chevelu avait subi une déchirure plus sérieuse.

Daniel resta conscient, mais le sang coulait abondamment de sa blessure à la tête et affectait partiellement sa vision. Il était sonné et se demandait ce qu'il faisait par terre. Sam Aubin prit l'initiative d'aller appeler une ambulance. Il avait pris peur en voyant Daniel Robichaud tomber comme un pantin désarticulé. Ce dernier aurait pu se tuer et se retrouva à l'hôpital avec une jambe sous traction et vingt-huit points de suture sur la tête. On lui avait rasé la moitié du crâne. Après s'être assuré qu'il n'y avait pas de fracture, on l'avait enrubanné comme une momie. Il pouvait dire adieu à sa saison de baseball.

L'hôpital avait appelé sa mère qui avait téléphoné à son tour à Monique. Le monde de la brave Lauretta s'écroulait de nouveau. Sa fille veillerait à limiter les dégâts encore une fois.

— Monique, ton frère Daniel vient d'avoir un gros accident! Ils m'ont dit qu'on ne craignait pas pour sa vie. Ton père est saoul comme toujours, et Gérard est parti avec Gaétane. Il faudrait que j'aille le voir, mais c'est ton père qui doit signer les papiers à l'hôpital.

— Bouge pas, maman! J'appelle à l'hôpital et je te rappelle aussitôt.

Monique était dans tous ses états, elle aussi. Elle appela sans tarder à l'hôpital. Elle se fit passer pour sa mère et put obtenir quelques informations supplémentaires sur l'état de santé de Daniel. Elle apprit que son frère n'avait subi aucune perte de conscience depuis le malencontreux accident. Il avait une fracture ouverte du fémur, mais vu la force de ses muscles, le fémur était resté en place. Le chirurgien avait bon espoir qu'il n'y aurait aucune nécrose au niveau des veines de la cuisse. L'artère fémorale était intacte.

Ce langage médical était presque du chinois pour Monique, mais elle avait retenu l'essentiel. Côté santé, son frère s'en tirait à bon compte malgré tout. En revanche, si on pensait à sa carrière, les dommages risquaient d'être plus lourds de conséquences. Le jeune homme manquerait sa saison de baseball et cela mettrait probablement fin à tous ses projets de carrière professionnelle.

Après s'être renseignée sur les heures de visites pour les proches de Daniel, elle remercia la sœur hospitalière et raccrocha. Cette dernière avait insisté pour que le père vienne signer les papiers d'admission. Monique se doutait bien que c'était surtout pour s'assurer que les frais d'hospitalisation soient payés. Ce que la sœur ignorait, c'est que chez les Robichaud, tout reposait sur les épaules de Lauretta et que c'était elle qui réglerait la facture.

Il était presque onze heures et Monique jugea que son frère pouvait se passer de visite à une heure si tardive. Daniel serait sûrement sous sédatif. Les seules personnes tolérées ce soir-là étaient son père et sa mère. C'était impossible. Elle rappela sa mère et la réconforta avec des propos rassurants sur l'état de santé de son fils Daniel.

Paul avait dormi comme un loir pendant que le drame se déroulait chez les Robichaud. La générale avait communiqué avec sa colonelle et cette dernière avait fait son rapport avant de rejoindre son mari. Monique se lova dans les bras de son homme et s'endormit rapidement.

Le matin vint vite pour Monique. Son bébé qui avait faim l'avait réveillée à deux reprises durant la nuit. Elle l'avait allaité, mais il avait rechigné chaque fois en dédaignant le sein offert. Elle avait ainsi perdu une autre heure de sommeil. Paul se réveilla au son du réveille-matin. Il avait dormi sans interruption de neuf heures à six heures du matin. Il embrassa sa femme, puis se dirigea vers la salle de bain. Il n'avait pas grand temps, il commençait à sept heures. Monique, qui avait préparé le café et son dîner, le mit au courant des événements de la veille avec Daniel.

— Quel imbécile de mettre sa carrière en péril pour faire le p'tit jars devant une galerie de jeunes oies !

— Ne sois pas trop dur avec lui ! C'est vrai que ce n'est pas son meilleur coup…

— C'est peut-être le pire coup de sa vie, Monique ! Après tous les efforts que nous avons faits, je m'excuse, mais c'est une tête brûlée.

— Elle est pas mal amochée sa tête, Paul ! Si tu veux bien, on va le laisser sortir de l'hôpital avant de lui tomber dessus. Il doit déjà le savoir qu'il a commis un geste stupide. On ne frappe pas sur quelqu'un qui est déjà à terre. Ce sont tes propres principes de gentleman, Paul !

— Tu as raison ! C'est juste que c'est très choquant ce qui arrive. Il n'avait vraiment pas besoin de faire cette bêtise à ce moment-ci de sa vie. On dirait que plusieurs de tes frères ont tendance à vouloir ruiner leurs vies. Ne trouves-tu pas ? J'ai l'impression qu'on passe une bonne partie de notre temps à éteindre des feux…

— C'est l'héritage paternel que tu vois à l'œuvre ! Je ne sais même pas qui y a échappé. Peut-être Yvan ? Mais je suis loin d'être sûre de ce que j'avance. Es-tu découragé, mon chéri ?

— Ne t'inquiète pas pour moi, mon amour ! C'est juste malheureux et on n'y peut rien. J'espère qu'on va réussir un peu mieux avec Pat ! Bonne journée, ma chérie !

— Bonne journée à toi aussi, mon amour ! lui dit-elle, se pendant à son cou tout en l'embrassant.

Une nouvelle journée s'ouvrait sur un fond de cauchemar. Monique se promit de moins s'investir dans la vie des membres de sa famille. Elle ne voulait pas de ce titre de colonelle dont ses frères l'affublaient. Elle ne voulait pas de ce rôle que sa mère lui avait donné. Comme la vie serait belle et facile si elle n'avait qu'à se préoccuper de sa petite existence. Elle poussait son landau et essayait de chasser les idées noires qui obscurcissaient son ciel. Elle se mit alors à penser à son nouveau logement où elle se sentirait comme une reine avec tout ce confort moderne. Elle voyait son réfrigérateur et disait adieu à la glacière qui appartenait à une autre époque. Grâce à Paul, elle pouvait devenir avant-gardiste. Comme elle aimait cette expression qui flattait son image !

Le drame l'attendait au bout du trajet. Inconsciemment, elle ralentissait le pas, repoussant le moment où elle devrait faire preuve de courage encore une fois. La réalité approchait à grands pas et elle choisit de l'affronter avec détermination. Elle avait décidé que le sobriquet dont on l'affublait deviendrait une évidence pour tous. Le temps des mièvreries était révolu. Elle en avait assez de ces retombées négatives sur sa vie privée. Sa mère, Lauretta, devrait dorénavant endosser son rôle de chef de famille étant donné que son mari, Émile, n'assumait plus rien.

Ce n'était pas de la colère qui l'habitait, mais plutôt la volonté de ne plus se laisser manipuler contre son gré. Monique n'avait jamais osé affronter son père, sauf quelques fois avec des réponses cinglantes quand il était saoul. Non! Elle voulait savoir s'il y avait encore quelqu'un de vivant derrière cette caricature d'ivrogne où se réfugiait son père. Elle l'aborderait un samedi ou un dimanche matin. Il serait à jeun et elle ne lui laisserait pas la chance de s'esquiver. Il faudrait qu'il utilise sa force physique pour l'écarter à moins qu'il s'enferme dans un mutisme impénétrable. Malgré tous ses défauts, Émile n'oserait jamais utiliser sa force physique contre une femme. En revanche, ce n'était pas le genre à se taire quand il était interpellé. Elle avait donc bon espoir qu'il réagisse.

Monique rêvait de ce moment depuis plus de sept ans. Elle était désormais indépendante et pouvait demander des explications sur des comportements qu'elle avait jugés inacceptables dans le passé. Si Lauretta ne pouvait pas affronter son mari de nouveau, Monique s'en chargerait une fois pour toutes. Elle ne demanderait pas, elle exigerait. Ce serait l'occasion idéale pour Émile de reprendre contact avec sa famille. Elle lui tendrait une perche s'il acceptait d'assumer une partie des responsabilités qui lui incombaient.

— Bonjour, maman, comment vas-tu?

— Bien découragée, ma fille! Bien découragée…

— Je pense que tu vas devoir te ressaisir, maman! En as-tu parlé aux autres? Gérard? Nicole? Patrick? Papa?

— J'en ai parlé à tout le monde, mais je ne suis pas plus avancée pour autant. Tout le monde travaille. Patrick va à l'école. Ton père ne veut rien savoir de mes histoires, si tu savais…

— Là, maman, on appelle un taxi et tu t'en vas à l'hôpital pour voir Daniel. Avant de partir, tu me dis ce que je peux faire comme ouvrage et tu files. Tu reviens en taxi aussi. Tu ne lésines pas!

— Mais Gérard a dit qu'il viendrait me reconduire ce soir avant d'aller voir Gaétane.

— Maman! Qu'est-ce qui se passe avec toi? Tout le monde fait n'importe quoi, n'importe quand et tu te laisses faire. Ça ne va pas du tout, du tout, ce genre de comportement. T'as plus de colonne, maman! Il faut que ça change!

— Je le sais! Je ne sais pas ce que j'ai! Ça doit être la ménopause...

— Je trouve qu'elle commence à avoir le dos pas mal large, la ménopause! Demain, c'est samedi et je viens chercher Jean-Pierre. Je vais en profiter pour apostropher papa en passant. Peux-tu me dire à quelle heure il part normalement pour sa tournée?

— Mon Dieu, Monique! As-tu mangé du lion pour être agressive comme ça?

— Je ne suis pas agressive, maman, je suis déterminée! Je suis tannée de vous voir vous enfoncer de plus en plus. Je suis tannée!

— Ton père va sûrement travailler dans son jardin demain matin.

Lauretta jugea qu'il était préférable de ne rien ajouter. Cela faisait longtemps qu'elle savait qu'un volcan grondait à l'intérieur de Monique. Mais désormais, elle sentait qu'il était sur le point d'exploser à tout moment. Elle craignait que cela arrive, mais en même temps, elle l'attendait avec impatience. Lauretta prit donc un taxi pour se rendre à l'hôpital. Elle avait apporté une boîte de sucre à la crème dont Daniel raffolait. Elle l'avait fait elle-même durant la nuit pour calmer son angoisse. Elle eut un choc en l'apercevant la jambe droite suspendue à un système de poulies complexe. Il avait la tête enveloppée dans de la gaze de coton. Il n'y avait que son visage meurtri qui ressortait de cette masse blanche. Quand il aperçut sa mère, son sourire craquant illumina son visage, faisant ainsi oublier son œil au beurre noir.

— Mon Dieu, Daniel! J'ai vraiment eu peur, j'ai failli en mourir! Mon Dieu, si ça a de l'allure? Pauvre p'tit gars…

Et Lauretta se mit à pleurer.

Daniel, complètement désemparé de voir sa mère en larmes, essaya de la consoler de son mieux.

— Voyons maman, c'est pas si pire que ça! Te rappelles-tu quand l'arbre m'était tombé sur la jambe? Mon oncle Hector s'était fait arracher ses lunettes dans la face. C'est la même jambe. Je vais être en vacances une bonne partie de l'été. J'espère que je ne vous dérangerai pas trop!

— Mais non! Mais non! On va s'occuper de toi, n'aie pas peur! Trois femmes après toi tout le temps, tu vas avoir hâte de guérir, c'est certain.

— Je sais pas comment je vais faire pour la pension.

— Inquiète-toi pas de ces détails-là. Occupe-toi de guérir et tout le monde va être content, mon grand!

Quand Lauretta reprit le taxi pour retourner chez elle, elle était apaisée d'avoir pu constater que son fils était un battant et qu'il se remettrait très vite de cet accident bête. Daniel était un exemple de courage sur qui elle devrait prendre exemple. D'ailleurs, sa fille aînée l'avait poussée à réagir et elle avait eu raison d'agir ainsi. Lauretta devait se reprendre en main. Elle ne se reconnaissait plus. Était-elle en dépression ? Elle avait sûrement des problèmes psychologiques puisqu'elle craignait les foules désormais.

Se pourrait-il que les autres symptômes qu'elle ressentait soient tous reliés ? Peut-être était-elle en train de devenir folle après tant d'années de privations, sans d'autres marques d'amour que celles de ses enfants. Lauretta se rappelait ses jeunes années. Elle était à l'époque de nature fougueuse, mais malheureusement, elle avait tiré la mauvaise carte avec Émile. Et si c'était à recommencer et qu'elle se retrouvait à vingt ans en 1952 ? Mariée à un tel individu, elle divorcerait et se choisirait un deuxième mari qui serait de la trempe de son gendre.

En arrivant chez elle, Lauretta entendit le son du moulin à coudre. Monique travaillait à un rythme soutenu. Pour Lauretta, c'était une musique qui berçait sa vie depuis tant d'années. Ce n'était que tout récemment que Monique avait introduit la radio dans l'atelier. Auparavant, Lauretta travaillait dans le silence et tombait en transe, concentrée dans son univers fait de travaux qui prenaient vie sous ses mains habiles. C'était une artiste à sa façon et c'était pour cette raison qu'elle avait tant de succès.

— Bonjour, maman ! Et puis, comment s'est passée ta visite à Daniel ?

— C'est une vraie force de la nature celui-là! J'allais lui remonter le moral et c'est exactement le contraire qui s'est produit. Il va s'en sortir encore une fois. Il s'est même mis à parler de la fois où un arbre lui est tombé dessus et que ton oncle Hector a brisé ses lunettes.

— Tant mieux si ça t'a permis de retrouver ton moral!

— Je dirais plutôt que c'est toi qui m'as aidée le plus en me brassant un peu. On dirait que ça m'a réveillée. J'ai beau être ta mère, Monique, mais ça m'arrive à moi aussi d'avoir besoin d'aide pour retrouver ma voie. Merci Seigneur Jésus de m'avoir donné des enfants forts et capables!

— Tu peux implorer le Seigneur autant que tu veux, maman, si ça te fait du bien! Demain, je règle le cas de papa une fois pour toutes. Il va connaître le fond de ma pensée et moi, je veux comprendre pourquoi il me déteste tant.

— Es-tu de sûre de savoir comment le prendre?

— Je ne prendrai pas de gants si c'est ça que tu veux savoir. Je vais l'affronter et je veux qu'il me regarde dans les yeux quand il va me répondre. Je veux savoir qui est cet homme-là qui est supposément mon père…

— Ô mon Dieu, Monique! Je ne veux pas voir ça. Il va devenir fou si tu l'affrontes directement; et qu'est-ce que ça va te donner de plus?

— Une situation claire, maman! C'est fini de faire attention à ceci, de faire attention à cela. La situation va changer à partir de demain. Je te le garantis!

Lauretta se réjouissait intérieurement, même si elle disait craindre le pire et implorait Dieu. Monique était certaine que sa mère serait aux premières loges, près de l'arène, pour ne rien manquer de l'échange. Ce serait un combat féroce et personne ne savait encore quelles seraient les armes utilisées. Émile se servirait du péché de la chair pour l'attaquer, c'était sûr! Monique aurait, quant à elle, une liste beaucoup plus complète en commençant par l'avarice, l'ivrognerie, la rancœur et, comme arme ultime, le vol dont il s'était rendu coupable au détriment de sa propre famille. Pour toutes ces raisons, elle le renierait comme père de la même façon qu'il l'avait lui-même reniée en tant que fille.

Dans cette atmosphère belliqueuse, le travail avança plus lentement que d'habitude. Monique peaufinait ses armes en vue du combat qu'elle s'apprêtait à livrer. Elle devait gagner pour réussir à le changer, pensait-elle. Mais rien n'était moins sûr, car Émile avait la couenne dure après tant d'années d'isolement. Néanmoins, elle pensait bien avoir trouvé une faille dans sa carapace.

C'était au moment du feu de la maison et de la grange qu'il avait été héroïque en s'inquiétant pour chacun des membres de sa famille, y compris Monique. C'était le point fort. Mais aussi le point faible. Après le feu, il avait changé. Auparavant,

elle avait déjà goûté à l'austérité paternelle, mais ses agissements étaient alors contrôlés. Elle avait ressenti sa rancœur
durant sa grossesse et à la naissance de Jean-Pierre. Mais
après le feu, que s'était-il passé dans sa tête pour qu'il change
aussi radicalement? Quelque chose s'était brisé en lui.

En retournant chez elle ce soir-là tout en poussant son
landau, Monique repensait à l'incendie de Stanbridge-East et
essayait de revoir en détail chaque séquence jusqu'à l'arrivée
à Granby. La situation avait vraiment dégénéré pour devenir
insupportable. Monique avait participé activement à sa chute
pour assainir la vie de tous, et plus particulièrement celle de
sa mère.

— Bonjour, mon chéri, comment s'est passée ta journée?

— Pas fâché qu'elle soit terminée cette semaine de fou.
Demain, nous avons deux gros encans d'après Léopold.
Sais-tu que les encans sont devenus ma sortie de la semaine?
On devrait s'arranger avec ta sœur pour qu'elle vienne garder
Maxime et qu'on sorte pour aller danser, voir du monde.
Qu'en penses-tu?

— C'est une bonne idée, mais j'ai des plans pour demain
et j'aimerais ça t'en parler.

— Vas-y, je t'écoute!

Monique se lança et raconta dans le détail ce qui s'était
passé dans la journée avec sa mère et ce qu'elle s'apprêtait

à faire le lendemain. Paul l'écouta attentivement et ne put qu'admirer son courage de vouloir crever l'abcès.

— Je te souhaite la meilleure des chances si tu t'attaques au dragon. Moi, j'en serais incapable, car ce serait un combat à la mort. On ne pourrait plus jamais se parler, encore moins se côtoyer. Sincèrement, je crois que tu es la mieux placée pour le faire. Essaie d'en sortir pas trop amochée…

Ils terminèrent la soirée en écoutant du jazz que Paul affectionnait particulièrement. Monique lisait comme à son habitude un roman de l'époque romantique, *Le Rouge et le Noir*, de Stendhal. Curieusement, elle reconnaissait dans le personnage principal de Julien des traits de caractère qui lui rappelaient son frère Yvan. Ils se couchèrent tôt bien que ce fût un vendredi soir. Ils avaient, l'un comme l'autre, du pain sur la planche le lendemain.

Le lendemain matin, le soleil brillait de tous ses feux. Il annonçait une belle journée. À sept heures, Monique quitta le logis en même temps que son mari. Maxime gazouillait de plus en plus, comme si l'été le stimulait. Il n'avait pas encore deux mois et, déjà, on sentait que c'était un bébé heureux, quoique très sensible. Plus Monique approchait du moment de la confrontation, plus elle avait le trac. Est-ce que les paroles sortiraient comme elle voulait les dire ? Elle avait beau les avoir répétées dans sa tête, son cœur palpitait comme si elle s'apprêtait à entrer en scène. C'était une sensation inconfortable.

En arrivant, elle aperçut son père au fond du jardin. Elle se dirigea vers la maison et trouva Nicole en train de déjeuner. Elle entendit le bruit du moulin à coudre dans la salle de couture. Elle confia son fils à Nicole et alla saluer sa mère pour se donner du courage. Jean-Pierre s'amusait dehors avec Jacques.

— Nicole! Je vais faire rentrer Jean-Pierre et Jacques. Veux-tu t'en occuper jusqu'à ce que je revienne? J'ai affaire avec papa et je ne veux pas qu'ils voient ça, tu comprends?

— Maman m'en a glissé un mot. T'es pas peureuse!

— Il faut que ça se fasse!

Monique sortit de la maison et se dirigea vers son père qui était en train de piocher la terre de son jardin. Elle s'approcha de lui et l'interpella.

— Excuse-moi, papa, mais il faut que je te parle!

— Qu'est-ce que tu me veux?

— Du respect pour commencer, même si je sais que tu n'es pas très familier avec le mot! Comment veux-tu qu'on te respecte si tu ne nous respectes pas?

— Je te dois-tu quelque chose, toé?

— Regarde-moi dans les yeux quand tu me parles au lieu de te cacher derrière ta pioche!

Le ton vindicatif de sa fille l'avait fouetté et Émile avait relevé sa pioche par réflexe, comme s'il s'apprêtait à la frapper.

— C'est ça! Frappe-moi, mais regarde-moi dans les yeux en même temps. Je veux voir l'homme qui était mon père quand j'étais jeune et qui était gentil. Est-il mort? Je ne le vois plus! Je ne l'ai pas revu depuis presque une décennie, papa…

— Anciennement, c'tait ben différent! Tu m'avais pas encore fait honte à ce moment-là!

— Reviens-en avec ta honte! Ça fait dix ans que c'est toi maintenant qui nous fais honte à tout le monde dans la famille. Tu veux gagner pour prouver que t'es le plus fin, c'est ça? Tu ne peux pas gagner, papa, parce qu'il n'y a rien à gagner et que t'as tout à perdre… Essaye de comprendre ça, s'il te plaît!

— C'est quoi que tu veux? Que j'm'excuse? J'ai pas peur d'le dire, jamais! M'entends-tu? Jamais!

— S'il faut que je te menace, je vais le faire! Je te le dis tout de suite! Ça va être tout un scandale, tu peux te fier sur moi. J'entreprends des procédures pour que tu sois officielle-ment disqualifié comme père. Tu es indigne d'élever mon fils Jean-Pierre et je veux en ravoir la garde.

— Tu peux pas faire ça! Personne va t'croire…

— Tu penses ça? Tu vas faire les manchettes des journaux et je vais étaler au grand jour comment tu as volé maman pour t'acheter un gros char et pour prendre un coup. Tu vas avoir assez honte que tu vas devoir changer de village…

Émile était au bord de l'apoplexie et tenait toujours sa pioche levée. Monique aurait pu être frappée à n'importe quel moment, mais elle n'avait pas peur. Elle se sentait pleine de courage et sa force grandissait à mesure que l'arrogance de son père s'estompait. Émile avait l'impression de vivre un vrai cauchemar. Il se voyait devenir la risée de la région. Il ne pourrait plus travailler à la Miner. Le pire, c'est qu'il savait très bien que sa fille n'hésiterait pas à mettre à exécution ses menaces.

Mais qu'attendait-elle de lui à part qu'il reconnaisse ses torts ? Il y avait sûrement une question d'argent sous cette affaire-là. Il pouvait toujours tenter de l'acheter, mais l'idée de sortir son argent lui crevait le cœur. Il reposa sa pioche par terre, prit ses deux poches de pantalon et les retourna.

— Regarde ! Si c'est de l'argent que tu veux, j'en ai plus. Es-tu contente, là ?

— Garde celle-là pour tes amis de la taverne, moi je ne te crois pas du tout ! Je ne t'ai jamais parlé d'argent pour moi, mais pour ceux qui restent, oui ! La palette d'argent que tu caches, c'est à maman qu'elle appartient. T'as déjà pris ta part en t'achetant cette grosse auto ridicule pour un p'tit salarié de la Miner.

— Tu peux pas t'empêcher de m'insulter toi non plus ?

— Ben non, papa ! Je suis comme toi, rancunière et hargneuse, et je peux même être méchante comme toi ! Tu es un excellent professeur pour tout ce qui n'est pas correct. Là, tu vas recommencer à partager les frais avec maman pour tout. Ça comprend tout, les frais médicaux, les besoins scolaires, alimentaires, vestimentaires, les taxes, l'entretien, etc.

— J'fais jamais assez d'argent pour ça!

— J'étais pour te répondre de sortir ton vieux gagné, mais je pense que ton vieux volé serait plus approprié…

— Vas-tu arrêter de m'insulter comme ça, baptême de viarge? J'tais prêt à te dire oui.

— D'accord, mais n'oublie jamais que si tu recommences, tu te retrouves dans les manchettes du journal! Tu peux continuer à prendre un coup. Ça n'intéresse plus personne…

Monique observait ce vieillard décrépit qui avait été son père et elle eut un moment de pitié, mais se ravisa. Cette victoire avait peut-être un goût amer, mais elle n'avait pas eu le choix d'agir ainsi. Elle avait utilisé la menace, sachant très bien que jamais elle ne la mettrait à exécution. Elle espérait désormais que cette résolution durerait plus qu'une saison. De retour vers la maison, elle se retourna et vit son père prostré. Elle venait de briser l'image qu'il avait toujours voulu donner. Il ne restait plus que lui, seul face à lui-même. Monique envoya les garçons jouer dehors et alla retrouver sa mère dans l'atelier.

— C'est terminé, maman! À partir de maintenant, tu oublies la vieille entente de 75 % de son salaire. Ton mari va partager la moitié de tous les frais. Je me suis entendue avec lui sur les frais médicaux, alimentaires, vestimentaires et scolaires. Mais aussi la moitié des frais d'entretien de la maison, etc. S'il rouspète, tu m'en parles. D'accord?

— Comment as-tu pu réussir un coup pareil? Ça fait des années que je cherche la façon sans y être jamais parvenue. Ça tient du miracle!

— Il n'y a pas de miracle là-dedans et aucune bondieuserie non plus! Je lui ai fait comprendre le bon sens et il a compris… Là, je suis fatiguée et je m'en retourne. J'amène Jean-Pierre avec moi.

Elle glissa un mot à Nicole, lui laissant entendre que si jamais elle était disponible, elle aurait besoin d'une gardienne bientôt. Paul souhaitait l'amener dans une salle de danse un vendredi ou un samedi soir. Nicole avait accepté d'y aller.

Cette dernière était très impressionnée par tout le luxe dont Paul entourait sa sœur. Quand elle avait su pour le logement de la rue Sainte-Rose, elle salivait littéralement. Elle rêvait au jour où ce serait son tour d'être gâtée par un homme comme son beau-frère. Elle jalousait même un peu sa sœur. Paul était devenu son héros, c'était son amoureux secret, comme toutes les jeunes filles qui imaginent l'homme idéal. Celui qui prendrait un jour son cœur devrait être aussi beau, aussi gentil et aussi généreux que son beau-frère.

Monique avait amené Jean-Pierre manger un cornet de crème glacée, puis s'était dirigée vers le bord de la rivière pour regarder les poissons près de la berge. Elle avait profité de ce moment de quiétude pour allaiter Maxime. Elle regardait Jean-Pierre avec affection, mais elle savait fort bien que si Émile s'amendait elle devrait renoncer à ses droits sur son fils. Il était devenu l'otage d'un chantage dont elle était l'instigatrice. Elle aurait pleuré tellement elle s'en voulait dorénavant d'avoir commis cette bévue, cette imbécillité. Mais elle savait que l'amertume qu'elle avait ressentie en voyant son père anéanti venait d'autre chose.

— Pourquoi tu pleures, Monique ?

— Je ne pleure pas, mon grand ! C'est un rayon de soleil qui m'a aveuglée ou peut-être une poussière.

— Ah bon ! Il a beaucoup soif ton bébé !

— Il grandit à vue d'œil, aussi !

Elle essayait tant bien que mal de cacher ses pleurs, mais Jean-Pierre l'avait surprise. S'il découvrait la cause de ses larmes, peut-être pleurerait-il, lui aussi ?

Chapitre 16

Daniel était sorti de l'hôpital juste à temps pour les examens de fin d'année. Le chirurgien avait finalement opté pour des plaques de métal afin de maintenir le fémur en place. Daniel était resté une dizaine de jours à l'hôpital, mais il avait eu droit à la visite de son fan club de filles toujours orchestré par sa sœur Nicole. Les membres de la famille avaient défilé à tour de rôle, sauf les plus jeunes. Les ecchymoses avaient disparu de son visage et on lui avait enlevé son turban de fakir. On avait plâtré sa jambe juste avant son départ et son plâtre ne serait retiré qu'une fois que les radiographies révéle-raient que le fémur s'était bien ressoudé.

Nicole commençait seulement à comprendre ce que Monique avait tenté de lui expliquer l'automne précédent. Elle regardait les employés de bureau sortir de l'usine et enviait leur fraîcheur alors qu'elle-même était harassée par le travail et la chaleur. Elle gagnait autant d'argent, sinon plus, mais ses mains étaient plus abîmées. Elle avait dû dire adieu à des ongles bien manucurés et vernis. Les filles de bureau se pavanaient dans de nouvelles toilettes, même au travail, alors qu'elle, elle était obligée de porter des vêtements et des chaussures d'abord et avant tout sécuritaires et confortables pour réussir à terminer sa journée.

Pour compenser, Nicole s'était transformée en prêtresse de la modernité. Elle dépensait son argent dans les gadgets à la mode. Tout ce qui était électrique la fascinait. Elle était folle de tous les petits électroménagers qui facilitaient le travail des femmes au foyer. Elle s'entendait bien avec Paul sur ce point, car lui-même en était friand. Nicole montait tranquillement son trousseau ainsi. C'était important pour elle qu'il soit le plus complet possible, car elle ne pouvait guère s'attendre à ce que son père offre une dot au marié comme cela se faisait auparavant.

Patrick, grâce à l'aide de son beau-frère, était parvenu à vaincre sa peur des examens. Il avait réussi la partie théorique, qui était sa hantise, dès le premier essai. Par la suite, Paul l'avait présenté à son frère Jean-Claude. Ce dernier l'avait engagé comme apprenti. Ce n'était pas tout à fait ce qu'il aurait souhaité, mais à Granby, il y avait très peu d'immeubles à logements multiples comme dans les grandes villes.

Patrick n'avait pas le tempérament pour s'expatrier dans la métropole et vivre son rêve. Il se contenterait de bâtir des bungalows et des duplex. Jean-Claude et son équipe se faisaient la main, occasionnellement, sur un immeuble à quatre logis, mais c'était très rare. Paul était convaincu que dans une petite ville comme Granby, il n'y aurait pas d'immeubles à douze ou seize logements avant plusieurs décennies.

Paul et Monique se préparaient à prendre possession de leur magnifique logement. Lauretta et Nicole étaient venues visiter le nouvel appartement du jeune couple. Elles étaient émerveillées par la beauté des planchers de bois franc et par la lumière qui entrait de partout. Elles travaillèrent toutes les trois à créer une atmosphère feutrée. Les murs étaient tous blancs.

Suivant la mode, Nicole avait suggéré de mettre des touches de couleurs vives dans la cuisine et le salon. Elle avait toujours sous la main un numéro de *Mobilier et décoration*. À titre de marraine de Maxime, elle avait décidé d'investir dans la décoration de la chambre de son filleul et elle avait trouvé une tapisserie qui irait très bien.

Léopold Petit, tel que promis, avait meublé l'appartement sous l'œil avisé de Monique. La cuisinière et le réfrigérateur étaient en place. Elle les avait branchés, muette d'admiration. Quand elle ouvrait la porte du réfrigérateur, il y avait à l'intérieur une glacière qui fonctionnait sans qu'on ait besoin d'y mettre de la glace… C'était fou! Léopold lui avait laissé le choix du mobilier de salon qui incluait les petites tables et les lampes. Nicole avait accompagné sa sœur et avait choisi l'ensemble le plus moderne du lot.

De son côté, Émile avait conclu un nouveau pacte avec Lauretta. Elle avait établi un budget familial avec l'aide de Monique et l'avait présenté à Émile. Celui-ci avait failli avaler sa chique de tabac quand il avait vu la somme d'argent que cela lui coûterait mensuellement. Celui-ci avait rechigné sur le coup, mais s'était finalement résolu à payer son écot. Ce qu'il avait perdu en argent, il l'avait regagné en orgueil. Il ne se sentait plus comme un intrus chez lui. Dorénavant, on ne pouvait plus tout décider sans le consulter. Il avait repris du galon. Curieusement, il avait plus de respect pour sa femme et faisait des efforts pour s'amender.

Mais on ne se libère pas de vices si bien ancrés sans aide. Émile tentait beaucoup plus de cacher ses tares que de s'en débarrasser. Plutôt que de boire trois ou quatre grosses bières en revenant de travailler, désormais, il se limitait généralement à deux. Parfois, il dérapait, mais au moins, il tenait ses autres engagements. Lauretta se sentait mieux désormais. Pour réduire le coût de la vie, Émile avait redoublé d'ardeur dans son potager et il mettait à contribution tous ceux qui vivaient sous le toit familial.

La plus grosse ombre au tableau de famille à cette époque était le malheur qui avait frappé Daniel. Les chances qu'il soit invité au camp d'entraînement des Red Sox l'année suivante étaient peu nombreuses. Il serait trop vieux pour faire partie de l'équipe des juniors. Et, par conséquent, les recruteurs l'auraient déjà oublié. Il lui restait toujours le hockey, mais cela dépendrait beaucoup de la guérison complète de sa jambe. Toutefois, c'était difficile à prévoir.

Daniel semblait serein malgré tout. C'était à se demander s'il avait jamais eu envie de devenir une vedette du sport. Au fond, n'était-ce pas seulement son entourage qui le désirait? Son père lui avait parlé de postes vacants à la Miner Rubbers, mais il n'avait encore rien décidé concernant son avenir. C'était probablement la meilleure attitude à adopter. Il avait quelques mois de convalescence pour se reposer, reprendre des forces et prendre les décisions qui s'imposeraient le moment voulu.

Puis, un autre vent vint souffler sur la quiétude de Lauretta. Gaétane, la petite amie de Gérard, tomba enceinte. Un autre mariage obligé se dessinait dans le ciel des Robichaud. Curieusement, Émile n'en fut pas offusqué. Ce n'était pas sa fille après tout... C'était peut-être son fils, mais encore fallait-il le prouver !

Monique était outrée par cette attitude, mais venant de son père, plus rien ne la surprenait. Elle conseilla à son frère Gérard de se marier s'il était certain de sa paternité. Il ne doutait aucunement d'être le père, mais soupçonnait en revanche Gaétane d'être tombée enceinte volontairement.

— Elle m'avait dit qu'elle portait un stérilet, une nouvelle patente pour ne pas tomber enceinte. Je le savais pas moi, je me suis fié à elle avec le résultat qu'on a obtenu. La maudite ! Je suis sûr qu'elle a fait exprès pour m'obliger à la marier ! J'ai pas le goût de me marier pantoute...

— Écoute, Gérard ! Si tu joues avec le feu, attends-toi à te brûler ! Tu aimes ça faire l'amour avec elle, mais tu veux pas la marier... Tu aurais peut-être dû continuer à te servir des capotes ! Je ne connais pas ça moi non plus le stérilet.

— Je pense qu'il est trop tard ! Elle veut garder le bébé ! Tu me vois-tu avec un fils que je refuse de reconnaître ? Ça se fait pas !

— T'as raison, ça se fait pas! Elle est enceinte de combien de mois? Le sais-tu?

— Trois mois! C'est moi qui l'ai découvert le premier. J'avais remarqué qu'elle n'avait plus sa semaine depuis un bout de temps. Elle me répondait toujours que c'était normal avec un stérilet les premiers temps. Grand niaiseux que j'étais!

— Arrête de te blâmer! Ça ne sert à rien de faire ça, Gérard! La décision t'appartient. Tu veux ou tu veux pas? Arrête de la voir et elle va comprendre. Elle se fera peut-être avorter. Offre-lui de payer pour une clinique pour éviter qu'elle fasse ça avec des broches à tricoter.

— T'es-tu folle, Monique? J'veux pas aller en enfer, baptême!

— Tu as le choix de le vivre l'enfer pendant que t'es encore bien vivant! Arrête de dire des niaiseries avec tes histoires d'enfer…

— T'es vraiment une païenne, Monique! Ma propre sœur, une vraie païenne? Non, j'peux pas croire ça! C'est pour ça que j'te vois jamais à la messe!

— Reviens-en Gérard ou arrange-toi tout seul! T'es vraiment un innocent ou tu me niaises?

— J'te niaise pas! Pourquoi tu dis ça?

— Laisse faire Gérard, marie-la! Puis on n'en parle plus, OK?

Monique était exaspérée d'avoir un frère aussi étroit d'esprit. Mais qu'y pouvait-elle? Rien! Il fallait qu'il assume. Il avait toujours été lent sans être pour autant retardé. Sa libido débridée était légendaire, même s'il n'en faisait pas étalage. Son appétit et sa résistance avaient fait le bonheur ou le malheur de plusieurs femmes.

L'achalandage à l'atelier de couture ne dérougissait pas. Lauretta et Monique travaillaient cinq, parfois six jours par semaine. Elles ne voyaient pas le moment où elles pourraient souffler un peu. Heureusement, Nicole les aidait de temps à autre. Comme elle le disait elle-même:

— Quand je casse avec mon *chum*, j'ai plus de temps pour moi! Il m'étouffe quand je l'ai toujours dans les jambes.

— C'est parce que ce n'est pas le bon, Nicole! lui signala sa sœur.

Quand le couple renouait au bout de quelques jours ou quelques semaines, Nicole disparaissait du décor. Elle revoyait sa bande d'amies et menait le jeu grâce à sa mémoire phénoménale. Elle se souvenait de tout, en commençant par les dates de naissance, les premières rencontres d'une telle avec un tel, la couleur de la robe, les chaussures qu'elle portait cette journée-là, etc. Elle était redoutable aussitôt qu'il s'agissait de détails de potins. Nicole se contentait pour le moment de garder Maxime et de rendre de petits services à sa sœur.

Le grand jour approchait. La fébrilité était dans l'air pour le jeune le couple. Il fallait tout emballer, mettre dans des boîtes qu'ils avaient trouvées dans les épiceries et chez le marchand de fruits et légumes. Ils étaient fin prêts.

Le dimanche 29 juin 1952, quand Léopold Petit arriva avec son camion, Paul, Ti-Loup et Patrick étaient déjà au logis qu'ils s'apprêtaient à vider. Nicole et Monique étaient aussi sur place pour un dernier nettoyage. Il n'était pas question de laisser l'ancien logis dans un état pitoyable. Elles reviendraient à pied en poussant le landau de Maxime jusqu'à la maison des Robichaud. Lauretta prendrait la relève pour garder le bébé pendant que ses deux filles s'affaireraient à déballer les boîtes et à ranger leur contenu aux endroits désignés par Monique. Ce fut une petite journée de travail pour ces gens habitués à fournir des efforts physiques quotidiennement.

Lauretta avait préparé un souper pour tout le monde. Ce serait la première fois que Paul se retrouverait en présence de son beau-père depuis l'affront du jour de ses noces. Huit mois s'étaient écoulés depuis ce malheureux incident. Monique avait dû user de son charme et de sa logique pour convaincre son mari d'accepter l'invitation de sa mère.

— Paul! Ma mère nous invite à souper avec ceux qui participeront au déménagement. Elle est gentille, non?

— Ta mère est très gentille, c'est un fait! Mais il n'est pas question que je m'assoie à la même table que ton père.

— Maman voit ça comme une tentative de rapprochement entre vous deux. Depuis qu'ils sont en trêve, mon père est moins pire, semble-t-il…

— Tu ne peux pas me demander ça! Je le déteste ton père.

— Que fais-tu du pardon tellement prôné par les catholiques? Est-ce que tu es en train de me dire que ça ne s'applique pas à toi? J'ai de la difficulté à suivre ton raisonnement. Tu crois ou tu ne crois pas?

— Monique! Je sais que je ne suis pas correct de ne pas pardonner à ton père, mais c'est plus fort que moi. Je l'haïs!

— C'est justement dans ces cas-là que tu dois pardonner. Pardonner à un étranger qui ne t'a rien fait personnellement, c'est plus facile, même s'il a commis un meurtre! Mais pardonner à un vieil homme détestable qui t'a insulté devant les membres de ta famille, c'est impossible?

— Ce n'est pas la même chose…

— Ne viens jamais plus me parler des dogmes de l'Église, Paul Tremblay. Tu peux être certain que je me boucherai les oreilles. Mieux que ça, je ne t'écouterai pas!

— Bon d'accord! Mais à la moindre niaiserie de sa part, je m'en vais, c'est clair?

— Tu vois, mon chéri, que tu es capable de pardonner comme un bon catholique?

— Là, c'est toi qui me niaises, ma vilaine! J'ai encore le temps de me faire à l'idée. Et si je fais des cauchemars la nuit, ne cherche pas midi à quatorze heures, c'est que je rêve à ton père.

Ils terminèrent la soirée en amoureux. Monique voulait faire oublier à Paul qu'elle lui avait forcé la main pour obtenir son accord. Quand arriva le soir après le déménagement, ils se présentèrent tous chez Lauretta et Émile pour le souper. Léopold sortit une caisse de bières de son camion pour désaltérer les travailleurs. Lauretta lui fit de gros yeux, mais passa outre. Il en offrit une à Émile qui l'accepta avec empressement. Ce dernier, qui trouvait Léopold bien sympathique, se mit à lui parler.

— Pis, ça l'a été pas mal vite le déménagement, les jeunes?

— Ça s'est bien passé, monsieur Robichaud, mais je ne suis plus si jeune que ça! J'ai quarante ans sonnés. Pis vous, le père, vous avez quel âge?

— Cinquante-sept! Tu peux m'appeler Émile, j'aimerais mieux ça que le père…

— Enchanté, Émile! Prendrais-tu un autre p'tit verre de bière dans ce cas-là?

Avant d'accepter, il regarda dans la direction de sa femme et s'aperçut qu'elle était en grande conversation avec sa fille Monique. Il fit oui de la tête discrètement et prit la bouteille que Léopold lui tendait. Paul ne quittait pas des yeux son beau-père pour étudier son comportement. Émile dut sentir le regard inquisiteur de son gendre, car il se tourna dans sa direction et lui adressa la parole pour la première fois en huit mois.

— T'as l'air d'avoir des bons amis, mon Paul?

— Ça en prend dans la vie, vous savez?

— T'as ben raison! T'as ben raison!

— Merci pour l'hospitalité et le souper, monsieur Robichaud!

— J'ai rien à faire là-dedans, c'est les femmes qui sont en dessous de ça, mais chus ben content que tu sois là pareil!

— Je suis bien content, moi aussi!

Le premier contact verbal s'était avéré respectueux, mais la glace était brisée. Paul et Émile étaient peut-être sur le chemin de la réconciliation? Paul en doutait, mais il était prêt à faire un effort. Il avait une idée en tête pour vérifier si son beau-père était sincère.

Le souper préparé par sa belle-mère était de la cuisine sans prétention, mais délicieuse. Léopold, avec son sens de l'exagération, en rajouta et mentionna que c'était le meilleur repas qu'il avait jamais mangé. Quand il décida de partir parce qu'il ne voulait pas inquiéter son épouse, il donna le signal du départ pour Paul et Monique. Paul eut droit à des salutations de la part de ses deux beaux-parents. Il remercia tous ceux qui avaient participé au déménagement, et plus particulièrement sa belle-mère Lauretta pour le souper et pour s'être occupée du petit Maxime.

Paul et Monique n'eurent qu'à traverser la rue pour se rendre à leur nouveau logis. Monique était au comble du bonheur. Son père et son mari étaient sur le chemin de la réconciliation. Ce ne serait pas chose facile. Si déjà ils pouvaient entretenir des rapports cordiaux, ce serait un grand pas en avant. Et le temps s'occuperait du reste.

Ils entrèrent dans leur nouveau nid. Ce serait leur première nuit et ils y mettraient de la vie. Monique coucha Maxime dans sa nouvelle chambre qui lui sembla bien loin pour l'allaitement, mais Paul dormirait beaucoup mieux. Elle tenait à garder les portes des chambres ouvertes, car elle avait peur de ne pas entendre Maxime quand il réclamerait son lait. Paul prit une douche et en ressortit avec un sourire béat. Cela faisait des années qu'il n'avait pas pris une douche.

— Ce n'est pas croyable comme je me sens bien après une bonne douche chaude! Tu devrais y aller toi aussi, et si tu veux, je peux même te frotter le dos.

— J'ai couché Maxime et j'attendais que tu sortes de la salle de bain pour l'utiliser à mon tour. J'aimerais mieux que tu m'attendes dans la chambre, mais ne t'endors surtout pas. J'ai des projets… à moins que tu sois trop fatigué ?

— Je suis totalement revigoré et disposé à t'attendre pour voir ce que tu me réserves.

— Je veux remplir la maison d'une atmosphère positive dès le départ. Que dirais-tu de faire l'amour ? Je ne connais rien de plus positif ! Toi ?

— Moi non plus, et j'y pensais justement… Allez hop ! Dans la douche et je t'attends sagement, mais avec impatience. Embrasse-moi avant de partir afin que je tienne jusqu'à ton retour.

Monique était surexcitée par ce nouveau départ que représentait ce logement. Elle désirait remercier Paul pour tous les efforts qu'il avait faits. Elle l'aimait pour toutes ces raisons, mais le désirait aussi physiquement pour sa capacité à la satisfaire, à lui faire perdre la tête complètement. Il était beau, elle était belle, Maxime était en santé, la vie leur souriait. Ils avaient des projets d'avenir comme la plupart des membres de leurs familles. Certains réussiraient, d'autres échoueraient. C'était pratiquement impossible de prédire le succès ou l'échec de quiconque. La vie était pleine de rebondissements.

Remerciements

J'aimerais remercier particulièrement madame Thérèse Gagnon qui fut d'un soutien indéfectible durant l'écriture de ce deuxième tome. Ses conseils, son écoute, sa lecture, ses corrections et ses suggestions ont participé à faire de ce roman ce qu'il est. Je tiens à remercier Élaine pour son enthousiasme en première lecture et qui attendait impatiemment la suite au fur et à mesure que je l'écrivais. Un gros merci à mon éditeur Daniel Bertrand et à son équipe de me donner la possibilité d'être publié. Un immense merci aux lecteurs qui me suivent depuis mes premiers romans.